15 jours

pour vivre

19 Jours pour Vivre

Priscilla Lrx

© Priscilla Leroux, 2024
Édition : BoD · Books on Demand GmbH,
In de Tarpen 42, 22848 Norderstedt (Allemagne)
Impression : Libri Plureos GmbH, Friedensallee 273,
22763 Hamburg (Allemagne)
ISBN : 978-2-3225-3456-2
Dépôt légal : Novembre 2024

💔 Prologue

Parfois, la vie est si cruelle que chaque respiration devient une lutte.

Je suis là, seule dans mon appartement, entourée de souvenirs d'une vie qui ne me ressemble même plus. Les rideaux sont tirés, la lumière est faible, comme si l'appartement lui-même absorbait ma tristesse. Avant, la maison résonnait des rires de maman, et son parfum de lilas flottait toujours dans l'air. Parfois, je revois ces soirées où elle me montrait des mélodies au piano, sa voix rieuse m'encourageant malgré mes erreurs. Maintenant, il ne reste que le silence, étouffant, et l'odeur de poussière qui me prend à la gorge.

Des photos d'elle traînent sur les meubles, des visages

souriants figés dans une autre époque, un autre monde. Le piano, abandonné sous une couche de poussière, ses partitions froissées, trône comme une relique d'un passé révolu. Avant, chaque note, chaque morceau que je jouais, c'était une partie de moi qui s'exprimait. Aujourd'hui, toucher les touches blanches et noires serait comme profaner un sanctuaire.

Je soupire, le regard vide, fixé sur la fenêtre. Depuis l'accident de voiture qui a emporté ma mère il y a trois mois, tout s'est effondré. Elle était mon pilier, la seule qui croyait en moi même quand j'y arrivais plus. Maintenant, son absence, c'est un putain de vide. Les comptes, le courrier, les repas – je me laisse glisser sans même savoir comment avancer. Tout ici n'est qu'une suite de choses que je n'arrive pas à affronter sans elle.

Et puis, il y a eu cette audition. Celle pour laquelle je m'étais préparée toute ma vie. Je me revois encore trembler devant le piano, enchaîner les fausses notes, incapable de me ressaisir. Un désastre complet. Les juges ? Impassibles. Leur verdict ? Glacial. Mon rêve ? Brisé. En miettes.

Et comme si ce n'était pas assez, Théo m'a larguée juste après. *Je ne peux plus t'aider, Mia. Tu es une épave. Tu m'embarque avec toi.* Sérieux, quel con.

Chaque matin, c'est la même galère. Je m'accroche aux

bribes de raison pour me lever, m'étonnant encore de ne pas sombrer totalement. Mais ce soir, tout semble plus lourd. Le silence de l'appartement, l'échos de sa voix… c'est comme si le poids de son absence devenait soudain insupportable, me poussant vers le néant. Pourquoi la vie m'a tout pris ?

Je m'approche du piano et passe mes doigts sur les touches pleines de poussière. La musique était mon échappatoire, ma façon de hurler en silence, de dire au monde qui j'étais. Aujourd'hui, ce piano n'est qu'une chose lointaine, perdue, comme une main tendue que je ne peux plus saisir. Et moi, je me sens vide.

Je ferme les yeux, les larmes coulent sans que je cherche à les retenir. La douleur est là, tout le temps, comme une ombre qui me colle à la peau.

Je suis épuisée, vidée. Fatiguée de me battre, fatiguée de faire semblant que ça ira mieux. C'est comme si chaque fibre de mon être criait à l'abandon. Je veux juste que tout s'arrête.

Je suis épuisée, vidée. Fatiguée de me battre, fatiguée de faire semblant que ça ira mieux. C'est comme si chaque fibre de mon être criait à l'abandon. Je veux juste que tout s'arrête.

Je fixe un point dans le vide, et quelque chose se brise en moi. C'est froid, résolu. Je me lève, presque mécaniquement, et traverse le salon sans un regard pour le désordre environnant. Mes pieds nus glissent sur le parquet jusqu'à la porte, que j'ouvre lentement. L'air du couloir est plus froid, presque mordant, et un frisson parcourt ma peau.

Sans réfléchir, je monte les escaliers qui mènent au toit, chaque marche amplifiant le bourdonnement dans ma tête. Le silence est lourd, seulement troublé par le cliquetis de la rampe sous ma main tremblante. Quand j'atteins enfin la porte qui mène à l'extérieur, je pousse un soupir, mi-soulagement, mi-désespoir.

Je ne sais pas ce que je fais là-haut, le regard plongé dans le vide. Peut-être que j'ai juste besoin de sentir quelque chose, n'importe quoi… pour briser ce silence en moi. Ou peut-être que c'est ici que tout doit s'arrêter, vraiment. Je ne peux plus continuer comme ça. C'est trop. La douleur est trop forte, elle m'écrase. Je dois en finir.

Au sommet de l'immeuble, le vent glacé me fouette le visage. Mes mains tremblent alors que je m'avance vers le bord.

Je prends une grande inspiration, mes larmes brouillent tout, rendant ces lumières floues.

— Hey, tu fais quoi là ? Une voix interrompt mes pensées, coupant le fil sombre qui me liait au vide.

Je me retourne brusquement, surprise. Un garçon se tient

là, à quelques pas, l'air inquiet. Il me fixe avec une intensité étrange, un regard calme mais profond, comme s'il devinait quelque chose de familier dans ma douleur. Une expression qui dit qu'il a, lui aussi, traversé des tempêtes. Sa veste en cuir est un peu usée, son bonnet cachant des mèches brunes, et dans ses yeux… il y a une lueur que je n'arrive pas à identifier, entre compassion et peur. Il avance lentement, mains en l'air, une précaution qui me donne envie de fuir, mais quelque chose dans son regard me cloue sur place.

— Ça ne te regarde pas, je lance, essayant de planquer ma détresse derrière une fausse colère.

— Écoute, je ne sais pas ce que tu traverses, mais sauter, ce n'est pas la solution.

Il attend, sans insister, le regard planté dans le mien. Un silence. Je détourne les yeux, les mots coincés dans ma gorge. Pourquoi lui parlerais-je, à lui, un inconnu ? Mais son regard reste posé sur moi, honnête, sans pitié. Alors, je cède, presque malgré moi. Je le fixe, le cœur battant, mes pensées s'embrouillent.

— Qu'est-ce que tu en sais, toi ?

Ma voix tremble, et ça me met encore plus en rogne. Pourquoi il vient se mêler de mes affaires, lui ? Je sens la colère monter, comme une barrière pour repousser son aide.

— Parce que je suis passé par là, dit-il calmement. Je m'appelle Liam. Je vis dans l'immeuble. Et toi ?

Je le fixe, hésitant entre l'envoyer bouler ou fondre en larmes.

— Mia, je murmure, ma voix à peine portée par le vent. Je ne t'ai jamais vu ici avant. T'es qui, un squatteur du coin ou quoi ?

Il esquisse un sourire, un mélange de nervosité et d'amusement.

— Non, je vis au 11 avec mon père, monsieur Jacobs, dit-il en me regardant avec une sincérité désarmante.

— Ah... d'accord. Moi, j'habite juste en face. Étrange qu'on ne se soit jamais croisés.

— Je viens de Everville, répond-il enfin. Je suis arrivé la semaine dernière pour commencer des études de photographie. Écoute, Mia, ce n'est peut-être pas le meilleur endroit pour parler de ça. Viens, on redescend, et on discute si tu veux.

Sa voix est douce mais ferme, pleine de cette autorité tranquille qui te donne envie de l'écouter.

Je sens quelque chose craquer en moi, comme si toute ma résistance se dégonflait sous le poids de sa sincérité. Hésitante, je recule, loin du bord. Mes jambes sont en coton, prêtes à me lâcher. Liam s'approche et pose une main rassurante sur mon épaule.

— C'est bien.

On reste comme ça, le vent sifflant autour de nous. Je sens sa chaleur à travers sa veste, et bizarrement, ça me réconforte. Lentement, il m'accompagne vers la porte du toit, et on descend ensemble les escaliers. Chaque marche me donne envie de rebrousser chemin, de retourner à ce toit et à cette paix silencieuse qui m'attirait. Mais Liam est là, et sa présence réchauffe quelque chose en moi. C'est ridicule, presque absurde. Pourquoi je le suis ? Une voix en moi chuchote que rien ne va changer, que tout ça ne mènera à rien… Mais une autre partie, aussi infime soit-elle, veut voir où tout ça va me mener.

On descend les marches, et mon esprit part en vrille. Pourquoi il s'intéresse à moi ? C'est qui, ce mec, au juste ? Mais je suis trop crevée pour lui balancer toutes ces questions.

Une fois en bas, il me lance un regard insistant. Ça devient bizarre, presque gênant.

— On peut aller au café, juste là, pour discuter au calme, propose-t-il.

— Ouais, OK.

Dès qu'on entre, la chaleur et l'odeur du café me frappent

de plein fouet, contraste violent avec le froid qu'on vient de quitter. Liam repère une table dans un coin, à l'écart. Parfait. Je m'assois en face de lui, mais mon esprit est un bordel total, mes pensées me martèlent sans arrêt.

Je l'observe, incapable de comprendre ce qui m'amène à rester là, avec lui. Ses yeux… c'est comme plonger dans l'océan. Parfois calmes, parfois agités, comme s'ils cachaient des tempêtes anciennes, des secrets enfouis. Son regard me happe, me noie presque, mais étrangement, je ne me sens plus seule. Un besoin que je n'arrive pas à nommer m'enferme ici, face à lui. Peut-être qu'il sait ce que je vis, ou peut-être que je suis juste pathétique à espérer. Et là, sa voix me ramène direct à la réalité.

— Tu veux en parler ? demande-t-il doucement.

Je hoche la tête, mes mains tremblent autour de ma tasse.

— C'est juste que… tout est parti en vrille. Ma mère est morte, j'ai foiré l'audition qui comptait tellement pour elle, et mon crétin de copain m'a larguée juste après. Je n'ai plus rien. Franchement, à dix-huit ans, c'est beaucoup trop.

Il hoche la tête, ses yeux pleins de compréhension, et peut-être un peu de tristesse.

— Ouais, la vie peut vraiment être pourrie parfois. Mais crois-moi, y'a encore des moments qui valent le coup.

Je le fixe, les larmes dévalant maintenant sans retenue.

— Et si pour moi, c'est foutu ?

Il sourit doucement, un sourire tellement calme que ça me déstabilise.

— Mais non, ne t'inquiète pas.

Je peux voir un léger éclat dans ses yeux. Il est en train de se foutre de moi, là ? Il doit sûrement me trouver pathétique.

Mais au lieu de se moquer, Liam baisse légèrement les yeux, une ombre passant sur son visage. Sa voix, plus douce.

— Tu sais, moi aussi j'ai eu des moments où tout me paraissait... sans issue, avoue-t-il, ses doigts jouant nerveusement avec la fermeture de sa veste.

Je le regarde, surprise par cette confession inattendue.
Il inspire profondément avant de continuer, son regard fuyant le mien.

— Mes parents ont divorcé quand j'avais huit ans. Jusqu'à cet été, je vivais avec ma mère. Mais elle s'est remariée, et... disons que je ne trouvais plus ma place dans cette nouvelle vie, dit-il, un sourire triste effleurant ses lèvres.

Un silence s'installe, lourd de non-dits. Ses yeux se posent sur les tables vides, comme s'il y cherchait des réponses.

— C'est pour ça que je suis venu vivre ici, avec mon père, continue-t-il. J'ai commencé des études de photographie.

Je sens une pointe de douleur dans sa voix, et cela me touche. Je réalise qu'il porte ses propres fardeaux, des blessures cachées derrière ses sourires. Je l'écoute, et bizarrement, j'en oublie tout le reste. Ce garçon, que je ne connaissais même pas il y a une heure, se confie à moi comme si on était amis depuis toujours. Et... je dois l'avouer, j'aime bien ça. J'aime ce moment de confidence. Wow, Mia, calme-toi. Pas la peine de t'emballer, là.

Sa voix est tellement douce, presque apaisante, que sans même m'en rendre compte, je m'ouvre un peu plus. Chaque mot qu'il dit à une sorte de sagesse, il n'a que dix-huit ans pourtant.

On parle longtemps, nos mots se perdent dans le bruit ambiant, alors que le café se vide doucement autour de nous. À un moment, il s'arrête, comme s'il réfléchissait à quelque chose de profond. Puis, sans prévenir, il se penche en avant, avec un sourire malicieux qui me déstabilise un peu.

— J'ai une idée complètement dingue, dit-il, son regard pétillant.

Je lève un sourcil, un peu intriguée.

— Quelle idée ?

— Donne-moi dix-neuf jours, lance-t-il, avec un sourire en coin. Dix-neuf jours pour te montrer que la vie peut vraiment

valoir le coup. Si après ça, tu n'es toujours pas convaincue…
eh ben, je te laisse sauter !

Un rire m'échappe, un son qui me surprend moi-même. Ça faisait une éternité… Et cet inconnu, là, avec son sourire confiant et ses airs de héros, pense vraiment que dix-neuf jours vont changer quelque chose ? Je le fixe, un sourire amer aux lèvres.

— Et pourquoi dix-neuf jours, exactement ?

— Parce que vingt, c'est trop cliché, et dix-huit, ce n'est juste pas assez, répond-il en me lançant un clin d'œil. Allez, Mia, qu'est-ce que t'as à perdre ?

Je le fixe, touchée malgré moi par son enthousiasme débordant. Il a raison, qu'est-ce que j'ai à perdre.

— D'accord. Dix-neuf jours.

— Marché conclu ! Tu vois le vieux banc face à la baie

— Ouais, bien sûr !

— Ce sera notre point de rendez-vous chaque matin.

— On habite dans le même immeuble, on pourrait se donner rendez-vous dans le hall, non ?

— Je préfère ce banc. Ça rend notre pacte plus officiel.

On échange nos numéros, puis on trinque avec nos tasses de café, comme si on scellait un pacte. Il y a cette petite vibe excitée qui flotte dans l'air, une promesse que les jours à venir seront pas comme les autres.

Je repose ma tasse, et, je remarque que les serveurs commencent à ranger les tables et à éteindre les lumières.

— Je crois qu'ils ferment, dis-je, un peu surprise. On est restés si longtemps ?

Liam sourit.

— On dirait bien. Allez, on y va.

On quitte le café, et l'air glacé de la nuit me saisit instantanément. Je frissonne, et avant que je ne puisse réagir, Liam s'approche et ajuste le col de ma veste, ses doigts effleurant ma nuque. Je sens la chaleur de ses doigts sur mon cou. Sa douceur désarmante qui me laisse sans voix.

Je lève les yeux vers lui, surprise par l'apaisement qui m'envahit. Le vent continue de siffler autour de nous, mais il semble soudain moins oppressant, comme si sa présence adoucissait même la nuit la plus froide. Un geste, un contact, et mon univers figé vacille imperceptiblement.

— Merci.

— De rien, Mia. On se voit demain.

Je hoche la tête, un sourire timide aux lèvres. On monte les escaliers ensemble, chacun vers son appartement. Juste avant de rentrer, je me retourne et je le regarde une dernière fois. Un léger rire m'échappe, inattendu. Ce pacte est insensé, je le sais, et pourtant, je suis curieuse de voir où cela peut mener.

— Bonne nuit, murmuré-je, ma voix presque en écho.

Je m'éloigne enfin, le cœur plus léger, comme si chaque marche gravie ensemble avait effacé un peu du poids qui m'écrasait.

♥ Jour 1 – Mia

Je suis assise sur mon lit, les jambes repliées contre ma poitrine, fixant mon téléphone. L'écran affiche un message de Liam :

« Rendez-vous au banc à 10h. Je t'apporte un café. »

Mon cœur fait un bon. Pourquoi ai-je accepté ce pacte déjà ? Ridicule... Comment un inconnu pourrait changer quoi que ce soit ?

Je pousse un soupir et jette un coup d'œil à l'horloge. 9h30. Si je veux être à l'heure, il faut que je me bouge. Mais pendant de longue minute, je reste là, immobile. « Pourquoi je devrais y aller ? » je me murmure à moi-même, les yeux rivés sur l'écran. « Ça changera quoi ? » Tout est déjà foutu, tellement compliqué.

Je balance le téléphone sur le lit et me passe les mains sur le visage. Une part de moi a juste envie de rester là, enfouie sous la couette, à attendre que le temps passe. Une autre part de moi, celle qui s'accroche encore à je-ne-sais-quoi, murmure que, peut-être, ça vaut le coup d'essayer.

Finalement, je me lève, aussi lente et lasse qu'une tortue, enfilant un vieux jean et un pull qui traînaient sur le sol. Je me traîne jusqu'au miroir : mes cheveux roux sont ternis, mes yeux verts éteints. Une épave, rien de plus. Je souffle, agacée. « Allez, Mia… c'est juste dix-neuf jours ». Je passe vaguement mes doigts dans mes cheveux, sans conviction. Ce n'est pas comme si j'avais l'intention d'impressionner qui que ce soit. Mais bon, Liam fait l'effort de m'aider, alors autant que je ne vienne pas complétement négligé.

Je respire un grand coup, rassemblant le peu de courage qu'il me reste, et me résous finalement à sortir. Chaque pas me pèse, mais je continue, comme portée par un besoin de changement que j'ai encore du mal à assumer.

Je descends les escaliers de l'immeuble, le bruit sourd de mes pas semble rebondir sur les murs nus, soulignant le vide que je traîne en moi depuis des semaines. En sortant, l'odeur de sel et la brise fraîche de Cap Émeraude me rappellent ces rares moments de calme que j'ai connus.

Des souvenirs où maman et moi nous promenions dans le parc voisin, ses mains chaudes serrant les miennes tandis que nous riions ensemble.

L'air salé pique un peu, mais dans le fond, c'est presque agréable. Je marche, traînant les pieds. Je n'ai pas envie…

Le banc n'est pas loin, dissimulé dans ce parc tranquille au bord de la plage. Le contraste avec la tempête en moi m'étonne ; tout paraît étrangement surréel.

Le long du chemin, les fleurs sauvages dansent doucement, semblant se jouer silencieusement de mon propre mal-être. Même la plus belle des fleurs peut trouver racine dans la terre la plus sombre, mais moi, je ressemble à cette terre, sèche et stérile. À chaque pas, un doute me rattrape. « Pourquoi je fais ça ? Et si rien ne change ? ». Mais une petite voix me répète encore d'avancer, juste pour voir... pour comprendre ce que Liam a en tête.

Et puis, je l'aperçois, ce vieux banc usé par le temps, ses planches rongées par le sel et les tempêtes. Il résiste, malgré tout. Peut-être qu'il est comme moi : malmené, mais encore debout. Une idée absurde, sûrement, mais aujourd'hui, ce banc n'est pas qu'un simple morceau de bois. Il semble m'appeler. Pour la plupart des gens, c'est juste un endroit pour s'asseoir et flâner. Mais à partir de maintenant, pour moi, c'est bien plus. Il pourrait bien être le point de départ de quelque chose de nouveau. Il est placé là, face à la mer, cette mer qui avance et recule sans cesse, inlassable. Les vagues déferlent, puis se retirent, toujours en mouvement, comme un rappel cruel que le monde continue de tourner, peu importe ce que moi, je traverse. Ce contraste me frappe : là où l'eau trouve toujours un élan pour revenir, moi je reste bloquée…

Liam est déjà là, deux tasses de café posées près de lui. Un instant, je reste figée, observant cette scène. Il est assis en tailleur, prenant la mer en photo, comme si rien au monde ne pouvait l'atteindre. Pendant une fraction de seconde, je me demande si j'ai bien fait de venir. Et puis, sans raison apparente, je sens une pression au creux de ma poitrine. Ce type que je connais à peine… il semble détenir une clé, ou peut-être une réponse. Je ne sais même pas quoi espérer, mais une chose est sûre : j'ai besoin de savoir.

Je m'approche, hésitante, comme confrontée à un choix irréversible. Mes mains moites s'accrochent à la lanière de mon sac, et mon cœur tambourine si fort que je me demande s'il ne va pas s'échapper. Une part de moi a envie de faire demi-tour, de fuir avant qu'il ne me voie. Mais quelque chose me retient, un sentiment confus, presque douloureux, qui m'oblige à avancer malgré tout.

Puis, il lève les yeux et dès qu'il me voit, un sourire léger illumine son visage, apportant une douceur inattendue.

— Salut, Mia ! Dit-il, ses mains toujours posées sur son appareil comme s'il était prêt à capturer le moindre détail.

Il tend une tasse dans ma direction, les yeux pétillants de gentillesse.

— Je t'ai pris un latte, j'espère que ça te va.

Je remarque qu'il observe la lumière sur mon visage, l'air concentré, comme s'il analysait les jeux d'ombre, peut-être un réflexe de photographe.

Nos doigts se frôlent brièvement, et un léger frisson me traverse. Surprise par cette réaction, je retire ma main un peu trop vite, espérant qu'il ne l'a pas remarqué.

— Merci. Le latte, c'est parfait.

Je me surprends à repousser une mèche rousse derrière mon oreille. Je fais toujours ça quand je suis gênée.

Je m'assieds à côté de lui, un peu raide, les yeux perdus vers l'océan. Le bruit des vagues est apaisant, contraste saisissant avec le chaos dans ma tête. Je n'ose pas croiser son regard.

Liam, lui, parle avec une aisance déconcertante, énumérant ses groupes préférés et les bouquins qu'il dévore. Au début, je fais semblant de l'écouter, hochant distraitement la tête. Mais peu à peu, sans m'en rendre compte, j'y prête attention, presque malgré moi.

— Je sais que c'est compliqué, dit-il après un moment, sa voix plus douce, plus sérieuse cette fois. Mais merci d'être venue. Tu sais, je pense que dix-neuf jours, ça peut vraiment suffire pour se rendre compte de ce qui compte vraiment. Parfois, il ne faut pas plus.

Je hoche la tête sans vraiment le regarder, les yeux fixés sur les vagues qui viennent lécher le rivage. Elles avancent, reculent, cherchant peut-être à effacer quelque chose. À l'image de mes pensées, qui se bousculent sans répit.

— Ça fait du bien, ajoute-t-il doucement, comme s'il lisait dans mon esprit. Pas de pression, juste... être là.

J'avale une grande gorgée de mon latté, espérant que la chaleur me fasse oublier, même juste pour quelques secondes, à quel point tout semble tellement… surréaliste.

— Tout est... compliqué, je murmure, presque pour moi-même, ressentant le poids de mes propres mots.

Liam se tourne légèrement vers moi, et je peux voir dans ses yeux quelque chose que je n'arrive pas à cerner. De la compassion, ou peut-être... une forme de détermination. Pas le genre de regard qu'on te lance par pitié, mais plutôt comme s'il comprenait, vraiment.

— Je comprends, dit-il doucement, presque hésitant. On ira à ton rythme, un jour après l'autre.

Je reste silencieuse, fixant toujours les vagues, puis je me tourne vers lui, mes sourcils froncés. Quelque chose cloche. Pourquoi il fait tout ça pour moi ? On ne se connaît même pas.

— Pourquoi tu veux m'aider ? Je lâche, un peu plus sèchement que prévu.

Il hésite, passe brièvement sa main sur son poignet, là où j'aperçois une fine cicatrice à la forme d'un croissant de lune. Je vois qu'il est entrain de chercher les bons mots.

— Tu sais, Mia, ça fait un moment que je te croise dans l'immeuble. Tu semblais toujours... ailleurs, presque absente.

Il marque une pause, puis continue, la voix plus basse, plus sérieuse.

— Et puis cette nuit, sur le toit, je ne pouvais pas rester là à rien faire. Je ne sais pas ce que tu as traversé, mais je veux vraiment t'aider.

Je le fixe, incapable de répondre. Son regard est sincère, et je sens ma méfiance vaciller, même si quelque part au fond de moi ça résiste encore.

— Mais pourquoi moi ? demandai-je, la gorge nouée.

Liam prend une profonde inspiration, ses yeux accrochés aux miens. Je me sens vulnérable sous ce regard, comme s'il voyait plus que ce que je suis prête à montrer.

— Parce que je me suis trouvé là à ce moment là. Parce que je sais ce que c'est que de se sentir perdu, dit-il enfin. J'ai été comme toi, moi aussi, à un moment de ma vie. Et quelqu'un est venu, m'a tendu la main, et ça a tout changé. Je voulais faire la même chose pour toi.

Un silence s'installe, chargé de tout ce qu'on tait mais qu'on ressent profondément et je me rends compte que mes émotions sont en vrac. Il ne me voit pas juste comme cette fille au bord du gouffre. Il a vu ma douleur, et plutôt que de détourner le regard comme tout le monde, il a choisi de s'en approcher.

Je ne sais pas quoi répondre. Mon cœur s'emballe, pris au piège de quelque chose que je n'avais pas prévu. Un mélange d'émotions m'envahit, entre reconnaissance et… De l'attirance ? Non, c'est insensé.

— Et puis, continue-t-il, brisant le silence, il y a quelque chose chez toi, Mia. Une force, une lumière... Je pense que la vie a encore plein de belles expériences à t'offrir, mais tu n'es pas prête à le voir pour l'instant.

Mon cœur se serre. Ce qu'il dit est beau, mais en même temps, ça me fait peur. Parce que j'ai arrêté d'y croire depuis longtemps. Mais lui, semble y croire assez pour nous deux. Je suis touchée par ses mots.

— Merci, Liam.

Son visage s'illumine. Un sourire qui éclaire tout, même les coins les plus sombres de mon cœur. Une chaleur douce monte en moi, me noue la gorge. Cela faisait si longtemps que je n'avais pas ressenti cette présence rassurante, ce sentiment que quelqu'un est réellement là, avec moi.

— On va y arriver. Je veux t'aider.

Ces mots, ils me frappent. Ça me touche. Une part de moi veut s'accrocher à ce qu'il dit, se persuader que petit à petit, on peut remonter la pente. Pourtant, les doutes sont tenaces ; après tout ce que j'ai vécu, est-ce que quelqu'un peut vraiment comprendre ?

Un moment de calme s'établit entre nous, sans la moindre tension. Puis, d'un coup, il se lève, et me tend la main.

— Viens, dit-il, on va marcher un peu. La plage est magnifique aujourd'hui.

Je regarde sa main, hésitant un instant. Un léger tremblement me parcourt, mais je l'attrape enfin. Sa peau est douce, sa main est chaude, c'est réconfortant.

Nous marchons côte à côte, les pieds effleurant l'eau fraîche, tandis que Liam raconte des anecdotes d'enfance, sa voix se fondant au murmure des vagues. Des histoires qui, d'une manière ou d'une autre, arrivent à me décrocher un sourire. Il parle d'une fois où lui et son père avaient passé une journée entière à chercher des coquillages rares.

— Regarde celui-là, dit-il en se penchant pour ramasser un petit coquillage rose et blanc. Il est presque aussi beau que celui que j'avais trouvé avec mon père, gamin.

Je ne peux m'empêcher de sourire. Ce genre de petites histoires, me font du bien.

— Il est joli, dis-je doucement, fixant le coquillage dans sa main.

— Tiens, je te le donne, dit-il, le tendant vers moi. Comme souvenir de notre premier jour.

Je prends le coquillage, un peu émue par la simplicité de son geste.

— Merci.

Nos regards se croisent un instant, et je ressens un frisson, presque étrange. Ce n'est pas juste à cause du coquillage, pas vraiment.

Liam me montre les oiseaux marins, les décrivant avec une passion qui fait naître en moi un amusement inattendu. Depuis combien de temps je n'avais pas ri comme ça ? C'est étrange, mais agréable.

— Regarde ces mouettes là-bas, dit-il en désignant un

groupe perché sur un rocher. Elles ont un cri tellement strident qu'elles pourraient réveiller un mort.

Il inspire profondément, puis se met à imiter le cri des mouettes avec une expression totalement exagérée, ouvrant grand la bouche et produisant un son tellement aigu que je ne peux pas m'empêcher de pouffer de rire. Ses yeux plissés, sa bouche en "O" parfait... c'est à la fois ridicule et trop drôle.

— Et ceux-là, continue-t-il en montrant des cormorans, ce sont les pros de la pêche sous-marine. Ils plongent comme des flèches. C'est à se demander s'ils ne planquent pas des mini-bouteilles d'oxygène sous leurs ailes.

Il joint ses mains au-dessus de sa tête, mime un plongeon dramatique dans l'eau, avec un "plouf" bien sonore en atteignant le sol. Une envie de rire surgit, presque incontrôlable. Peut-être est-ce risqué de me laisser aller ainsi. Mais face à la maladresse de Liam, je craque, et la barrière cède, libérant une légèreté que j'avais oubliée.

— Et ça, reprend-il, en faisant semblant d'avoir un grand bec comme un pélican, c'est le pro du "J'ai bouffé un ballon de basket". Sérieux, tu as vu la taille de son bec ? Il pourrait gober un chiot entier, tranquille.

Il exagère ses mouvements, balançant ses bras comme s'il capturait des objets imaginaires, et je suis juste… pliée en deux. Je n'arrive plus à m'arrêter, retrouvant une joie oubliée depuis des mois.

Liam s'arrête un instant, son regard lumineux et satisfait posé sur moi.

— C'est chouette de te voir rire, Mia. Tu devrais le faire plus souvent.

Je hoche la tête, essuyant une larme qui coule encore à cause de mes éclats de rire.

— Franchement… c'était inattendu. Mais ça fait du bien.

On continue de marcher le long de la plage, nos pas en rythme avec le bruit des vagues. Je me sens plus légère, une part de moi s'étant libérée de quelque chose d'invisible. Je m'aperçois que Liam a cette capacité à rendre chaque moment spécial… Il transforme des détails anodins, comme les oiseaux marins, en quelque chose d'amusant et mémorable. Et là, sans prévenir, je me retrouve à rire à nouveau de ses imitations un peu foireuses, mais tellement comiques. Ces moments, aussi courts soient-ils, me rappellent que rire, ça peut encore exister dans ma vie.

Le soleil descend lentement, étendant des traînées d'or et de rose sur la mer calme. Le spectacle est apaisant, presque irréel, et pourtant, mon cœur se fait de nouveau lourd. Nous nous asseyons là, face à l'immensité de l'horizon. Je me demande si ce calme peut vraiment atteindre les tempêtes en moi. Une envie de croire en cette paix me traverse, mais une méfiance latente reste ancrée, impossible à ignorer.

— Liam, dis-je doucement, brisant finalement le moment, mes yeux toujours fixés sur les vagues. Merci pour aujourd'hui.

Il tourne la tête vers moi, son expression douce et sincère, qui me fait fondre un peu, je dois l'avouer.

— Ça me fait vraiment plaisir. Alors, tu te sens prête ? On continue ce pacte pour les dix-huit jours qui restent ?

Je vois sur son visage, ce genre d'éclat qui donne envie d'y croire, même quand il ne reste plus beaucoup de raisons. Pour la première fois depuis un moment, je me dis que peut-être… juste peut-être, ça vaut le coup d'essayer.

— Ouais, dis-je finalement en tournant la tête vers lui, intimidée. Continuons.

Liam hoche la tête, visiblement soulagé.

— Parfait. On se retrouve ici demain matin ?

— Ouais, ici, dis-je avec un petit sourire. Même si au fond, une partie de moi reste encore sur la réserve.

On reste là, assis en silence, à regarder les dernières lueurs de soleil plonger doucement derrière l'horizon. La nuit tombe, et étrangement, un calme m'envahit. Là, assise à côté de lui, tout se mélange dans ma tête : Peut-être que ce pacte va vraiment tout changer. Non Mia, ne te fais pas trop d'idées. Ce genre de choses, ça n'arrive qu'aux autres.

Sur le chemin du retour, je repense à cette journée. À chaque moment passé avec Liam. Ses histoires, parfois complètement dingues, son sourire qui met direct à l'aise, la chaleur de sa main. C'est simple, mais c'est plus que suffisant.

Quand j'ai accepté ce pacte, je n'y croyais même pas. Franchement, c'était plus un geste désespéré qu'autre chose. Mais là, après cette journée, je me dis pourquoi pas… Pour voir. Mais si ce n'est que pour dix-neuf jours, est-ce que ça vaut la peine de se laisser troubler ? Et si je découvre que j'ai plus à perdre qu'à gagner…

Je me surprends à repenser à ses imitations d'oiseaux, à la fois ridicules et tellement drôles, et à son rire communicateur. Ce garçon est déterminé à me prouver que la vie a encore des trésors à offrir. Il y croit, lui… Mais moi…

Je pousse la porte de mon appartement et m'adosse un instant contre elle, les yeux fermés. Le silence ici est lourd, bien loin du bruit apaisant des vagues et de la voix rassurante de Liam. Pourtant, même dans ce calme pesant, je sens un changement. Il y a toujours des ombres, des doutes, mais elles ne me paraissent plus aussi oppressantes.

Peut-être qu'il reste encore de la beauté cachée, des raisons d'avancer. Et pourtant, seule dans cet appartement, le vide me rattrape déjà. Est-ce que ça changera vraiment, tout ça ?

Je soupire doucement, puis me traîne vers ma chambre, laissant la fatigue de la journée m'envahir. Demain est un autre jour, et peut-être qu'il sera différent.

♥ Jour 2 - Liam

Je me réveille avec cette fatigue devenue familière, un poids auquel je me suis habitué. Mes doigts effleurent la cicatrice sur mon poignet, réflexe inconscient qui me rappelle que certaines douleurs ne disparaissent jamais complètement. Hier, il y a eu cette lueur dans les yeux de Mia… fugace, mais assez pour me donner une force insoupçonnée. Parfois, c'est ce genre de détail qui te fait avancer, même quand tout en toi résiste.

Aujourd'hui, mon but est de lui rappeler ce qui la faisait vibrer, avant que tout parte en vrille. Mais est-ce que je suis vraiment capable de l'aider ? Parfois, j'ai l'impression de m'accrocher à cette idée pour échapper à mon propre brouillard. En l'aidant, est-ce que je cherche aussi à me sauver ?

J'enfile vite fait un jean et un T-shirt, puis je me dirige direct vers la cuisine. Je glisse les croissants d'hier dans un sac en papier et presse des oranges pour un jus frais. Simple mais parfait.

Au milieu du pressage, je m'arrête. Une seconde, juste pour respirer. C'est con, mais parfois, je me demande si tout ça, ce n'est pas trop. Est-ce que je suis vraiment taillé pour l'aider comme je le voudrais ? J'écarte vite cette pensée. Il faut que je garde le cap.

Quand tout est prêt, je regarde l'heure. Déjà presque le moment de la retrouver. Je bois une dernière gorgée de café, espérant que la caféine fera son boulot. Parce que ouais, aujourd'hui encore, je veux être à 100% pour elle.

Avec détermination, je prends les croissants et le jus d'orange, bien décidé à faire en sorte que cette journée soit un autre pas vers la lumière pour Mia.

En arrivant au banc, je repère Mia tout de suite. Elle est là, les mains bien enfouies dans les poches de son jean, avec un petit sourire flottant sur ses lèvres, comme si elle n'était pas sûre de vouloir être là. Son attitude a une fragilité touchante, une hésitation mêlée de courage discret. On dirait qu'elle se bat contre quelque chose qu'on ne peut pas voir, mais qu'elle porte en elle.

C'est étrange, mais je trouve ça attendrissant. Elle est là, malgré tout ce qu'elle traverse, et ça me touche plus que je ne voudrais le dire. Elle se voit comme une épave, alors que moi, je la trouve forte dans sa vulnérabilité. C'est cette dualité qui la rend belle, même si elle ne le voit pas.

— Salut, Mia ! Bien dormi ? demandé-je en lui tendant un croissant et un verre de jus d'orange.

— Salut, Liam. Ouais, merci. C'est cool d'avoir pensé à ça.

— J'adore les petits déjeuners à l'arrache, dis-je en riant. Et aujourd'hui, j'ai prévu une activité spéciale. J'espère que ça va te plaire.

Elle me regarde, ses yeux plissés par la curiosité.

— Qu'est-ce que tu mijotes ?

— Ah, non ! dis-je en me levant avec un sourire espiègle. C'est une surprise ! Allez, lève-toi, tu verras bien.

On marche tranquillement, discutant de tout et de rien. Le genre de conversations légères qui te font te sentir bien sans même y réfléchir. La brise marine est douce ce matin, et Cap Emeraude commence à se réveiller doucement autour de nous.

Je la surveille discrètement, cherchant comment aborder ce que j'ai en tête sans trop en faire.

— Tu sais, je t'ai vue dessiner dans le parc, il y a quelques semaines, finis-je par dire, brisant le silence.

Elle tourne brusquement la tête vers moi, ses yeux agrandis par la surprise.

— Tu m'as vue ?!

— Ouais, tu semblais tellement concentrée. Totalement dans ton élément. C'était beau à voir, vraiment. J'ai tout de suite pensé que ça devait être quelque chose qui te faisait du bien.

Elle baisse les yeux, visiblement touchée et mal à l'aise, comme surprise qu'on ait remarqué ça en elle.

— Ça m'aide à m'évader…

Elle réfléchit un instant à mes mots, et un léger sourire effleure enfin ses lèvres.

— J'aimais vraiment ça… peindre, murmure-t-elle.

Cap Émeraude resplendit sous la lumière douce du matin. Les vitrines des magasins commencent à briller, les boulangeries ouvrent, et l'odeur du pain chaud envahit l'air. Ce parfum… ça donne l'impression que la vie continue, que tout est presque normal. C'est réconfortant. Chaque pas nous rapproche de la surprise que j'ai prévue, et je sens une petite boule de nervosité se former dans mon ventre. J'espère vraiment que ça va lui plaire.

Alors qu'on s'approche d'une petite galerie d'art locale, je remarque un changement subtil chez Mia. Elle fixe la galerie, captivée par les éclats de couleurs et les formes dans la devanture. C'est presque imperceptible, mais je la vois ralentir, puis reprendre son pas, comme si elle se laissait un peu emporter.

Nous nous arrêtons, et je l'observe tandis qu'elle scrute les œuvres exposées derrière la vitrine. Les couleurs vives des tableaux se reflètent dans ses yeux, illuminant un instant son regard éteint. Une mèche de ses cheveux roux glisse devant son visage, et elle la repousse machinalement d'un petit souffle court, captivée, plongée dans cet univers.

Je m'approche doucement d'elle, hésitant un instant avant de poser ma main sur son épaule.

— Je me suis dit que ça pourrait te plaire. On entre ?

Elle incline la tête légèrement, un sourire timide effleurant ses lèvres.

— Oui, allons-y.

Dès qu'on passe la porte, l'atmosphère change. L'odeur de la peinture fraîche et le silence des visiteurs donnent l'impression que l'art respire ici. Et je vois Mia se laisser happer par cet univers, comme si chaque tableau murmurait quelque chose qu'elle seule pouvait entendre.

On déambule entre les œuvres, et je sens qu'elle est fascinée. Les couleurs, les textures, chaque toile semble l'atteindre directement. Elle s'arrête devant une peinture particulièrement vibrante. Ses yeux suivent chaque coup de pinceau, absorbant chaque détail.

Je la regarde, et je sens qu'elle est en train de se reconnecter à une partie d'elle-même qu'elle pensait avoir perdue. Ça me touche. Parce qu'au fond, je sais ce que ça fait de se perdre. De sentir que quelque chose manque, que tout ce qui faisait sens a disparu.

— Ça te plaît ? demandé-je doucement, ma voix à peine audible.

— Oui. Ça me rappelle pourquoi j'aimais tellement ça.

Avant que je puisse répondre, un homme d'une cinquantaine d'années s'approche, ses cheveux gris ébouriffés, ses lunettes posées sur le bout de son nez. Il a cette attitude chaleureuse qui te met à l'aise immédiatement.

— Bonjour, je suis Marc, l'artiste de cette exposition, dit-il en tendant la main.

Mia et moi échangeons un regard avant de serrer sa main tour à tour.

— Bonjour, Marc. Vos œuvres sont vraiment magnifiques, dis-je sincèrement.

— Merci beaucoup, répond-il, ses yeux pétillant d'une certaine fierté. L'art, c'est ma manière de parler sans mots, de laisser sortir ce qui doit l'être. Vous voyez ce que je veux dire ?

Mia hoche la tête, ses yeux brillants d'un intérêt certain.

— Oui... Je pense que l'art peut dire des choses que les mots n'arriveraient jamais à capturer.

Marc lui sourit, ravi par sa réponse. Il la regarde, comme si elle avait exprimé exactement ce qu'il ressentait.

— Exactement. Chaque peinture raconte une histoire, même les silences. C'est ce qui fait que l'art touche tellement de gens, ajoute-t-il avec un éclat dans les yeux.

Marc nous fait un tour rapide de la galerie, partageant les histoires derrière ses œuvres. Mia pose quelques questions, et je vois la curiosité briller dans ses yeux.

Nous nous arrêtons devant une toile vibrante, représentant un coucher de soleil presque surnaturel, avec des nuances d'orange, de pourpre et de rose qui se fondent les unes dans les autres.

— Vous savez, dit Marc, les mains dans les poches, cette peinture est née d'une période où j'étais complètement perdu. Je n'avais plus de repères, et c'est l'art qui m'a ramené. Ça a été le seul moyen pour moi de dire ce que je ne pouvais pas exprimer autrement.

Mia fixe la toile, absorbée, ses yeux s'attardant sur chaque détail. Je la regarde du coin de l'œil, et je sens quelque chose changer en elle.

— C'est magnifique, murmure-t-elle. On peut sentir l'émotion dans chaque coup de pinceau. C'est comme si le tableau respirait…

Marc sourit doucement, visiblement touché.

— L'art a ce pouvoir, dit-il. Il guérit, il répare. Il nous donne un nouveau regard sur le monde.

Ses mots flottent dans l'air, résonnant comme une vérité silencieuse.

Nous continuons notre visite, et à chaque nouvelle œuvre, je vois Mia s'ouvrir un peu plus. Son visage, d'habitude tiré par la lassitude, s'illumine lentement, comme si les couleurs vives et les textures audacieuses des tableaux réveillaient quelque chose en elle. Elle marche avec un peu plus d'assurance, et je me surprends à sourire en la voyant retrouver un semblant de passion dans ses yeux.

Une fois notre conversation avec Marc et notre admiration pour ses œuvres achevées, nous finissons par nous asseoir sur un banc au centre de la galerie. L'endroit est paisible, à l'exception des murmures des quelques autres visiteurs.

— Merci de m'avoir amenée ici, Liam. Je me sens bien.

Je prends sa main, la serrant doucement dans la mienne. Elle est surprise par ce geste mais ne la retire pas.

— C'est tout ce que je voulais, Mia, murmuré-je, mon regard plongé dans le sien.

Elle esquisse un sourire timide, et cela suffit à donner une magie particulière à cet instant.

Nous nous levons et continuons de marcher, jusqu'à ce petit coin aménagé pour les visiteurs qui veulent essayer de peindre eux-mêmes. Des chevalets, des toiles vierges et des pots de peinture sont disposés sur des tables, attendant d'être utilisés.

— On va… peindre ? demande Mia, une moue enjouée éclairant son visage.

Je hoche la tête avec enthousiasme, en installant tout ce dont on a besoin.

— Oui. Je me suis dit que ça pourrait être sympa. Remonter un peu à la source, tu vois ? En plus, je suis sûr que tu es très douée. Tu te souviens comment on tient un pinceau, hein ? je plaisante en ajustant une toile sur un chevalet.

Elle laisse échapper un petit rire en prenant elle-même son matériel. Le son est léger, presque fragile, mais il est là, et c'est tout ce qui compte.

— Ça fait un moment… mais ouais, je crois que je m'en souviens, dit-elle avec un clin d'œil.

Je la regarde s'installer, et je sens que quelque chose de spécial se passe, ici, maintenant. C'est comme si chaque geste qu'elle faisait, aussi simple soit-il, marquait une petite victoire sur la douleur qui l'accable. Mais au fond de moi, une peur subsiste : et si tout ça ne suffisait pas ? Et si, malgré mes efforts, je n'arrivais pas à raviver cette lumière que je perçois chez elle ? Je secoue la tête pour chasser ce doute. Aujourd'hui, je veux juste être là pour elle, sans penser à l'après.

Je l'observe alors qu'elle trempe son pinceau dans la peinture, son visage complètement concentré. Elle mordille sa lèvre inférieure, chaque coup de pinceau semblant avoir un enjeu majeur.

— Fais gaffe, dis-je en prenant un ton faussement sérieux, il y a une technique *très* sophistiquée pour ça. Il faut tenir le pinceau comme un maître de la Renaissance, tu vois, avec toute l'élégance et la grâce d'un artiste émérite.

Mia lève les yeux vers moi, son regard moqueur, avant de secouer la tête, amusée.

— Ah ouais ? Et si je tiens le pinceau comme ça ? répond-elle en adoptant une posture ridicule, tenant le pinceau comme un couteau prêt à trancher quelque chose d'invisible.

Je ris, jouant le jeu.

— Ah ! C'est la technique des rebelles du 21e siècle. Ils tiennent leur pinceau comme ça pour montrer qu'ils se fichent des règles.

Elle éclate de rire, un vrai éclat qui fait vibrer l'air autour de nous et sursauter les autres visiteurs. Ah… Je pourrais vivre pour ce son !

L'atmosphère est légère et complice. On échange des regards, des petites blagues, des commentaires sur nos "œuvres" respectives. Et à chaque instant, je la vois se détendre un peu plus, son pinceau glissant sur la toile avec une assurance qui grandit. Elle s'immerge dans ce moment, et c'est beau à voir.

— Tu sais, dis-je en jetant un coup d'œil à sa peinture, je suis à deux doigts de parler à Marc pour qu'il te laisse exposer ici. Il serait sûrement jaloux de ton talent.

Elle me lance un regard sceptique, l'amusement au coin des lèvres.

— Sérieux, Liam ? Tu n'es vraiment pas obligé de me faire des compliments pourris comme ça, réplique-t-elle en secouant la tête.

— Compliments pourris ? rétorqué-je, feignant

l'indignation. Je suis *très* sérieux. Un peu de pratique et bim, tu es la prochaine artiste en vogue. Faut juste trouver un bon prof.

Elle lève un sourcil, l'étincelle de malice dans ses yeux ne m'échappe pas.

— Ah ouais ? Et tu te proposes pour le poste ? Parce que je vais te dire, je ne suis pas une élève facile.

Je m'incline légèrement, jouant le rôle à fond.

— Absolument, mademoiselle. *À votre service.*

Elle éclate de rire, et c'est ce genre de moments qui fait tout oublier, même si ce n'est que pour quelques secondes.

— Regarde ça, dis-je en lui montrant ma toile à moitié terminée, un sourire narquois au coin des lèvres. Pas mal, hein ?

Mia resta figé, elle mit sa main devant sa bouche, à la fois surprise et désabusé.

— Euh… intéressant, on va dire. Une interprétation... très personnelle, lance-t-elle en tentant de garder son sérieux.

Je fais mine d'être blessé, portant théâtralement une main à mon cœur.

— Aïe, ça fait mal. Et dire que je pensais révolutionner le monde de l'art avec *cette* œuvre.

Elle secoue la tête, et jette un coup d'œil à sa propre toile.

— Franchement, je préfère la tienne, dit-elle en me faisant un clin d'œil. Elle a un certain… panache.

Je ris doucement, amusé par son ton.

— Ah, j'ai toujours été audacieux, moi. Mais regarde ta toile, elle est magnifique. Tu as vraiment un talent naturel.

Je vois ses joues rougir légèrement tandis qu'elle baisse les yeux vers sa peinture.

— Merci, mais je pense que tu me flattes, réplique-t-elle avec modestie.

Je secoue la tête, cette fois totalement sincère.

— Non, vraiment. Tu arrives à capturer des émotions, comme si c'était facile. C'est un talent rare.

A ces mots, je vois dans ses yeux un mélange de reconnaissance et de gêne.

— Ça fait du bien de peindre à nouveau. Merci, Liam.

Je lui réponds doucement.

— De rien, Mia. C'est un plaisir de te voir sourire comme ça… et de te reconnecter avec ce que tu aimes.

On continue à peindre en silence pendant un moment, laissant la tranquillité nous envelopper. Il n'y a rien à dire, juste le bruit des pinceaux glissant sur les toiles.

— J'avais oublié à quel point c'était apaisant de peindre, murmure-t-elle.

— Parfois, on a juste besoin d'un petit coup de pouce pour s'en rappeler.

On termine nos toiles, échangeant quelques dernières plaisanteries, puis on remercie Marc avant de quitter la galerie. Dehors, la lumière du soir s'adoucit. L'air est frais, apaisant, et on marche côte à côte, nos pas tranquilles sur le trottoir.

— Alors, qu'est-ce qu'on fait demain ? demande-t-elle, brisant le silence avec un petit sourire.

Je ne peux m'empêcher de sourire à mon tour. Le fait qu'elle pense déjà à demain, qu'elle soit même curieuse de ce qu'il nous réserve... ça me fait tellement plaisir.

— Tu verras bien, je dis en essayant de garder une part de mystère. Chaque jour a son lot de surprises.

Elle plisse les yeux doucement.

— Mystérieux, hein ?

— C'est comme ça que les meilleures aventures commencent, non ?

Une fois devant notre immeuble, nous montons les escaliers ensemble, tranquillement. Devant sa porte, elle se tourne vers moi, et je vois dans ses yeux cette gratitude qui me frappe en plein cœur.

— Merci pour aujourd'hui. C'était vraiment… réparateur.

Je ressens un mélange de soulagement et de peur en

entendant ses mots. Elle avance, oui, mais est-ce que je pourrai vraiment l'accompagner jusqu'au bout ? Je ne le sais pas.

— Je suis content que ça t'ait plu, Mia. Repose-toi bien. À demain.

— À demain, répond-elle avec un sourire, avant d'ouvrir la porte et de disparaître à l'intérieur.

Je rentre dans mon appartement, le cœur léger. Cette journée a été un succès, et quelque part, j'espère que demain sera encore mieux. Quand je ferme la porte derrière moi, une vague de fatigue me tombe dessus, mais c'est le genre de fatigue que tu accueilles avec le sourire. Le genre qui te dit que tu as fait quelque chose qui compte.

Je pose mes clés sur la table, me dirige vers la cuisine et attrape un verre d'eau. Je bois lentement, savourant ce moment de calme après l'intensité de la journée. Ensuite, j'ouvre doucement le tiroir pour en sortir une boîte de médicaments. Ces gestes, c'est devenu la routine. Presque comme un rituel que je fais sans trop y penser. Je prends une pilule, la regarde un moment avant de l'avaler d'une gorgée d'eau.

Je me traîne jusqu'à la chambre, mes gestes plus lents, plus lourds. Ouais, la journée a été longue, et mon corps commence à me le rappeler. Mais c'est une fatigue que j'accepte volontiers, parce qu'elle a du sens. Parce qu'aujourd'hui, ce n'était pas une journée perdue.

Allongé sur mon lit, je repense à Mia : son sourire timide, ses rires qui me hantent encore. Cette étincelle, elle n'est pas encore pleinement là, mais je la perçois.

Je ferme les yeux, laissant les souvenirs de la journée se mêler aux rêves qui ne tardent pas à venir. Je m'endors avec un sourire aux lèvres, mon esprit déjà tourné vers demain, et toutes ces petites surprises qu'on pourra partager. Je sais que le temps est compté, et parfois, la peur me rattrape : et si tout ça ne suffisait pas ? Alors chaque jour, chaque minute, je compte bien les rendre inoubliables.

♥ Jour 3 : Mia

Je me réveille, partagée entre l'appréhension et une excitation subtile. Les premiers rayons du matin se glissent entre les rideaux, comme une douce invitation à quitter le lit. Je passe quelques minutes à me tourner et à m'étirer lentement avant de finalement me lever. Mes pensées dérivent déjà vers ce que la journée pourrait m'apporter.

Je choisis un jean usé et un pull confortable. Devant le miroir, je note que mes yeux sont moins rouges et gonflés qu'à l'accoutumée, un détail qui, malgré tout, me semble une petite victoire. Une petite étincelle d'espoir au milieu du chaos.

Je prends mon sac et descends les escaliers, le bruit de mes pas résonne dans l'immeuble vide. Dehors, l'air est frais, légèrement salé, et il me rappelle que je suis là, que je suis encore en vie.

Le banc se profile au loin, et je ralentis pour savourer la quiétude matinale. Les rues sont calmes, et les premiers rayons du soleil inondent tout d'une douce lumière dorée. Pendant un instant, le monde semble plus léger, plus supportable.

En approchant, je le vois déjà assis là, avec ses deux cafés et un sac posé à côté. Le genre de scène qui, à première vue, pourrait sembler parfaite dans un film... La réalité est bien différente. Lorsque Liam lève les yeux et m'aperçoit, un sourire éclaire son visage. Pas un sourire exagéré ou forcé, juste une expression simple, authentique, comme s'il était vraiment content de me voir.

Étrangement, ça m'éveille une sensation douce, presque oubliée, qui remonte lentement. Une chaleur discrète, que je n'avais pas ressentie depuis longtemps

— Salut, Mia ! Bien dormi ? me demande-t-il en me tendant un café.

— Salut, Liam. Oui, ça va. Et toi ?

— Super. Prête à partir à l'aventure ?

Je l'observe, déjà intriguée par ce qu'il mijote aujourd'hui.

— A l'aventure ? Qu'est-ce que tu me prépares ?

Il sourit, visiblement satisfait de garder le suspense.

— Une petite randonnée dans une réserve naturelle. Ça te tente ?

Je fronce les sourcils et sens mon enthousiasme retomber.

— Une randonnée ? Faut que je te dise un truc... les petites bestioles et moi, on n'est pas vraiment amies.

Il éclate de rire.

— T'inquiète, je te protégerai. Fais-moi confiance.

Je laisse échapper un soupir tout en esquissant un sourire en coin.

— En plus je déteste marcher !

Il me lance un regard espiègle, les yeux pétillants.

—Promis, on va y aller tranquille. Et qui sait ? Peut-être que tu vas aimer.

Je le fixe, hésitant entre décliner et céder à ma curiosité. Finalement, l'envie de sortir de ma routine pour une fois l'emporte.

— Bon... mais si je vois une araignée, c'est toi qui t'en occupes !

Il rit encore, plus fort cette fois.

— Marché conclu ! Allez, en route.

Nous finissons nos cafés, puis on prend la route vers la réserve naturelle. L'ambiance est légère, remplie de plaisanteries. Liam me parle de musique, de ses photos préférées, et je l'écoute, tentant d'ignorer la légère apprehension qui monte en moi.

Dès notre arrivée, je suis frappée par la beauté paisible du lieu. Les arbres, majestueux, et le chant des oiseaux, presque cinématographique, s'accordent avec l'air imprégné de pin et de terre humide. Liam s'arrête un instant, sort son appareil photo, les yeux illuminés. C'est sa passion ça se voit : capturer l'instant avant qu'il ne lui échappe.

Il m'invite à le suivre sur le sentier, ses pas confiants crissant sur le sol feuillu, comme s'il avait grandi ici. Moi, en revanche, c'est une autre histoire. Chaque buisson et chaque branche me font sursauter. Je jette des coups d'œil nerveux autour de moi, persuadée qu'une armée d'insectes va jaillir à tout moment.

— T'inquiète, c'est juste la nature, me rassure Liam avec un sourire en coin.

Je le regarde, légèrement sceptique.

— Ouais, facile à dire pour toi. Mais moi, j'ai l'impression que ces buissons complotent contre moi.

Il rit, un rire sincère et doux, qui résonne dans l'air frais.

— Promis, je gère tout ce qui rampe ou vole.

Malgré moi, je souris, rassurée par sa présence. Je n'en n'oublie pas pour autant de surveiller les alentours.

— Relax, dit Liam en me jetant un regard amusé. Les fourmis ne mordent pas... enfin, pas toutes.

Je lui lance un regard noir, avant de faire une grimace.

— Super rassurant, merci. La nature et moi, ça fait deux.

Il émet un gloussement, qui me fait lever les yeux au ciel.

— Fais-moi confiance, Mia. Regarde autour de toi, respire un bon coup. La nature, ce n'est pas si terrible que ça.

Je soupire, mais je m'efforce de suivre son conseil. Je laisse l'air vif remplir mes poumons, ancrant ce moment en moi. Mes épaules se détendent peu à peu, tandis que le chant des oiseaux brise doucement le silence, m'apaisant plus que je ne l'aurais cru.

— C'est fou comme la lumière transforme tout, dit-il en fixant un rayon de soleil perçant les branches.

— Ma mère disait la même chose. Quand on peignait ensemble, elle choisissait toujours les moments où la lumière était parfaite, comme à l'aube ou au crépuscule.

Liam ajuste son pas au mien, une mine satisfaite illuminant son visage. Il s'arrête parfois pour désigner une plante insolite ou un oiseau coloré que je n'aurais jamais remarqué seule, sa voix teintée de passion.

— Regarde, celui-là, dit-il en désignant un oiseau tout en couleurs. Il peut passer des heures à chercher sa nourriture dans la terre.

Je hoche la tête, feignant l'intérêt, mais ce que je remarque surtout, c'est à quel point sa présence me rassure. Il ne se moque pas de moi, ne me pousse pas à aller plus vite. Il est juste... là, à côté de moi, et ça me fait du bien.

— Tu sembles vraiment connaître cet endroit, dis-je, la curiosité piquée.

Liam sourit.

— Oui, je suis beaucoup venu depuis que je suis chez mon père, avoue-t-il, le regard perdu dans les arbres. C'est un super endroit pour prendre des photos et se ressourcer. Quand tout devient trop lourd, je viens ici pour souffler, réfléchir... me retrouver.

Il a l'air sérieux, presque vulnérable, et ça me surprend. Cette sincérité, ce côté presque fragile, me touche plus. Je jette un nouveau coup d'œil autour de moi, les arbres, les oiseaux... Peut-être que ce lieu n'est pas juste une forêt pleine de bestioles agaçantes. Peut-être que ça pourrait devenir... autre chose. Un refuge pour moi aussi.

Mes réticences se dissipent lentement, chaque pas semble lever un peu du voile sombre qui m'enveloppe.

— Regarde, dit-il en s'accroupissant près d'une plante, une étincelle d'excitation dans les yeux. C'est une fleur rare qu'on ne trouve que dans cette région.

Je m'approche prudemment, mes réticences initiales oubliées l'espace d'un instant, et je m'arrête juste à côté de lui. La fleur est délicate, presque irréelle, comme si elle n'appartenait pas tout à fait à ce monde.

— C'est magnifique, murmuré-je, un peu à moi-même.

— Oui, la nature a une façon de nous surprendre, répond-il en souriant, toujours accroupi, ses yeux suivant chaque détail de la plante avec une tendresse presque palpable.

Peu à peu, mes épaules se relâchent tandis que nous continuons notre marche. L'air frais, le chant des oiseaux, tout semble conspirer pour m'aider à me détendre. Les soucis du quotidien paraissent plus lointains ici, comme si la nature elle-même les étouffait, les rendait insignifiants.

Liam s'arrête devant une fourmilière et se penche avec ce même enthousiasme presque enfantin.

— Viens voir ça, dit-il, sa voix pleine d'une fascination sincère. Regarde comment elles travaillent ensemble.

Je m'approche, un peu sceptique, mais sa curiosité est contagieuse. Je m'accroupis à côté de lui, mes genoux effleurant les siens, et je me mets à observer les fourmis en action. Elles vont et viennent, complètement concentrées sur leur tâche, indifférentes à notre présence.

Liam décrit avec passion l'étrange ballet des fourmis et la rigueur de leur travail silencieux. Et là, je réalise quelque chose : je suis fascinée. Par les fourmis, par sa passion, par cette étrange connexion qui se tisse entre nous.

— C'est incroyable. Elles sont si petites, mais... tellement organisées.

— Oui, c'est un monde en miniature, dit-il doucement. Ça nous rappelle que même les petites choses comptent. Que tout a son importance.

Je tourne la tête, et nos visages, si proches, révèlent chaque détail de ses yeux. Ils sont d'un bleu à couper le souffle. Lorsqu'il me regarde comme ça, j'ai l'impression que la terre s'ouvre sous mes pieds et m'engloutis.

Après l'observation des fourmis, un silence complice s'installe tandis que nous reprenons notre marche, le sentier s'ouvrant progressivement sur un panorama grandiose. Je remarque que mes pas sont plus assurés, mes pensées plus légères. Ces petites bêtes, qui m'effrayaient tant, me paraissent maintenant fascinantes. Elles font partie de ce tout qui respire la beauté. Et pour la première fois, je laisse la nature m'envahir sans résistance.

Nous atteignons enfin le sommet de la colline. Devant nous, la vallée s'étend, baignée dans les teintes dorées du crépuscule. Le spectacle est si vaste, si vibrant, qu'il m'en coupe le souffle. Le monde s'étend, infini, sauvage, empreint d'une paix étrange.

Je suis essoufflée, mais pas seulement à cause de la marche. La beauté brute de cet endroit me submerge, simple et majestueuse. Un calme inattendu m'envahit, et je réalise combien cette sensation m'avait manqué.

Je ferme les yeux, laissant la brise fraîche et le chant des oiseaux m'envahir. Chaque respiration semble plus vraie, m'allégeant un peu plus de mes fardeaux.

Je rouvre les yeux et regarde Liam. Lui aussi, silencieux, absorbé par le spectacle devant nous. Ses yeux fixés sur l'horizon, une intensité sereine dans le regard, comme s'il espérait trouver une réponse dans le ciel.

Je sens un frémissement intérieur. Cette connexion naissante avec lui, inattendue, ne me fait pas peur. Elle me réchauffe et me fait me sentir vivante.

Son regard glisse vers le mien, un mouvement léger qui capte mon attention. Son sourire, doux, fait battre mon cœur un peu plus fort, comme s'il venait de créer un écho dans ma poitrine.

— Ça va ? dis-je, un brin inquiète, en voyant son souffle encore légèrement irrégulier.

Liam hoche la tête, toujours ce même sourire aux lèvres.

— Oui, ne t'inquiète pas, c'est juste l'altitude… et l'effort. Rien de grave.

Je veux le croire, vraiment, mais j'ai l'impression que quelque chose cloche. Et son sourire, ce fichu sourire qui pourrait presque me faire oublier tout le reste, essaie de me rassure assez pour que je relâche la tension.

— Tu es vraiment sûr ?

Il prend une grande respiration, puis la relâche lentement avant de hocher la tête, plus fermement cette fois.

— Absolument. Regarde cette vue, Mia. Sérieusement, n'est-ce pas magnifique ?

— Oui, c'est... c'est incroyable.

Il y a ce moment, suspendu dans l'air, où plus rien n'existe autour de nous. Juste lui, juste moi, et ce sentiment indéfinissable qui flotte entre nous, quelque chose de silencieux mais si puissant. Pour la première fois, je sens un vrai rapprochement, un lien tacite qui ne demande aucun mot, juste la présence de l'autre. Comme si, à cet instant précis, le reste du monde avait disparu.

— Je voulais te montrer, dit-il en fixant l'horizon, à quel point le monde peut être beau… même quand il est simple.

Ses mots me touchent plus profondément que je ne m'y

attendais.

—Je crois que je commence à comprendre, dis-je doucement.

Je ne suis pas encore totalement là, pas encore totalement guérie, mais je sais que quelque chose en moi commence à changer.

Il se rapproche un peu plus, nos épaules s'effleurent presque, et je sens cette énergie subtile mais puissante entre nous.

— Tu sais ce qui serait encore mieux ? dit-il doucement, ses yeux fixés sur l'horizon.

— Quoi ? je demande, intriguée par sa soudaine intensité.

Il se lève d'un bond, les mains dans les poches et la détermination inscrite sur son visage.

— Libérer tout ça, toutes nos émotions, annonce-t-il. Crier. Essaye, tu verras.

Je laisse échapper un petit rire nerveux.

— Crier ? Tu plaisantes ?

— Je suis très sérieux, dit-il en me tendant la main, son regard étincelant d'une lueur amusée. Tu n'imagines pas à quel point ça peut faire du bien. Allez, on le fait ensemble.

Je l'observe, hésitante, mais sa main tendue et son regard serein finissent par me convaincre. Je glisse ma main dans la sienne et me lève.

— Ok, si tu le dis…

Liam sert les poings, ses yeux fermés, puis il crie. Un cri puissant, brut, plein de tout ce qu'il garde en lui. Ça me prend par surprise, la sincérité et l'intensité de ce cri.

— Allez, Mia, à toi maintenant. Lâche-toi, dit-il en me jetant un regard encourageant.

Après une inspiration qui chasse mes hésitations, je laisse échapper un cri, puissant et libérateur. Il vient de si loin en moi que je ne savais même pas qu'il existait. Rempli de tout ce que je n'ai jamais dit, tout ce que j'ai gardé en moi : la douleur, la colère, la peur. Et contre toute attente, ça fait un bien fou. Un poids que je portais depuis trop longtemps semble enfin se libérer, emporté par le vent.

Quand mon cri s'éteint, je reste là, essoufflée mais étrangement légère. Je tourne la tête vers Liam, et il me sourit, un sourire vrai, plein de fierté.

— Tu vois, dit-il en riant doucement, je t'avais dit que ça faisait du bien.

— Tu avais raison ! Woua !

Liam éclate de rire, et sans même m'en rendre compte, je me mets à rire avec lui. Un rire qui monte du fond de mon être.

Je ferme les yeux, inspirant profondément cette sensation de liberté, cette impression que, même si ce n'est que pour un moment, je suis vraiment vivante. Vraiment là. Dans l'instant.

Les derniers rayons du soleil teintent le ciel, transformant le paysage en un tableau vivant. Chaque couleur semble vibrer avec une intensité nouvelle, et je me sens plus vivante que jamais.

— C'était incroyable, soufflé-je, mon regard toujours perdu dans l'horizon.

Il se tourne vers moi, un éclat bienveillant sur son visage.

— Je te l'avais bien dit. Et sache que tu es courageuse Mia, plus que tu ne le pense.

Un calme paisible s'installe, et nous savourons la tranquillité de l'instant. Le monde autour de nous semble s'être arrêté, nous laissant seuls avec nos pensées.

Finalement, nous commençons à descendre la colline, nos pas synchronisés sur le sentier. La nature nous enveloppe de sa sérénité.

En rentrant chez moi ce soir, je me sens... différente. Plus légère. Pour la première fois depuis longtemps, le poids que je traîne partout s'est un peu allégé. Chaque souvenir de la journée repasse en boucle dans ma tête, chaque rire, chaque sourire, comme de petites victoires contre ce foutu désespoir qui m'engloutissait jusqu'ici.

Je me dirige lentement vers la salle de bains, allume la

lumière et fais couler un bain chaud. L'odeur apaisante de la lavande imprègne l'air, douce et enveloppante, me rappelant les soirées d'été à écouter de la musique avec maman.

Alors que l'eau continue de remplir la baignoire, je me débarrasse de mes vêtements, ressentant chaque courbature de la journée dans mon corps.

Je m'immerge dans l'eau, la chaleur me berce et relâche chaque muscle. Mon esprit dérive, repensant à Liam, à sa façon de me faire rire, à son regard plein de promesses. Je ferme les yeux, un léger sourire aux lèvres.

Aujourd'hui, il m'a montré que même dans cet environnement sauvage, il y a une certaine beauté, une paix qu'on peut choisir d'embrasser. Et étrangement, j'y ai trouvé du réconfort.

« Ça fait du bien, non ? » me dis-je en imitant la voix de Liam. Je hoche la tête, seule dans mon bain. Oui, ça fait un bien fou. Un murmure m'échappe, presque involontaire : « Merci, Liam. »

Je laisse mes pensées vagabonder jusqu'à notre conversation au sommet de la colline. Ses mots résonnent encore dans mon esprit : « Tu es courageuse, plus que tu ne le penses. » Est-ce que c'est vrai ? Peut-être que je suis plus forte que je ne le pense, que je me suis simplement perdue en chemin.

Je savoure l'idée, l'eau chaude apaisant mon corps et mon esprit. Chaque muscle se relâche, et une sensation de calme, presque nouvelle, s'installe. Cette journée… c'est comme une petite victoire, un pas de plus vers quelque chose que j'avais presque oublié : la guérison. Ce pacte, que j'avais trouvé ridicule au début, commence à prendre un sens. Il y a de l'espoir, une lueur que je n'avais pas prévue, une lumière timide qui perce doucement l'obscurité.

Après un long moment à laisser l'eau faire son effet, je finis par sortir du bain, me séchant doucement. J'enfile mon pyjama le plus confortable et me glisse sous les couvertures. Mon lit n'a jamais été aussi accueillant. Je ferme les yeux, le cœur plus léger que ces dernières semaines.

Pour la première fois depuis… je ne sais même plus combien de temps, je m'endors avec un sourire sur les lèvres, impatiente de voir ce que demain pourrait m'apporter.

❤ Jour 4 : Liam

Ce matin, l'excitation est mêlée d'inquiétude. Mon souffle se fait court, une douleur sourde s'insinue dans ma poitrine, insistante. Je prends quelques secondes pour dompter l'agitation intérieure. Pas maintenant. Je le répète, comme un mantra. Puis, je me lève.

Je me traîne jusqu'à la salle de bains, le corps plus lent que d'habitude. Mon reflet fatigué dans le miroir est une réalité que je choisis d'ignorer. J'attrape la boîte de médicaments, en avale un, puis prends une profonde respiration. Ça va passer. Ça doit passer.

Hier, Mia a laissé entrevoir une partie d'elle-même, une lueur que je n'avais pas encore vue.

Je me souviens de la première fois où je l'ai entendue jouer du piano. J'étais sorti précipitamment de chez moi, cherchant à fuir une discussion tendue avec mon père, qui essayait encore une fois de reconstruire un lien entre nous. La colère et la frustration brûlaient en moi, chaque mot échangé résonnant comme un échec de plus. Je m'étais arrêté en bas de l'immeuble, l'air frais apaisant un peu la chaleur de ma colère, quand une mélodie m'avait soudain figé sur place.

C'était elle. Les notes, vibrantes et pleines d'émotion, montaient de sa fenêtre entrouverte, tissant un langage que je ne comprenais pas totalement mais qui touchait quelque chose de profond en moi. C'était bien plus que de la musique ; c'était une confession intime. À cet instant, j'ai su qu'elle avait un don, un moyen de dire au monde ce que les mots échouaient à exprimer. Et étrangement, ce soir-là, c'était elle qui avait réussi à apaiser un peu la tempête en moi.

Aujourd'hui, alors que le soleil se lève, je me sens prêt à raviver cette passion en elle, celle qui s'est peut-être estompée mais qui n'a jamais complètement disparu. J'ai acheté des billets pour un concert de musique classique. Je me dis que ça pourrait être bien. Ça pourrait réveiller cette part d'elle qui a besoin de s'exprimer à travers la musique.

Je prends une dernière gorgée d'eau, me redresse, et décide que ça va aller. La douleur s'atténue, mais je sens encore cette tension sourde. Je passe brièvement ma main sur ma poitrine, un geste presque inconscient, avant de chasser la sensation d'un soupir.

Je fourre quelques bouteilles d'eau et des en-cas dans un sac, essayant de ne pas trop réfléchir à la douleur. Tout ira bien. J'ai l'habitude de cacher ça. Aujourd'hui, je veux que Mia passe une bonne journée. C'est tout ce qui compte.

En arrivant au banc, je la repère déjà, assise, observant un couple qui se balade sur le sable. Ses cheveux roux, vibrant sous la lumière du matin, flottent légèrement dans la brise et semblent presque danser autour de son visage parsemé de petites taches de rousseur. Il y a quelque chose d'infiniment paisible dans sa posture, un air rêveur qui me donne l'impression qu'elle est toujours un peu ailleurs, la tête dans les nuages.

Ses doigts effleurent distraitement une mèche de ses cheveux, un geste familier qui trahit son habitude quand elle réfléchit ou se sent nerveuse. Je m'arrête un instant, une pulsation sourde traversant ma poitrine. Quand elle tourne finalement la tête et que nos regards se croisent, une lueur de douceur passe dans ses yeux, m'enveloppant d'une chaleur inattendue. Un frisson parcourt ma peau, dissipant un peu des incertitudes que je porte en moi.

— Salut, Mia ! Bien dormi ? demandé-je, dissimulant mon essoufflement derrière un sourire.

— Salut, Liam. Un peu mieux que d'habitude, je crois, dit-elle en haussant légèrement les épaules.

— C'est déjà... un bon début, non ? On y va ?

Elle me regarde, curieuse, hochant la tête.

— Qu'est-ce que tu as en tête cette fois-ci ?

Je fais mine de fouiller dans mon sac avant de sortir deux billets, les agitant doucement sous son nez. Pendant un bref instant, je me demande si cela suffira à éveiller la passion qu'elle a enterrée.

— J'ai pensé que ça te rappellerait des souvenirs. Concert de musique classique. Ça te tente ?

Ses yeux s'illuminent, et je peux voir un éclat de surprise et d'excitation y briller.

— Un concert ? Je n'y suis pas allée depuis des années, dit-elle, une ombre de nostalgie dans le regard.

— Parfait alors. Allons réveiller cette passion qui sommeille en toi !

Je remarque un léger froncement de sourcils chez Mia, un éclair de surprise traversant ses magnifiques yeux verts. Elle semble perdue un instant. Peut-être se demande-t-elle comment je sais que la musique compte autant pour elle. Je laisse le mystère flotter, me contentant d'un regard complice.

Elle se lève à mes côtés, et sans dire un mot de plus, nous commençons à marcher vers la salle de concert. Je la regarde du coin de l'œil, notant la légèreté de ses pas, et pour un instant, j'oublie la fatigue qui pèse sur mes épaules.

Le soleil baigne les rues d'une teinte dorée, rendant tout plus doux. Le bruit des klaxons et le bruissement des conversations animent l'air, contrastant avec le parfum subtil du café qui s'échappe des terrasses ouvertes. Chaque pas semble emporter un peu de cette vie citadine trépidante vers la tranquillité que nous recherchons. La conversation est légère, ponctuée de petits rires, de sourires complices. C'est étrange comme ce moment, aussi simple soit-il, a un goût d'évasion.

L'excitation dans l'air est presque palpable, et tandis que nous approchons de la salle, je jette un coup d'œil à Mia. Ses yeux s'illuminent, et je me dis que cette journée commence exactement comme je l'avais espéré. Elle fixe l'immense façade avec une fascination, presque enfantine. On dirait qu'elle découvre un trésor caché. Le bâtiment, imposant et majestueux, a ce genre de charme qui fait rêver. On passe les grandes portes et, d'un coup, c'est comme si le monde extérieur s'effaçait.

L'intérieur est orné de colonnes de marbre et de lustres,

diffusant une clarté apaisante. Un parfum subtil de bois ciré flotte dans l'air. Le craquement des planches sous nos pas renforce l'impression d'entrer dans un lieu presque sacré. Un silence profond contraste avec le tumulte de la ville.

Mia s'arrête, les yeux fixés sur les détails qui l'entourent. La beauté de la salle l'absorbe complètement. Je l'observe, partagé entre la fascination pour l'endroit et pour la façon dont elle semble émerveillée. Sa bouche reste entrouverte tandis que son regard parcourt les rangées de sièges en velours rouge, impeccablement alignés.

— C'est magnifique, chuchote-t-elle, comme si elle craignait de briser la magie.

Je hoche la tête, content de voir cette étincelle dans ses yeux. Je voulais que ça la touche, et c'est exactement ce qui se passe.

— Ça l'est, oui, je savais que ça te plairait.

On avance vers nos sièges, et je vois bien que Mia est subjuguée. Ses yeux s'accrochent à chaque détail. Les murs, décorés de fresques élégantes, semblent raconter des histoires oubliées. Les dorures brillent sous les lustres qui pendent du plafond, ajoutant une touche presque magique à l'atmosphère. On dirait qu'elle est transportée ailleurs, et ça me fait sourire.

— Je n'ai jamais vu un endroit pareil, souffle-t-elle, ses

yeux grands ouverts, encore sous le charme de la salle.

Je m'assois à côté d'elle, un petit air satisfait sur le visage. C'est exactement la réaction que j'espérais.

— Il y a quelque chose d'unique ici. La musique... elle résonne différemment dans une salle comme ça. C'est comme si chaque note était plus vivante, tu vois ?

Elle approuve d'un léger signe de tête, encore un peu perdue dans sa contemplation. Je peux sentir à quel point elle est touchée, même si elle ne dit rien tout de suite.

— Merci, Liam, dit-elle, ses yeux brillants d'émotion. J'avais presque oublié à quel point la musique pouvait être... majestueuse.

Je glisse ma main dans la sienne. Il y a une alchimie qui nait entre nous, je le sens.

— Je voulais que tu te reconnectes avec ça, avec ce qui te fait vibrer, murmuré-je, en la fixant avec une sincérité que je ne peux pas cacher.

Nous nous installons confortablement, et l'attente du concert s'imprègne dans l'air, un mélange d'excitation et de tranquillité qui semble envelopper la salle. Les lumières se tamisent doucement.

Je la regarde, et je vois ses épaules se relâcher, son visage s'adoucir. Ses paupières se ferment doucement, comme si les notes qui commencent à flotter dans l'air la guidait vers un endroit plus calme, plus doux à l'intérieur d'elle-même.

Les morceaux s'enchaînent. Je l'observe, absorbé par sa transformation. La mélodie l'atteint, doucement, note après note.

Elle est là, hypnotisé par ce rare moment de tranquillité. Tout le reste du monde s'efface. C'est subtil, mais je le sens. Et je pense qu'elle le sent aussi. Alors que les notes du piano résonnent avec une délicatesse presque poignante, je remarque une larme glisser sur sa joue. Elle ne la chasse pas. Elle la laisse couler.

Instinctivement, je pose ma main sur son bras, comme pour ancrer ce moment dans la réalité. Ses yeux s'ouvrent lentement et cherchent les miens, l'émotion toujours palpable.

Son sourire se dessine à travers ses larmes, fragile mais sincère, comme si elle était en train de découvrir qu'il était possible de ressentir à nouveau autre chose que la douleur.

— Je ne sais pas quoi dire, Liam, souffle-t-elle, sa voix douce à peine plus forte qu'un murmure.

Mes doigts serrent légèrement son bras, un geste qui parle pour moi.

— Tu n'as pas besoin de dire quoi que ce soit, Mia. Laisse la musique te porter.

Elle acquiesce lentement, fermant à nouveau les yeux. Et pendant un instant, alors que la symphonie continue de remplir la salle, j'ai l'impression que le temps s'arrête, que tout autour de nous s'efface. Il n'y a plus que cette harmonie, ses larmes, et cette connexion entre nous, subtile mais indéniable.

La dernière note résonne, s'évanouissant dans le silence de la salle.

Quand le concert prend fin, je scrute Mia. Ses yeux sont encore brillants, marqués par l'émotion qu'elle n'a pas complètement relâchée. Je sens que ce moment a touché quelque chose en elle, quelque chose de profond, comme une vieille blessure qu'on commence enfin à soigner.

— La musique a toujours eu cette... façon de me rappeler ce qui est beau dans ce monde, dit-elle doucement. Et aujourd'hui... je ne sais pas, c'était... presque magique.

Je la regarde, mon cœur se serrant un peu. Je suis heureux de l'avoir vue s'ouvrir, même un peu, même juste pour ce moment.

— Je suis content que ça t'ait plu, Mia.

— Je réalise à quel point la musique me manque, murmure-t-elle, les yeux rivés sur un point invisible.

Je joue avec mes doigts en cherchant quoi lui répondre. Je veux qu'elle sache que je suis là pour elle mais en même temps je ne veux pas me montrer trop insistant. Cette fille me bouleverse profondément, chaque détail d'elle résonne en moi.

— Si tu veux en parler…

Elle hoche la tête, un petit air timide se dessinant sur son visage.

— Oui... enfin, je crois que j'aimerais ça. C'est juste que... Par où commencer…

On trouve un banc un peu à l'écart, dans un coin tranquille du hall. Mia tournicote quelques-unes de ses mèches de cheveux, cherchant sans doute comment mettre des mots sur ses souvenirs.

— Ma mère... elle jouait du piano, commence-t-elle, sa voix à peine audible. Elle était tellement douée. Quand j'étais petite, elle jouait pour moi tous les soirs. Chaque note semblait tisser un cocon autour de nous, le monde extérieur n'existait plus. C'était notre moment à nous. Juste elle et moi, le cliquetis doux des touches et le parfum de jasmin qui flottait dans la pièce.

Je reste silencieux, l'écoutant, sentant à quel point chaque mot semble difficile à dire pour elle.

— Ça devait être des moments précieux, dis-je doucement, essayant de l'encourager à continuer.

Elle approuve, ses yeux s'emplissant de larmes.

— Ça l'était, souffle-t-elle, ses doigts se tordant nerveusement. Après sa mort... j'ai arrêté de jouer. C'était trop. Chaque note me ramenait à elle, à ce que j'avais perdu. Et, à chaque fois, j'avais l'impression de trahir sa mémoire en jouant sans elle. Aujourd'hui, je me demande si je pourrais... si j'oserais un jour recommencer.

Elle essuie une larme d'un geste rapide, comme si elle voulait effacer la douleur d'un simple mouvement, mais je sais que ce n'est jamais aussi simple.

— Mais aujourd'hui... aujourd'hui, j'ai senti sa présence. À travers la musique. Et c'était... apaisant, dit-elle, un sourire fragile sur les lèvres. Peut-être que... peut-être qu'il est temps de laisser la musique redevenir ce qu'elle était pour moi.

Je prends doucement sa main, et pour un bref instant, elle serre la mienne en retour. Parfois il n'y a rien à dire. Juste être là, et lui rappeler qu'elle n'est pas seule.

— Je comprends, murmuré-je, le cœur lourd. La musique a cette façon de garder les souvenirs vivants. Parfois, c'est presque trop à supporter. Mais c'est précieux.

Elle reste silencieuse un instant, les yeux perdus dans ses pensées, mais je sens qu'elle est apaisée d'une certaine manière. Puis elle essuie ses larmes, renifle d'une façon pas très élégante mais qui nous fait rire tout les deux.

Alors que nous sortons du hall, l'écho du concert semble nous accompagner, et, presque en réponse, la musique de rue vient enrichir ce moment. Elle résonne autour de nous, vibrante, joyeuse, remplissant l'espace de mélodies qui semblent illuminer l'atmosphère. Les gens s'arrêtent, certains sourient, d'autres tapent du pied en rythme. C'est comme si la ville elle-même s'était mise à respirer au son de cette musique.

Je jette un coup d'œil à Mia, et je vois son sourire apparaître doucement, presque malgré elle. Je me dis que ce moment mérite d'être un peu plus… audacieux.

Une idée me traverse l'esprit, et sans réfléchir, je me tourne vers elle, un air espiègle sur le visage.

— Mia, dis-je en tendant ma main vers elle, viens danser avec moi.

Elle fronce les sourcils, surprise, avant d'éclater de rire. Un rire léger, un peu incrédule.

— Danser ? Ici ? demande-t-elle, un peu gênée, en regardant autour de nous.

— Oui, ici et maintenant.

Au début, Mia reste hésitante, un peu crispée, mais petit à petit, elle se laisse emporter par la musique. On commence à bouger, maladroits d'abord, puis, nos corps se libèrent, suivant le rythme sans réfléchir. Les musiciens, amusés, nous lancent des regards complices et accélèrent la cadence.

Je la fais tournoyer une fois, deux fois, et nos rires se mêlent aux notes effervescentes. Les gens autour applaudissent, nous encouragent, et on oublie le reste du monde. Plus rien n'a d'importance à cet instant. Juste nous, la musique, et cette bulle de bonheur qui semble flotter dans l'air.

Au fur et à mesure, Mia lâche prise. Ses mouvements deviennent plus sûrs, plus libres. On continue de danser, sans suivre de pas précis, juste en profitant de l'instant. Ses éclats de rire sont francs, presque surprenants.

Je la regarde, absorbée par la musique, et je me rends compte que ce moment n'a pas besoin d'être parfait. Il est juste... vrai.

Alors que la musique atteint son apogée, on finit par s'arrêter, à bout de souffle, mais la joie éclairant nos visages. Mia me jette un coup d'œil complice, ses joues rosées d'excitation.

— Je crois que je n'avais jamais dansé comme ça avant, dit-elle à bout de souffle.

— Eh bien, il fallait bien une première, non ?

En rentrant, nos rires se perdent dans l'air frais du soir, une joie tranquille éclairant nos visages. Les lampadaires diffusent une lumière tamisée, adoucissant la scène autour de nous. On marche côte à côte, nos mains se frôlant parfois, presque par accident. Ou peut-être pas.

Devant nos portes, on s'arrête. Le silence est confortable, et je me tourne vers elle, cherchant quelque chose à dire.

— Merci pour aujourd'hui. Ça m'a vraiment fait du bien, dis-je simplement.

Elle me regarde. Je remarque un éclat nouveau dans ses yeux. Quelque chose de différent.

— C'est moi qui te remercie, Liam. Je me sens un peu mieux, je crois. Tu as vraiment de bonnes idées.

Je hoche la tête, sans trop insister.

— Bonne nuit, Mia.

— Bonne nuit, Liam, répond-elle en se tournant vers sa porte.

Je la regarde entrer chez elle, et une étrange chaleur m'envahit. Une fatigue douce me pèse sur les épaules, mais je suis plus éveillé que jamais. Quelque chose dans cette journée m'a secoué, et ce n'est pas seulement la danse.

Je ferme la porte. Un sourire m'échappe, impossible à contenir. La journée aurait dû me laisser épuisé, mais non. Mon esprit s'agite encore. Surtout quand je repense à ses rires, à la façon dont elle s'est abandonnée à la musique.

Je traîne jusqu'à ma chambre, chaque muscle protestant.

Cette sensation d'avoir partagé quelque chose de spécial me comble. Ce n'est pas juste la danse ou la musique... c'est elle.

Je m'étends sur le lit, le souvenir de son rire et de nos mains qui se frôlaient encore vif, laissant une chaleur persistante contre ma peau. Je m'endors avant même de pouvoir trouver une réponse à ce que je ressens, mais avec une certitude nouvelle : demain, il y aura encore cette étincelle.

♥ Jour 5 : Mia

Quand j'ouvre les yeux, une énergie inattendue s'empare de moi. Ça fait bizarre, mais c'est agréable. Les derniers jours avec Liam ont bousculé quelque chose en moi, comme si, sans que je m'en rende compte, la grisaille de ces derniers mois s'était un peu estompée.

Je m'étire, la lumière du soleil effleurant mon visage. Une petite étincelle d'anticipation me fait sourire. Qu'est-ce qu'il a encore prévu aujourd'hui ? Il trouve toujours un moyen de me surprendre.

Je me lève, attrape des vêtements sans trop réfléchir, et me glisse rapidement sous la douche. Dans ce miroir qui chaque matin me rend une image négative de moi, j'y voit aujourd'hui une Mia plus joyeuse. Mes traits sont moins tirés, mes yeux moins ternes.

Je souffle doucement, sans trop m'attarder, puis file rejoindre Liam pour une nouvelle journée.

Je dévale les escaliers avec une certaine hâte que je n'arrive pas à expliquer. Une fois dehors, La fraîcheur de la brise maritime me secoue doucement, et sans m'en rendre compte, mes pas s'accélèrent légèrement. L'idée de retrouver Liam me traverse l'esprit plus souvent qu'avant, et ce constat me surprend un peu.

En arrivant au banc, je l'aperçois déjà. Quelque chose dans sa posture me frappe, un détail que je n'avais pas remarqué avant : il a l'air plus fatigué. Ses épaules sont un peu affaissées, et des cernes marquent son visage. Un pincement d'inquiétude traverse ma poitrine. Est-ce qu'il va bien ? Est-ce que c'est à cause de moi ?

Dès qu'il me voit, son visage s'éclaire, et cette expression dissipe mes inquiétudes. Il y a quelque chose de rassurant dans sa façon de m'accueillir, comme si tout était plus simple quand il est là.

— Salut, Mia, dit-il en se levant, les yeux fatigués, une mèche de ses cheveux bruns légèrement ébouriffée par son geste distrait.

Ses traits sont marqués par la fatigue, mais cela ne fait qu'accentuer la profondeur de son regard bleu, souvent rêveur.

— Salut, Liam, je réponds, tentant de masquer l'élan de chaleur qui monte en moi.

Son allure décontractée, ce mélange de vulnérabilité et de force, me captive. Je sens mes joues chauffer lorsque ses yeux accrochent les miens un instant avant de se détourner.

Mais je ne peux m'empêcher de remarquer une lenteur dans ses gestes, une légère hésitation dans son regard. Je m'assois à côté de lui, bien décidée à profiter de la journée, mais une petite alarme reste allumée dans un coin de ma tête.

— Tu sembles fatigué, dis-je doucement, tentant de ne pas paraître trop inquiète. Ça va vraiment ?

Il croise mon regard, son sourire devenant plus tendre, presque comme une réponse rassurante.

— Oui, tout va bien, Mia. Juste une mauvaise nuit, c'est tout.

Je hoche la tête, essayant d'y croire.

— Une chasse au trésor en ville, ça te tente ? dit-il en ouvrant une petite boîte pour en sortir un parchemin roulé. J'ai préparé une série d'indices qui vont nous emmener dans des endroits un peu spéciaux.

Je ris, un mélange d'excitation et de curiosité montant en

moi.

— Sérieusement ? Ça a l'air trop cool ! On commence où ?

Liam déroule le parchemin avec un sourire en coin, puis lit à haute voix.

— Cherchez les mots cachés dans les pages où les histoires vivent.

Il me jette un regard espiègle.

— Alors, une idée ?

— Humm... Je pense à une librairie. Il y en a une juste en bas de la rue.

— Exactement ! Allons-y.

On marche tranquillement vers la librairie, échangeant quelques plaisanteries en chemin. Dès qu'on entre, l'odeur des vieux livres et le calme m'enveloppent, effaçant le bruit du monde.

Je parcours les étagères, mes doigts frôlant les vieilles reliures. Liam me regarde, en retrait, son regard posé sur moi d'une manière qui me fait presque perdre le fil de ce que je fais. Ses yeux semblent plus profonds, marqués par une lueur qui me fait vaciller, comme une ombre furtive sous la surface. Je secoue légèrement la tête et continue de chercher, puis soudain, je tombe sur une petite enveloppe glissée entre deux livres. Un sourire triomphant se dessine sur mes lèvres alors que je la sors délicatement.

— Bien joué ! dit-il, un éclat d'excitation dans les yeux.

Liam s'appuie contre l'étagère, le regard fixé sur mes gestes avec une attention presque enfantine.

— Ouvre la, Mia.

J'ouvre l'enveloppe avec soin et lis à voix haute l'indice suivant :

— « Où le café est une œuvre d'art, et les conversations sont un festin pour l'âme. »

Je fronce les sourcils, réfléchissant à ce que cela peut signifier. Liam me regarde en silence, un sourire énigmatique sur les lèvres, me laissant deviner seule. Je scrute son visage, cherchant un indice, mais il garde ses lèvres scellées, visiblement amusé.

— Un café ? demandé-je, espérant qu'il me laisse un indice.

Il hausse doucement les épaules, avec un air espiègle.

— Peut-être. À toi de jouer.

Je continue de réfléchir, et tout à coup, une idée traverse mon esprit. Mon sourire s'élargit.

— Je crois que je sais où c'est. Suis-moi ! dis-je avec une assurance nouvelle.

Nous nous mettons en route, et je sens une vague d'excitation monter en moi. La description de l'indice me ramène à un café que j'avais découvert par hasard il y a quelque temps, un endroit où le café est si bien préparé qu'il pourrait être une œuvre d'art. Et où, chaque fois que j'y vais, les discussions autour des tables me semblent toujours fascinantes.

Liam marche à mes côtés, toujours silencieux, mais je sens sa confiance en moi. Il me laisse mener la danse, ce qui me pousse à redoubler d'efforts pour ne pas me tromper. L'idée de réussir cette quête d'indice me donne un petit coup de boost, et je ne peux m'empêcher de sourire en pensant à toutes les surprises qui nous attendent encore aujourd'hui.

En arrivant près du café "Les Feuilles d'Automne", je ressens ce charme familier que j'adore : ses petites tables en terrasse, l'odeur enivrante de café fraîchement moulu, et ce tintement des tasses contre les soucoupes, mêlé au doux froissement des pages de journaux. C'est le genre d'endroit qui fait tout de suite se sentir chez soi. Je sais que c'est ici.

Les rues animées et l'arôme sucré des pâtisseries complètent l'ambiance. Alors qu'on approche, le propriétaire, un homme jovial avec une moustache épaisse, nous salue avec un sourire chaleureux.

— Mia ! Ça fait un bail ! Comment tu vas ? lance Jean en nous accueillant avec son éternel sourire.

— Salut, Jean. Je vais bien, merci, et vous ?

— Oh, ça roule, comme d'habitude ! C'est toujours un plaisir de te voir ici. Installez-vous, ajoute-t-il en faisant un geste de la main vers une table en terrasse.

Je jette un coup d'œil à Liam, qui me regarde, l'air amusé, et nous nous dirigeons vers cette petite table, juste sous l'ombre d'un parasol éclatant. D'ici, on peut voir les gens défiler dans la rue, chacun dans sa bulle, tandis que le mélange de rires et de tasses qui s'entrechoquent crée cette ambiance familière et chaleureuse.

On commande des cappuccinos, et Jean ne tarde pas à les déposer devant nous, chacun surmonté d'une mousse au dessin parfait. Je prends un instant pour respirer l'odeur du café fraîchement moulu avant de siroter une gorgée. La chaleur, l'amertume douce — tout ça est apaisant.

— Tu ne trouves pas que cet endroit a un charme fou ? Me demande Liam

Je hoche la tête, un sourire au coin des lèvres, avant de laisser échapper une confession.

— C'est mon café préféré, tu sais. J'adorais venir ici… avant. Comment tu as su ?

Liam esquisse un sourire en coin, légèrement surpris par ma question.

— C'est une coïncidence, en fait. Je suis tombé dessus par hasard il y a quelque temps et je suis tout de suite tombé sous le charme. Parfois, il suffit de voir quelque chose une seule fois pour être captivé, dit-il, me jetant un regard appuyé.

Mon cœur rate un battement, et je détourne les yeux, une gêne inattendue s'installant.

— Alors, où est-ce que tu as planqué l'indice ? demandé-je, tentant de chasser le trouble qui m'envahit.

Liam jette un regard espiègle autour de nous.

— Disons que… il est tout près de toi. À toi de chercher.

Je fronce les sourcils, amusée, et passe discrètement la main sous la table jusqu'à sentir le bord d'une enveloppe scotchée. Je la décolle en souriant, l'air un peu victorieux.

— Woua, tu as tout planifié, dis-je en riant. Même Jean est dans le coup ?

— Évidemment. Faut ce qu'il faut pour une chasse au trésor mémorable, répond-il avec un clin d'œil.

Je secoue doucement la tête, amusée, et ouvre l'enveloppe.

— Voyons ce qu'on a ici…

Je déplie le papier et lis l'indice à voix haute :

— "Là où l'eau danse sous le soleil, trouvez la source de la sérénité."

Je lève les yeux, un éclat de certitude dans le regard.

— La vieille fontaine près du parc, non ?

Liam acquiesce, impressionné.

— Bingo. Finissons nos cappuccinos et allons-y, détective Mia.

On se met en route vers la fontaine, nos pas rythmés par les rues animées et le murmure de nos éclats de rire.

— Je ne pensais pas que tu trouverais si facilement ! Me dit-il.

— La chasse au trésor fait partie de mes talents caché ! Je suis aussi une championne au hoola hoop et je sais toucher mon nez avec ma langue ! Et toi tu as des tale s cachés ?

— Des talents cachés ? Oh, tu serais surprise, répond Liam en esquissant un sourire énigmatique. Mais je préfère garder un peu de mystère.

Je le dévisage, feignant l'insatisfaction.

— Allez, je viens de te dévoiler mes meilleures cartes ! Ne me dis pas que tu vas rester secret, dis-je en croisant les bras.

Il glisse une main dans ses cheveux, geste qui lui donne un air nonchalant, et je ne peux m'empêcher de remarquer la ligne bien dessinée de sa mâchoire et ses yeux, qui pétillent d'une lueur malicieuse.

— Bon, d'accord, cède-t-il. Disons que je suis capable de reconnaître une chanson rien qu'en entendant deux notes. Et...

je fais un excellent tiramisu.

Je hausse un sourcil, un sourire narquois étirant mes lèvres.

— Le tiramisu, vraiment ? Il va falloir que tu me prouves ça un jour.

— Avec plaisir, dit-il en plantant son regard dans le mien, et pendant une seconde, l'air se charge d'une tension douce.

Un passant klaxonne, nous ramenant à l'agitation de la rue. Liam rompt le contact visuel, l'air un peu troublé.

— Alors, détective Mia, il est temps de suivre la piste jusqu'à la prochaine étape, déclare-t-il pour briser la tension, montrant le chemin du doigt.

Nous atteignons la fontaine, le murmure de l'eau ajoutant une sérénité particulière à l'instant. La lumière du jour danse sur la surface, créant des éclats argentés qui semblent jouer avec les ombres des passants. L'endroit est paisible, comme un refuge au milieu de l'agitation de la ville.

Liam s'approche, ses pas ralentissant à mesure que nous nous arrêtons devant la fontaine. Il la contemple un instant, les yeux plissés sous le soleil.

— C'est ici que l'étape suivante commence, dit-il en jetant un regard rapide autour de nous.

Je me penche légèrement, curieuse, scrutant les détails. Entre les fleurs qui encadrent la fontaine, je repère une petite boîte métallique à moitié dissimulée. Un sourire de triomphe se dessine sur mon visage tandis que je la pointe du doigt.

— C'est ça ? demandé-je, excitée.

Liam s'incline, joue le jeu en écarquillant les yeux comme si c'était une trouvaille incroyable.

— Bavo, tu es inarrêtable, plaisante-t-il en se baissant pour ramasser la boîte.

Il l'ouvre et en sort une petite enveloppe froissée. Il me la tend avec un clin d'œil.

— L'honneur est à toi, dit-il.

Je prends l'enveloppe, mon cœur battant d'une douce impatience. Je la déplie et lis à voix haute :

— « Suivez le chemin jusqu'à ce que vous puissiez toucher le ciel ». Tu es vraiment allé loin, là !

Il rit doucement, les yeux pétillants de malice.

— Eh bien, il fallait que ce soit un défi digne de toi.

Je plisse les yeux, réfléchissant à voix haute.

— "Toucher le ciel" ? C'est censé m'évoquer quelque chose, tu crois ?

Liam me lance un regard malicieux, ses yeux brillants de défi.

— Allez, fais-moi rêver.

Je le fixe, un sourcil levé.

— Et si je te demande un indice ?

Il tapote son menton, faisant mine de peser la question.

— Humm, un indice, hein ? Allez, juste un tout petit. Imagine un endroit où tu pourrais voir toute la ville.

Je m'arrête, un sourire se glissant sur mes lèvres.

— Genre… un toit, par exemple ?

Il applaudit doucement, un sourire de fierté illuminant son visage.

— Pas mal, pas mal. Mais lequel ?

Je fais mine de réfléchir intensément, prenant un air de détective de film noir. Puis, un sourire espiègle aux lèvres, je me tourne vers lui.

— Hum… peut-être que j'ai besoin d'un deuxième indice.

Il éclate de rire, et, tout en riant, sa main effleure la mienne, juste un instant, mais suffisant pour que mon cœur s'emballe.

— Bon, un autre indice, dit-il. Imagine un endroit où on pourrait siroter un verre tout en admirant le coucher du soleil.

Je claque des doigts, triomphante.

— Le toit-terrasse du Café de la Lumière ! Je n'ai jamais eu l'occasion d'y aller.

Il fait semblant d'applaudir avec enthousiasme.

— Hé, tu es un vrai génie. Tu vas voir la vue, elle est à couper le souffle. Le nombre d'escalier aussi d'ailleurs !

On éclate de rire, et je le taquine d'un air complice :

— Tu as vraiment un don pour rendre les choses…
intéressantes, dis-je en souriant.

Il hausse les épaules, un éclat espiègle dans le regard.

— Que veux-tu, j'aime surprendre.

Nous nous mettons en route vers le Café de la Lumière. Sur
le chemin, nos éclats de rire fusent à chaque détour, chaque
plaisanterie échangée. Une sorte de légèreté s'est installée, et
cette sensation de complicité inattendue me fait presque
tourner la tête. Derrière nous, la fontaine murmure toujours,
mais dans mon cœur, c'est cette connexion qui résonne.

Quand on arrive enfin au café, on attaque les marches du
vieil escalier menant au toit-terrasse. Chacune d'elle nous
rapproche, physiquement et… autre chose, que je ne saurais
pas vraiment définir.

— Tu sais que tu as l'air un peu trop heureux pour un truc
aussi simple ? je lance, amusée.

Liam hausse les épaules avec un sourire malicieux.

— Eh, ce n'est pas tous les jours qu'on touche le ciel.

Un sourire naît sur mes lèvres alors qu'on atteint enfin le
sommet. La vue qui s'offre à nous est juste… Woua...

La ville entière s'étire sous nos yeux, comme un tableau
aux couleurs multiples, baigné dans la lueur douce du coucher

de soleil. Le bruissement lointain des voitures se mêle au murmure des conversations en contrebas, créant une mélodie familière. Par moments, un oiseau passe en battant des ailes, ajoutant une touche de vie à l'horizon tranquille.

C'est tellement beau que j'en perds mes mots. Liam se tourne vers moi, le regard émerveillé.

— Alors ? Ça valait chaque étape, non ? demande-t-il, ses yeux se plissant légèrement sous la lumière dorée du soleil.

Je laisse échapper un rire doux avant de répondre, le regard perdu dans le panorama.

— Oh oui, chaque petite étape !

Liam s'assoit au bord, les jambes se balançant au-dessus du vide.

— C'est un de mes endroits préférés. Viens, installe-toi.

Je m'assois à côté de lui, nos épaules presque côte à côte, tandis que le soleil plonge lentement derrière les immeubles. Le ciel passe du rose tendre au violet intense, pour s'enfoncer peu à peu dans le bleu profond de la nuit. C'est calme, à la fois immense et intime.

Une vague de paix m'enveloppe, comme si le temps avait retenu son souffle, juste pour nous. La journée a été pleine de surprises, de petits moments de complicité qui m'ont touchée plus que je ne veux l'admettre. Je tourne la tête vers Liam, cherchant ses yeux.

— Merci pour tout ça, Liam. Je ne sais pas trop comment le dire, mais… c'était vraiment incroyable, dis-je en jouant distraitement avec la lanière de mon sac.

Il hésite un instant, les yeux fixés sur le sol, puis relève la tête.

— De rien, Mia. Voir ce sourire sur ton visage… ça fait tout, dit-il, sa voix s'éteignant dans un souffle.

Le silence s'épaissit, comme un voile immatériel, nous isolant du monde qui continue de tourner. On entend juste le vent, un murmure léger, et le bruit lointain de la ville qui semble s'effacer à mesure que je me perds dans sa présence. Aujourd'hui, tout ce qu'on a partagé, ce n'était pas qu'un jeu. C'était quelque chose de plus profond, une manière de voir la ville et, surtout, de se voir l'un l'autre.

Son épaule frôle la mienne, et ce contact déclenche une chaleur diffuse, impossible à ignorer. Lentement, je tourne la tête, et son regard est déjà là, accroché au mien. Plus rien n'existe autour de nous, juste ses yeux, qui me captivent, me retiennent, comme si même respirer risquait de briser ce moment.

Il baisse les yeux, ses cils frôlant sa peau, et je le suis, mon regard glissant vers sa bouche. Mon cœur bat si fort que je crains presque qu'il l'entende.

Liam murmure mon nom, sa voix vibrante d'une émotion qui me transperce, qui fait battre mon cœur à un rythme incontrôlable.

— Mia…

Je lève les yeux, et son regard croise le mien, chargé d'une intensité qui m'immobilise. Une tension palpable, presque électrique, s'installe entre nous, et j'attends, suspendue à ses mots.

— Qu'est-ce qu'il y a, Liam ? demandé-je, à peine plus fort qu'un souffle.

Son visage se rapproche du mien, ses lèvres frôlant les miennes, comme si ce baiser était quelque chose d'inévitable. Mes yeux se ferment, je sens son souffle sur ma peau, et chaque fibre de mon être se tend vers lui. Mais soudain, il recule, le regard fuyant et douloureux, ses épaules se courbant sous un poids invisible.

— Je… je ne peux pas, murmure-t-il, sa voix éraillée. Je le voudrais, Mia, vraiment. Mais… je ne devrais pas.

Je baisse légèrement la tête, mes doigts se croisent et se décroisent, incapables de rester immobiles face au tourbillon de questions qui me submerge. Mon regard reste ancré dans le sien, cherchant une réponse.

— Pourquoi pas ?

Il détourne les yeux, les lèvres serrées comme s'il essayait d'avaler des mots qu'il ne pouvait pas prononcer.

— Il y a des choses sur moi que tu ignores. Des choses que… je ne peux pas encore te dire.

Mes doigts se referment nerveusement sur ma veste, sentant l'incertitude glisser le long de ma colonne vertébrale.

— Liam, tu peux tout me dire. Peu importe ce que c'est… j'ai juste besoin de comprendre, je murmure.

Il secoue la tête, et dans ses yeux brille une émotion trop intense pour qu'il la laisse paraître entièrement.

— Pas maintenant. Mais sache une chose, Mia… chaque moment avec toi compte vraiment pour moi.

Je pose ma main sur la sienne, la froideur de ses doigts m'évoque ce poids invisible qu'il semble porter.

— D'accord, je réponds, malgré tout. Mais… ne me laisse pas trop longtemps dans l'ombre.

Nous restons un moment, ses doigts serrés autour des miens. J'aimerais trouver les mots pour apaiser ce qu'il porte en lui, mais il finit par rompre le silence.

— Demain, tu voudras toujours qu'on continue ? demande-t-il d'une voix hésitante, comme s'il redoutait ma réponse.

— Bien sûr qu'on continue, Liam. J'en ai envie, vraiment.

Allé, on devrait peut-être redescendre, il se fait tard.

Je hoche la tête sans répondre, le cœur encore habité par ce moment. Nos pas résonnent doucement alors que nous empruntons l'escalier en colimaçon, le cliquetis des chaussures résonnant contre les murs de pierre. La fraîcheur du soir commence à s'immiscer, rendant l'air plus vif.

Quand nous atteignons le hall, l'écho de nos pas s'éteint et un léger sentiment de nostalgie me gagne. Le passage entre le calme du toit et l'intérieur feutré de l'immeuble semble irréel, comme si nous avions traversé un seuil invisible. Je me tourne vers Liam, tentant de dissimuler le tourbillon d'émotions qui s'agite en moi.

— Dors bien, Liam, dis-je, un sourire sincère au coin des lèvres. On se voit demain matin.

Il me sourit, fatigué mais honnête, et attrape ma main un bref instant.

— Toi aussi dors bien Mia.

Il hésite, puis se penche doucement et dépose un rapide baiser sur mon front. Le contact, inattendu, diffuse une chaleur douce, semblable à une promesse muette.

Nos regards se croisent une dernière fois avant qu'on se sépare pour la nuit, chacun gardant pour soi les mots qui n'ont pas été dits.

♥ Jour 6 : Liam

Je me réveille avec un mélange d'excitation et de lourdeur pensant sur ma poitrine. Hier soir reste gravé dans mon esprit, ce presque-baiser sur le toit-terrasse qui refuse de me lâcher. Juste un souffle entre nous, une fraction de seconde… et pourtant, j'ai dû me retenir, me rappeler que je ne pouvais pas franchir cette ligne. Même si tout en moi le voulait.

Chaque moment avec Mia me bouleverse plus que je ne l'avais prévu. L'envie de tout laisser éclater me ronge, mais je sais que ce serait égoïste. Je me refuse à lui imposer la tempête intérieure qui me consume, ce secret qui a changé ma vie et dont les conséquences m'effraient. Cette lutte intérieure m'épuise.

Alors, aujourd'hui, je vais me concentrer sur elle, sur

l'instant présent. J'ai prévu de l'amener à la plage, de profiter du sable et du soleil, et je veux que cette journée soit sans compromis. Je jette des serviettes, de la crème solaire, des boissons et quelques snacks dans un sac, et me répète qu'au moins, là-bas, je pourrai lui offrir des heures sans la moindre ombre.

En arrivant au banc, je la vois s'avancer, le sourire aux lèvres, l'air intriguée. Dès qu'elle est là, mes propres doutes semblent s'effacer. Je lui tends une serviette et une boisson fraîche avec un sourire.

— Salut, Mia. Une aventure aquatique, ça te tente ? Direction la plage !

Elle prend la serviette en riant, un éclat d'excitation dans le regard.

— La plage ? Parfait ! Et c'est quoi ton programme, me noyer avec style ?

Je ris, secouant la tête.

— Ah, tu verras.

Elle hoche la tête, toujours avec ce sourire malicieux qui m'accroche.

Nous descendons la petite dune, laissant le banc derrière nous, et le sable s'étend devant, chaud et lumineux, avec les vagues qui viennent y poser leur écume blanche. Plus on avance, plus l'air est imprégné de cette fraîcheur salée, vivifiante, comme si l'océan lui-même nous accueillait.

Je la contemple, captivé, incapable de détourner les yeux. Elle est belle, d'une manière presque magnétique, comme si chaque détail d'elle m'attirait un peu plus. Ses cheveux roux, illuminés par le soleil, créent une sorte d'aura autour d'elle, une flamme douce qui semble danser au rythme de la brise. Et ses yeux... ce vert profond qui scrute l'océan comme si elle cherchait quelque chose de précieux à y découvrir.

Il y a dans son visage un équilibre parfait entre douceur et force, comme si chaque sourire, chaque mouvement dévoilait une part de mystère. Elle se tourne vers moi, un sourire léger aux lèvres, et je sens mon cœur s'emballer. Fasciné par sa beauté, par cette énergie qui semble émaner d'elle, j'ai presque envie de lui dire à quel point elle est belle.

Nous continuons de bavarder, partageant des souvenirs et des anecdotes qui réveillent des éclats de rire. Mia raconte un jour où, petite, elle avait tenté de peindre un tableau pour l'anniversaire de sa mère et avait fini par renverser toute la peinture sur elle, transformant le salon en véritable arc-en-ciel. Elle rit en décrivant la tête de sa mère, mi-amusée, mi-désespérée.

— C'était un chaos total, dit-elle en souriant, les yeux

pétillants du souvenir. Mais elle m'a juste regardée et a dit :
« Au moins, tu as mis de la couleur dans notre vie ».

Je souris à mon tour, cette image s'imprimant dans mon esprit. L'entendre partager ces moments me donne l'impression que tout ce qui nous entoure s'efface, ne laissant que nous deux dans cette bulle de complicité. Je me permets de raconter comment, gamin, j'avais essayé de construire un cerf-volant avec ma mère, mais que tout avait fini par s'emmêler dans les branches du seul arbre du jardin.

Nous rions ensemble, nos rires se fondant dans l'air léger. Pendant un instant, chaque mot, chaque son résonne comme une trêve, un moment où le poids habituel qui pèse sur moi semble s'atténuer.

Soudain, elle s'arrête, ferme les yeux, et lève le visage vers le ciel, comme pour se nourrir de la brise marine. Elle inspire profondément, et je la regarde, fasciné par cette façon qu'elle a de capter la beauté d'un moment simple. Ses cheveux se soulèvent légèrement sous le vent, et je me retrouve à admirer la force tranquille qui émane d'elle.

Puis, sans prévenir, elle se débarrasse de ses chaussures et court vers l'eau, riant comme une enfant. Un rire si pur qu'il m'entraîne sans hésiter ; je la rejoins, laissant derrière moi toute réserve. La fraîcheur de l'océan nous saisit, mais nous continuons à plonger, à éclabousser, à rire, comme si rien d'autre ne comptait. Chaque rire de Mia me touche, une petite victoire à laquelle je m'accroche.

À un moment, nous nous allongeons sur nos serviettes, le regard tourné vers le ciel où les nuages paresseux dessinent des formes éphémères. La chaleur du soleil imprègne ma peau, et le bruit apaisant des vagues murmure en arrière-plan, apportant une tranquillité rare. Je me surprends à jeter des coups d'œil à Mia, ses paupières mi-closes et un sourire détendu sur les lèvres. Chaque détail – le vent qui soulève une mèche de cheveux, la façon dont ses doigts tracent des cercles distraits sur le sable – je veux tout graver dans ma mémoire, comme si ce moment pouvait durer éternellement.

Nous passons la matinée à nager et à jouer dans les vagues. Mia éclate de rire, et entre deux éclaboussures, elle crie :

— Hé, tu triche !

— Moi ? Jamais, rétorqué-je en feignant l'innocence.

Ses yeux pétillent, et elle riposte avec une vague qui me prend par surprise.

— Ah, tu veux jouer à ça ?

Elle rit plus fort, reculant dans l'eau et m'envoyant des éclaboussures au visage.

— Viens me chercher si tu es capable ! lance-t-elle, un

sourire défiant sur les lèvres.

Sans hésiter, je me lance à sa poursuite, les vagues battant contre nos jambes alors qu'on joue dans l'eau comme deux gosses. Nos rires se mélangent au bruit de l'océan, et je finis par l'attraper par la taille, la soulevant légèrement avant de la reposer tout en douceur dans l'eau.

— Attrapée ! dis-je en riant, fier de ma victoire.

Alors que Mia continue de rire, je garde mes mains autour de sa taille, nos visages à quelques centimètres l'un de l'autre. Nos sourires se figent légèrement, et une sorte de silence s'installe entre nous, seulement interrompu par le clapotis des vagues. Je sens son souffle, plus léger, et je capte ce moment de fragilité, comme s'il pouvait se rompre à tout moment.

Je ne sais pas qui bouge en premier, mais nos visages se rapprochent imperceptiblement. Son regard s'attarde sur le mien, et pour une seconde, il n'y a que nous, l'océan autour devenant un simple murmure.

Puis, comme si elle réalisait la proximité, Mia détourne légèrement les yeux, reculant juste assez pour briser cet instant suspendu. Elle rit doucement, presque nerveusement, et je lâche sa taille, baissant les yeux et feignant un sourire.

— D'accord, la prochaine fois, je te laisse gagner, murmuré-je avec un sourire en coin, cherchant à dissiper ce moment intense.

Elle me jette un regard joueur, et se rapproche d'un pas, les joues rosies, laissant entre nous très peu d'espace.

Alors que nos rires se muent en murmures, les éclaboussures perdent leur insouciance et se transforment en caresses subtiles sous l'eau. Nos regards se croisent, et un silence chargé d'intensité s'installe. On reste là, face à face, les vagues dansant doucement autour de nous, comme pour nous isoler du reste du monde.

Je peux lire dans ses yeux une lueur indéniable, un désir réciproque. Mon cœur bat si fort que je crains qu'elle l'entende. Mes mains glissent lentement le long de ses bras, le contact de sa peau mouillée amplifiant chaque sensation. Nos visages se rapprochent, ses yeux se ferment presque, comme en attente.

Un souffle. Je suis si proche de céder, de l'embrasser. Mais la réalité frappe : je ne peux pas lui imposer ce poids que je porte. Avec un effort déchirant, je m'éloigne légèrement, brisant le fil invisible qui nous relie.

— Je… je suis désolé, murmuré-je, ma voix basse, pleine de regrets.

Elle m'observe un instant, surprise, la déception effleurant brièvement son regard. Puis elle me gratifie d'un sourire doux, comme pour masquer sa propre frustration.

— D'accord, souffle-t-elle, presque en riant pour alléger l'atmosphère. Ça veut dire que tu n'as pas gagné cette fois.

Je laisse échapper un rire, reconnaissant pour sa façon de dissiper la tension.

— Je suppose que je devrai faire mieux la prochaine fois, dis-je avec un clin d'œil.

On rit, nos voix mêlées aux vagues, et la tension retombe doucement.

Nous replongeons dans nos jeux, retrouvant cette légèreté qui semble vouloir effacer la tension qui traîne encore un peu. Pourtant, malgré les rires, chaque contact, chaque échange de regard semble raviver ce feu qui n'attend qu'un prétexte pour se rallumer.

— Que dirais-tu d'essayer le surf ? proposé-je, espérant détourner cette énergie autrement.

Ses yeux brillent d'une lueur de défi, son sourire s'étirant avec malice.

— Le surf ? Sérieusement ? Je n'ai jamais tenté, mais allons-y !

Une fois les planches louées, nous nous installons sur le sable, prêts à commencer. Je prends le temps de lui expliquer les bases, mes mains ajustant doucement ses mouvements.

Son regard, concentré, suit chacun de mes gestes. La proximité entre nous est électrisante, et je m'efforce de rester concentré sur la leçon, malgré la tension subtile qui flotte entre nous.

Quand elle me fait un signe de tête déterminé, on s'aventure enfin dans les vagues.

Debout sur sa planche, les bras tendus pour maintenir son équilibre, Mia paraît incroyablement concentrée, un mélange de crainte et d'excitation dans les yeux. Je ne peux m'empêcher de sourire, fasciné. Le soleil joue dans ses cheveux mouillés, accentuant une beauté qui me coupe le souffle.

Mia inspire profondément, le regard déterminé malgré l'amusement qui brille dans ses yeux. Elle plie les genoux, se redresse lentement, et... une petite vague espiègle la déséquilibre, l'envoyant à l'eau dans un grand éclat de rire.

— Aïe, celle-là, je ne l'ai pas vue venir !

Je m'approche en nageant, riant sans pouvoir m'en empêcher.

— Ne t'en fais pas, c'est tout un art de tomber avec style. Prête à retenter ?

Elle secoue la tête pour chasser l'eau de ses yeux, le sourire large et taquin.

— Allez, encore une fois, dit-elle l'air défiante.

Elle remonte sur la planche, ajuste ses pieds et, avec une nouvelle détermination, se redresse de nouveau. Juste au moment où elle commence à y croire, une autre vague la surprend, et la voilà qui retombe dans l'eau, éclaboussant tout autour d'elle.

— C'est un progrès ! lui lancé-je, hilare. Encore un petit coup et tu domineras l'océan.

Elle émerge, les cheveux trempés collés à son visage, ses yeux pétillant de plaisir.

— Ouais, un progrès... On va dire que je maîtrise l'art de la chute parfaite, non ?

Elle finit par se relever encore et encore, chaque tentative marquée par une nouvelle chute, des fous rires, et des éclaboussures dignes d'un spectacle aquatique. Et enfin, dans un moment de pure victoire, elle parvient à se dresser sur la planche, l'air triomphant.

— Regarde, Liam ! Cette fois, c'est bon !

Depuis l'eau, je l'applaudis, en criant.

— Bravo, Mia ! Tu es une légende du surf !

Elle tient quelques secondes, souriante, avant qu'une autre vague ne la déséquilibre et l'envoie directement à l'eau.

— Non ! Pas encore !

Je nage vers elle, riant sans retenue.

— Sérieusement, Mia, tu progresses à une vitesse folle !

Elle rit elle aussi, essuyant l'eau de son visage, prête à recommencer.

— Allez, la prochaine, c'est la bonne… mais sans la partie « baignade forcée », cette fois, j'espère !

Le temps semble suspendu alors que nos jeux dans l'eau se poursuivent, ponctués par des rires et des chutes. À chaque tentative échouée, Mia en ressort avec une détermination nouvelle, et je ne peux m'empêcher d'admirer sa ténacité. Finalement, après de nombreux essais, elle se redresse sur la planche, triomphante, et je l'applaudis de toutes mes forces.

— Mia ! Voilà, tu tiens le coup ! criai-je, jubilant.

Elle me répond avec un sourire éclatant.

— Et tout ça grâce à mon coach préféré !

Après avoir ri et joué dans l'eau jusqu'à ce que la fatigue commence à se faire sentir, nous nous laissons porter par la douceur du moment. Le soleil atteint son zénith, et un léger vent vient caresser nos visages, nous rappelant qu'une pause serait la bienvenue. À midi, on décide de s'asseoir sur le sable pour déjeuner.

Je sors des sandwichs et des fruits du sac et on s'installe sur le sable, le regard perdu dans l'immensité bleue de l'océan.

— Merci pour cette matinée, dit-elle en croquant dans un sandwich. Ça faisait longtemps que je ne m'étais pas autant… amusée.

Je la regarde, mes doigts jouant distraitement avec un grain de sable.

— De rien, Mia. J'adore passer du temps avec toi.

Une fois notre déjeuner terminer, nous retournons marcher lentement le long de la côte, les pieds caressés par l'eau fraîche, ramassant des coquillages comme des gosses. Mia s'arrête à chaque petit trésor de la plage, les yeux brillants d'excitation.

— Regarde celui-ci ! s'exclame-t-elle, brandissant une petite coquille irisée qui reflète la lumière.

Je me penche pour l'admirer, un sourire naissant.

— Il est parfait. Tu sais quoi ? On devrait en faire une collection. Garde-le, il sera le premier de notre… disons, collection des trésors.

Elle rit doucement, glissant le coquillage dans sa poche. À cet instant, je sors discrètement mon appareil photo. La lumière douce de l'après-midi, ses cheveux emportés par la brise et son rire spontané… tout est parfait. Je cadre rapidement et appuie sur le déclencheur.

— Hé ! s'étonne-t-elle en tournant la tête vers moi, misurprise, mi-amusée. Tu as pris une photo sans prévenir ?

— Désolé, mais je devais immortaliser cet instant, dis-je en haussant les épaules, un sourire complice aux lèvres. C'était trop beau pour le laisser filer.

Ses joues se teintent d'une légère rougeur, et elle détourne les yeux vers l'océan.

— Eh bien, j'espère que je ne fais pas une tête trop ridicule, murmure-t-elle, le coin des lèvres relevé.

— Impossible, rétorqué-je, le regard toujours rivé sur elle, prêt à capturer chaque fragment de ce moment parfait.

Le temps s'écoule avec la lenteur douce d'une journée parfaite, chaque éclat de rire, chaque regard, chaque discussion s'inscrivant dans nos souvenirs. Alors que le ciel commence à se teinter de nuances violacées, nous réalisons que la fin de la journée approche. Le soleil amorce sa descente, jetant ses derniers rayons sur l'eau scintillante.

Nous retournons dans l'eau pour une dernière baignade. Les vagues sont douces, et la lumière du soleil couchant crée une atmosphère magique.

— Je me sens tellement vivante, murmure Mia, les yeux brillants d'émotion.

Je fais mine de ne pas avoir entendu, un sourire malicieux aux lèvres.

— Quoi ? Je n'ai pas entendu, Mia. Dis-le encore.

Elle roule des yeux, amusée, mais répète un peu plus fort.

— Je me sens vivante.

Je secoue la tête, taquin.

— Encore une fois, je crois que la mer est plus bruyante que toi.

Elle me regarde, un éclat de défi dans les yeux, et prend une grande inspiration.

— JE ME SENS TELLEMENT VIVANTE ! crie-t-elle, sa voix résonnant au-dessus du bruit des vagues, emportant avec elle l'écho d'un rire libérateur.

Je la contemple, touché par cette explosion de joie, et réponds, le cœur plein d'émotion :

— Voilà, ça, c'est ce que je voulais entendre.

Elle baisse soudain la voix, son regard se perdant dans l'horizon.

— Oui… mais pour combien de temps ? murmure-t-elle, si bas que le vent semble emporter ses mots.

Mon sourire s'estompe légèrement, remplacé par un calme chargé d'une émotion que je n'arrive pas à nommer. Les vagues continuent leur va-et-vient, emplissant l'air d'une mélodie apaisante. Le silence qui suit est lourd de réflexions invisibles.

Nous restons là, bercés par le courant, jusqu'à ce que le soleil se fonde entièrement dans l'horizon, laissant derrière lui des traînées ardentes de rose et d'orange. Petit à petit, la lumière décline, et le ciel s'assombrit en un bleu profond.

Finalement, nous sortons de l'eau, frissonnant légèrement. Enroulés dans nos serviettes, nous savourons la chaleur douce du sable sous nos pieds, l'écho de la journée imprimé dans nos esprits.

Mia s'assoit près de moi, une mèche de cheveux collée sur ses yeux par l'eau salée. Instinctivement, je tends la main et redresse doucement la mèche, mes doigts effleurant sa peau. Elle frissonne légèrement à ce contact, et je sens une vague d'émotion nous envelopper.

— C'était bien, aujourd'hui, dit-elle doucement en croisant mon regard, ses yeux reflétant une sincérité qui me touche.

Je hoche la tête, un léger sourire aux lèvres.

— Oui, j'ai beaucoup aimé aussi. Et dire que nous en sommes déjà au sixième jour.

— C'est fou comme ça passe vite, répond-elle, un brin de nostalgie dans la voix.

Un silence s'installe après mes mots, et je sens que ses pensées tourbillonnent. Ses yeux se baissent un instant, son regard perdu, comme si elle hésitait à poser la question qui lui brûle les lèvres.

— Liam, murmure-t-elle en relevant les yeux vers moi, est-ce que… est-ce qu'il y a quelqu'un d'autre ?

Je la dévisage, surpris, et secoue la tête, une tristesse palpable dans mon regard.

— Non, Mia, il n'y a personne d'autre.

Elle inspire, son visage se détendant, même si je vois qu'elle cherche encore à comprendre.

— Pourquoi… pourquoi tu recules chaque fois que… qu'on est proches ? insiste-t-elle doucement, en posant sa main sur mon bras.

Je me passe une main nerveuse dans les cheveux, cherchant les mots sans savoir s'ils existent vraiment.

— Ce n'est pas toi, Mia. C'est moi. Ma vie… elle est compliquée. Il y a des choses que je n'ai pas choisies, et que je ne veux pas te faire porter, dis-je finalement, ma voix étranglée par l'émotion.

Elle me scrute longuement, sa main toujours posée sur mon bras, sa chaleur traversant ma peau comme une promesse silencieuse.

— Alors j'attendrais que tu sois prêt, dit-elle. Je n'ai pas besoin de tout savoir maintenant. Juste… sache que je suis là. Son regard ne faiblit pas, et la tension en moi s'effiloche, comme un nœud qui se dénoue, remplacé par cette force qu'elle me donne, cette patience que je ne mérite peut-être pas.

— Mia, soufflé-je, touché. Un jour, je te dirai tout, c'est promis.

Elle hoche la tête, un léger sourire aux lèvres, et même si les questions restent, je sens que ce moment nous lie un peu plus fort.

Nos mains se frôlent, un contact léger mais suffisant pour sentir la tension douce qui persiste entre nous. Autour de nous, seules les vagues et le vent murmurent, et ce calme profond nous enveloppe dans une bulle que je ne veux pas briser.

Le chemin jusqu'à l'immeuble est ponctué de silences apaisants et de regards échangés. Les lumières tamisées des lampadaires bordant la rue projettent des ombres longues et dansantes. Un passant croise notre route, sa silhouette se fondant dans la nuit.

Enfin, nous arrivons devant la porte de son appartement. Elle se tourne vers moi, un sourire complice éclairant son visage.

— Bonne nuit, Mia, dis-je doucement.

— Bonne nuit, Liam, murmure-t-elle en retour. On se voit demain.

Je rentre chez moi, le cœur partagé entre le bien-être et la culpabilité. Le silence de mon appartement amplifie les souvenirs de la journée. La réalité me frappe : je ne devrais pas être là, pas avec elle. Un mal de tête pulsant me rappelle l'ombre qui pèse sur moi.

Je tiens à elle plus que je ne devrais, et c'est bien ça le problème. Plus les jours passent, plus mon cœur s'attache, et pourtant… Je ne peux pas lui offrir plus que ce que je lui donne en ce moment. Rien de plus. Une douleur me serre la poitrine, et un remords sourd s'insinue, prenant racine au plus profond de moi. Mia mérite bien mieux que cette relation incomplète, bien mieux que quelqu'un qui lui cache l'essentiel.

Je ferme les yeux un instant, tentant de calmer la vague d'angoisse qui monte, mais le mal de tête se renforce, un rappel cruel de cette réalité sombre qui me poursuit, de ce secret qui ronge mon âme, impossible à confier.

♥ Jour 7 - Mia

Ce matin, je me lève avec une sensation étrange, comme un souffle nouveau. Pas de lourdeur familière ni d'ombre prête à m'envahir dès l'ouverture des yeux. Hier, entre le crépitement des vagues et les discussions avec Liam, quelque chose change en moi, quelque chose de simple mais essentiel. Je passe ma main dans mes cheveux en bataille, et un sourire – non, une esquisse de sourire – me surprend.

Je m'étire en observant les premiers rayons de soleil glisser à travers les rideaux. L'idée de le retrouver me fait sourire, et sans trop réfléchir, je choisis une tenue dans laquelle je me sens bien.

Je me prépare rapidement, l'esprit encore empreint de cette

sensation nouvelle. En quittant l'appartement, je descends les escaliers avec une légèreté inhabituelle, presque insouciante. À l'extérieur, l'air marin et frais m'accueille ; il y a une douceur dans l'atmosphère, un appel à profiter de chaque seconde. Mon esprit est déjà tourné vers notre banc habituel, et sans m'en rendre compte, j'accélère le pas.

En arrivant, je vois Liam déjà installé, un grand sourire aux lèvres. Il a apporté des croissants et du jus d'orange pour le petit déjeuner, et la vue de cette scène réchauffe encore plus mon cœur. Son enthousiasme est contagieux, et je sens mon cœur s'alléger à sa vue.

— Salut, Mia ! s'exclame-t-il en me tendant un croissant, un sourire taquin aux lèvres. J'espère que tu as faim, parce que j'ai une journée bien remplie en tête.

Je prends le croissant, et il lance un regard amusé à mes cheveux légèrement ébouriffés.

— On dirait que tu t'es battue avec ta brosse ce matin… et que la brosse a gagné, plaisante-t-il, ses yeux pétillants de malice.

Je lève les yeux au ciel, un sourire amusé sur les lèvres.

— Hé, j'ai décidé d'opter pour le style « artiste tourmentée », ça te plaît ?

Il rit, un éclat tendre dans le regard.

— Ça te donne un style, je dois le reconnaître, ajoute-t-il, un éclat malicieux dans les yeux. Mais la prochaine fois, je te parie que je gagnerai le concours de la plus belle coiffure.

Je lève un sourcil, feignant l'offense.

— Sérieusement ? Tu devrais déjà penser à investir dans un peigne, rétorqué-je en le taquinant.

Liam passe une main dans ses cheveux en bataille et esquisse un sourire amusé.

— Touché. On forme la meilleure équipe de cheveux en désordre.

Je pouffe de rire en le voyant s'attaquer à son croissant de manière méthodique : il retire délicatement les bords croustillants avant de s'attaquer au cœur moelleux. Cette manie étrange me fascine et m'amuse à la fois. Chaque jour qui passe, je découvre de nouvelles facettes de Liam, des détails qui rendent notre pacte plus profond, plus intime, presque sans que je m'en rende compte.

Le cadre autour de nous est comme suspendu dans le temps : le murmure apaisant des vagues, le cri ponctuel des mouettes, tout semble conspirer pour nous rapprocher. La brise marine apporte un parfum salé, et je me sens enveloppée d'une chaleur qui n'a rien à voir avec le soleil.

Quand nous finissons notre petit déjeuner, Liam se lève d'un geste énergique, ses yeux brillants d'une détermination tranquille. Il tend la main vers moi, un sourire au coin des lèvres.

— Prête à voir où cette journée nous mène ? dit-il, sa voix teintée d'une promesse silencieuse.

Je prends sa main, une pointe d'excitation s'éveillant en moi.

— Plus que jamais.

— J'ai une surprise pour toi aujourd'hui, annonce-t-il, les yeux pétillants.

— Oh, et quel genre de surprise ?

Il se penche légèrement vers moi, réduisant la distance, et murmure :

— Si je te le dis, ce ne sera plus une surprise, pas vrai ? Suis-moi, et prépare-toi à être épatée, ajoute-t-il avec un clin d'œil qui me fait lever les yeux au ciel, amusée.

Liam, toujours ma main dans la sienne, avance d'un pas décidé. Je me laisse guider, intriguée par son air mystérieux. Il m'emmène jusqu'à un petit atelier niché près du rivage. En poussant la porte, je découvre une grande table couverte d'albums vierges, de ciseaux, d'autocollants, de feutres colorés et… d'une pile de photos de nos moments ensemble.

L'odeur du papier et de l'encre fraîche emplit l'air, et mon cœur s'emballe un peu plus.

— Un atelier de souvenirs ? dis-je, émue.

— Oui. On crée notre propre album. Tu te souviens de toutes photos que j'ai prise ?

Je ris doucement, prenant une photo dans les mains.

— Oui, et je pense que c'est une excellente idée de les immortaliser.

Nous nous installons côte à côte, un magnifique album vierge devant nous, les photos éparpillées un peu partout. L'excitation monte, teintée d'une nostalgie douce. C'est étrange de revoir ces moments capturés, comme si chaque image nous ramenait un peu en arrière.

On commence à trier les photos, les rires fusant au fil des souvenirs. Liam commente chaque image avec un mélange d'humour et d'attention qui me fait sourire sans cesse.

— Ah, celle-là, dit-il en pointant une photo où je suis en train de tomber de la planche de surf. Tu te souviens de cette chute mémorable ?

Je ris, sentant mes joues rosir.

— Oui, je me souviens surtout de m'être étalée comme une pro. Très classe, vraiment.

Il éclate de rire, secouant la tête.

— Classe ou pas, tu t'es toujours relevée avec un sourire. Ça, c'est bien plus impressionnant.

Je le regarde, un sourire se glissant sur mes lèvres. Liam a cette façon de rappeler l'essentiel, même dans les détails les plus légers. Avec lui, tout semble plus simple, suffisant pour nous rendre heureux.

Nous passons la matinée à découper, coller et nous taquiner sur nos choix de photos. Parfois, nos doigts se frôlent en attrapant les mêmes autocollants, et un petit frisson traverse ma peau à chaque contact.

— Vraiment, cette photo ? dis-je en riant, pointant l'image où je grimace sous le soleil de la plage. Je suis presque méconnaissable.

Il la soulève avec un air faussement sérieux.

— Évidemment ! C'est ta photo la plus authentique. Regarde cette expression, c'est de l'art brut.

Je fais semblant de me vexer, lui lançant un regard faussement indigné.

— Toi, tu vas voir, rétorqué-je en cherchant une photo de lui où il n'est pas à son avantage.

Il rit, un éclat franc qui résonne dans l'atelier, et je ne peux m'empêcher de rire avec lui, me sentant incroyablement légère.

Les heures filent, ponctuées par nos anecdotes et nos éclats de rire. De temps en temps, je surprends son regard qui traîne sur moi, un peu plus longtemps que nécessaire, avant qu'il détourne les yeux, un sourire gêné. Chaque photo collée dans l'album est un rappel des moments où il m'a fait sourire, où il m'a donné l'impression que tout est possible.

Tandis que la lumière de la matinée commence à s'adoucir, nous achevons notre album et le contemplons avec satisfaction. Les pages sont un patchwork d'instantanés, une série de souvenirs vivants, capturant des éclats de bonheur, des instants de complicité et de douce folie.

Je feuillette les pages doucement, admirant nos souvenirs qui s'étalent en un mélange de couleurs et de sourires.

— C'est incroyable de voir tout ce qu'on a déjà vécu en si peu de temps, murmuré-je, presque pour moi-même, comme si je craignais de briser la magie du moment.

Liam hoche la tête, son regard se faisant plus intense, un peu plus vulnérable.

— Oui, et il nous reste encore tant de pages à remplir, dit-il, sa voix légèrement voilée d'émotion.

Je passe mes doigts sur les pages vierges, un sourire naissant.

— Chaque jour apportera son lot de souvenirs. D'ici la fin de ces dix-neuf jours, cet album sera rempli de notre aventure, comme un livre de toutes ces premières fois.

— Exactement, murmure-t-il, un sourire à la fois joyeux et mélancolique. Chaque moment compte. Je suis impatient de voir ce que les prochains jours nous réservent.

Il me regarde en silence, et j'ai l'impression que ce qu'il cache pèse plus lourd dans son regard que jamais. J'inspire doucement, me raccrochant à l'instant.

— Alors, qu'est-ce que tu penses de notre chef-d'œuvre ? demande-t-il pour rompre le silence.

Je ris, amusée et fière à la fois, en fermant doucement l'album.

— Je pense qu'on a fait du bon travail. Merci, Liam. Merci de m'avoir redonné envie de chérir chaque instant.

— De rien, Mia. C'est vraiment un plaisir de vivre tout ça avec toi. Alors, que dirais-tu de continuer cette journée avec un pique-nique sur la plage ?

Je sens un élan d'excitation monter en moi, et j'acquiesce vivement.

— Ça me semble parfait.

Après avoir rangé nos affaires dans l'atelier, nous prenons le panier de pique-nique et sortons. Les rayons du soleil nous caressent la peau tandis que nous descendons le chemin menant à la plage. À chaque pas, la mer se dévoile un peu plus, scintillant sous la lumière, et l'odeur salée de l'océan emplit l'air. Liam mène la marche, un sourire complice sur le visage, et je sens cette familiarité réconfortante entre nous, celle qui transforme même la balade la plus banale en une aventure

Une fois arrivés, nous étendons une couverture face à l'océan. Le bruit des vagues nous enveloppe d'une tranquillité simple, presque intime. Autour de nous, tout est calme. Le panier révèle des salades, des fruits et quelques pâtisseries, chaque bouchée pleine de saveurs, comme si même la nourriture avait un goût particulier aujourd'hui.

Je croque dans une fraise juteuse et le regarde, curieuse.

— Liam, d'où t'es venu cette idée de créer un album photo ? demandé-je, amusée par la douceur de son attention.

Il esquisse un sourire, ses yeux brillants d'un éclat nostalgique.

— J'ai toujours aimé capturer l'instant, figer ces moments qui semblent anodins mais finissent par devenir précieux. Ce pacte qu'on a, ces journées ensemble… je me suis dit qu'il fallait en garder une trace. Parce que, qui sait, un jour on regardera cet album et on se souviendra à quel point c'était spécial, répond-il, le regard posé sur moi avec intensité.

Je sens mon cœur se serrer légèrement. Il à ce don de ma captiver.

— C'était vraiment parfait, murmuré-je, sincèrement

touchée. J'avais oublié à quel point c'était apaisant de revivre ces souvenirs, de les fixer quelque part.

Il acquiesce, et dans ce simple échange, je sens à nouveau ce lien unique qui nous unit, fait d'attentions discrètes et de petits gestes sincères.

L'après-midi glisse, et nos mots deviennent plus sincères, marqués par des rires complices et des instants de réflexion. Je raconte comment, petite, je passais des heures à m'imaginer être une grande musicienne. Liam écoute, ses yeux reflétant une tendresse que je ressens rarement.

— Je t'imagine bien, dit-il, un sourire au coin des lèvres. Petite Mia, concentrée, à taper sur les touches, déterminée à jouer juste.

Je ris doucement, un rire teinté de nostalgie.

— Et toi, quel est ton souvenir préféré ? demandé-je, voulant en savoir plus sur cette part de lui qui reste souvent dans l'ombre.

Il creuse dans le sable avec son pied, l'air pensif.

— J'avais dix ans quand ma mère m'a offert mon premier appareil photo. Elle m'avait dit : « Capture tout ce qui te fait sentir vivant. » J'ai passé tout l'été à photographier des petites choses : les gouttes d'eau sur les feuilles, le chat du voisin, le ciel changeant au crépuscule. Ça me donnait l'impression de figer le temps, de le garder rien que pour moi.

Je reste silencieuse, touchée par cette image de lui, enfant, déjà passionné par ce qui deviendra une partie essentielle de lui.

Nous continuons à échanger nos petites anecdotes d'enfance. Chaque détail qu'il partage, chaque souvenir que je révèle, ajoute une brique à cette complicité naissante.

Alors que le soleil amorce sa descente, le ciel s'embrase de ses plus belles couleurs, la beauté de l'instant estompe brièvement mes doutes avant qu'ils ne refassent surface.

— Cette journée, c'était simple mais j'ai passé un très bon moment, dis-je.

Il se tourne vers moi, le crépuscule adoucissant ses traits.

— Oui, moi aussi, vraiment, répond-il, sa voix pleine de sincérité.

Nous restons ainsi, le silence entre nous paisible, intime, renforcé par le bruit régulier des vagues. Les derniers promeneurs s'éloignent, laissant la plage presque déserte. Une onde de chaleur mêlée de tendresse et d'un sentiment plus profond s'empare de moi, et je discerne dans le regard de Liam qu'il partage cette sensation.

— Liam… chuchoté-je, à peine consciente de ma voix. Je suis heureuse que tu sois là.

Un sourire étire ses lèvres, mais il y a dans son regard une tristesse fugace, quelque chose d'indéfinissable qu'il tente de cacher.

— Moi aussi, Mia. Plus que tu ne le crois.

Je me rapproche, mon cœur battant à tout rompre. Nos visages sont si proches que je peux sentir son souffle sur ma peau. Il semble se figer, comme s'il luttait contre une force invisible.

— Liam, pourquoi tu hésites ? murmuré-je, tandis que le vent semble se figer autour de nous, rendant l'air plus épais.

Son regard se plante dans le mien, intense et indéchiffrable, comme s'il cherchait une échappatoire là où il n'y en a pas.

— Parce que je ne veux pas te blesser, Mia, dit-il, sa voix vacillante légèrement. Je te l'ai déjà dit.

Une vague d'exaspération monte en moi, la tension entre frustration et désespoir me serrant la poitrine.

— Ce qui me fait mal, ce n'est pas ce que tu gardes pour toi, c'est que tu me repousses sans explication ! Tu crois que ça m'aide, ça ?

Je fais un pas en arrière, sentant mon cœur se fissurer un peu plus à chaque seconde où il reste muet.

— Si tu n'as pas l'intention d'être honnête, alors pourquoi ce pacte, Liam ? Pourquoi me donner l'illusion que tout peut changer ?

Il avance sa main, me tirant légèrement par le poignet, essayant de réduire la distance entre nous, ses yeux accrochés aux miens.

— Mia, attends... laisse-moi t'expliquer...

Je reste immobile, ses doigts toujours autour de mon poignet, et je vois dans ses yeux quelque chose de plus profond que la peur : une douleur à peine contenue.

— Mia, commence-t-il doucement, sa voix se brisant presque. Je ne peux pas… Je ne peux pas aller plus loin avec toi. Ce que je cache, je ne veux pas te l'imposer.

Je secoue la tête, refusant de laisser ses mots s'enraciner en moi.

— Ça ne doit pas être aussi terrible, Liam ! Je ne suis plus une gamine, je peux comprendre. Je croyais vraiment qu'il y avait quelque chose entre nous !

— Il y a quelque chose, Mia, dit-il, le regard fuyant. Mais ce que je peux te donner s'arrête là.

— Pourquoi ?

Liam baisse les yeux, et la pression de sa main sur la mienne se relâche. Une vague de doutes me traverse, dévorant les certitudes fragiles que je pensais posséder. Lorsqu'il relève les yeux, l'intensité de son regard m'enferme dans un labyrinthe de questions sans réponses.

— Parce que, murmure-t-il, si je te laisse entrer… tu souffriras. Je ne veux pas te faire ça. Pas toi.

Son aveu, à peine voilé, m'arrache le souffle. Il détourne les yeux, la mâchoire serrée, luttant visiblement contre une douleur qu'il ne veut pas exposer.

— Je veux juste que tu sois heureuse, Mia, finit-il par dire, la voix à peine audible. Même si ça signifie te protéger de moi.

Un éclair de peur traverse son regard, fugace mais réel, et je me demande ce qui pourrait inspirer une telle crainte.

Je sens ma gorge se serrer, mais je refuse de lâcher prise.

— Liam, tu n'as pas besoin de me protéger de toi, murmuré-je, ma voix tremblant d'émotion. Regarde tout ce que j'ai traversé. Je suis encore là, grâce à toi. Alors laisse-nous cette chance.

Il inspire profondément, ses yeux fuyant les miens pour fixer un point invisible, comme s'il tentait de rassembler son courage.

— J'ai peur, Mia ! Peur de te blesser. De te laisser t'attacher alors que...

Il s'arrête. Ses doigts serrent le bord de la couverture comme pour contenir un tremblement, un geste infime mais révélateur.

— Liam, dis-je, le regard planté dans le sien, si tu crois que le silence me protège, tu te trompes. Ce n'est pas de la vérité que j'ai peur, mais de l'incertitude, de te voir te refermer. Si tu tiens à moi, alors… sois là, vraiment là, sans te défiler.

— Je ne peux pas te promettre ça. Je voudrais pouvoir le faire, être tout ce que tu attends de moi, mais… il y a des choses que je ne peux pas changer. Des choses que je porte seul.

Mon cœur se serre. Je voudrais pouvoir dire que je comprends, que son silence me suffit, mais chaque mot retenu laisse une marque, creuse une distance.

— Je ne cherche pas des réponses parfaites, juste… une vérité, même petite. Quelque chose pour combler ce vide que ton silence crée.

Il inspire profondément, ses doigts glissant des miens lentement, comme un adieu qu'il refuse de prononcer.

— Je vais faire de mon mieux, finit-il par dire, la voix emplie de tristesse.

Mon regard fouille le sien, en quête d'une fissure dans ce mur d'ombres qu'il dresse entre nous. Mais tout ce que je trouve, c'est un vide assourdissant, aussi tangible qu'une mer en tempête.

Alors je prends une inspiration et recule d'un pas, parce

qu'aussi proche que je veuille être, je sens qu'il y a des frontières qu'il ne me laissera pas franchir.

Quand nous arrivons dans le hall de l'immeuble, nos mains se frôlent encore, retenues par un fil invisible. On s'arrête, aucun de nous n'ayant vraiment envie que cette journée se termine malgré notre petite dispute.

Liam me lance un regard, l'ombre d'un sourire aux lèvres. Je n'ai pas besoin de poser de question ; l'évidence est là dans ses yeux, un demain qui ne demande même pas de promesse.

Il incline la tête, approchant son visage du mien, et dépose un baiser léger sur ma joue, assez fugace pour rester simple, mais assez présent pour laisser quelque chose de durable en moi. Je sens mon cœur battre plus vite, comme chaque fois que sa barrière semble baisser, même un peu.

— Bonne nuit, Mia. Sa voix est basse, marquée d'une tendresse calme.

— Bonne nuit, Liam, murmuré-je en retour, sentant quelque chose de plus grand que les mots flotter entre nous.

On échange un dernier regard avant de se séparer. En montant vers mon appartement, des doutes me saisissent.

Chaque fois qu'il voit sa garde se baisser, il recule. Cette incertitude persistante me pèse, et je m'interroge sur ce qu'il dissimule, une vérité peut-être aussi insaisissable pour lui que pour moi.

En fermant la porte de mon appartement, les pensées tournent. Tandis que je me glisse dans mes draps, l'ombre du doute s'accroche. Demain, je chercherai la vérité.

♥ Jour 8 - Liam

Le poids de la fatigue s'étire dans mes muscles, plus tenace que d'habitude. Un léger vertige me prend lorsque je me lève, et je m'appuie un instant contre le mur, le regard perdu dans le vide avant de retrouver mes repères. Les journées passées avec Mia sont précieuses, mais mon corps me rappelle que je ne peux plus les affronter sans ressentir cette lassitude profonde.

Aujourd'hui, je veux quelque chose de spécial, différent. Un moment où on pourrait vraiment parler, où elle saurait que quoi qu'il arrive, elle peut compter sur moi.

En m'approchant du banc, un court moment de flottement me fait ralentir. Une vague de faiblesse parcourt mes membres, que je chasse d'un battement de paupières. Je l'aperçois alors, déjà debout, le regard tourné vers l'océan. Elle se tourne à mon approche, un sourire se dessinant sur son visage, mais une légère hésitation persiste dans son regard, comme si elle n'était pas sûre de ce qu'elle espère de cette journée.

Je m'installe à côté d'elle, lui mettant un petit coup d'épaule complice.

— Salut, toi, dis-je, ma voix teintée d'une chaleur familière.

— Hey, Liam. Alors, qu'est-ce que tu me réserves aujourd'hui ? demande-t-elle, son sourire éclairant son visage.

Je prends un instant, la regardant, ancré dans ce moment, et je réponds calmement :

— Aujourd'hui, si ça te va, pas de grandes aventures. Juste nous, ici. On peut parler. Ralentir un peu.

Elle acquiesce, son sourire adoucissant l'incertitude que j'avais perçue.

— Ça me va, murmure-t-elle, les yeux brillants de cette promesse de moments vrais.

Nous marchons côte à côte le long de la plage, les vagues venant s'échouer à nos pieds et remplissant le silence de leur murmure apaisant. Je sens le regard de Mia se poser sur moi, chargé de questions. Ses yeux, verts et perçants, semblent chercher des réponses au milieu de mes propres incertitudes.

La colère qu'elle ressentait hier soir est toujours là, dans son regard intense et voilé, mais elle n'en dit rien.

Elle hésite, ouvre la bouche comme si elle allait parler, puis se contente de soupirer en regardant à nouveau l'horizon, laissant ses pensées s'envoler dans la brise.

Un silence tendu s'installe entre nous, mais je ressens qu'elle retient quelque chose. Je devine qu'elle se demande encore pourquoi je recule à chaque fois que nous sommes sur le point de nous rapprocher. Malgré sa frustration évidente, elle choisit de rester en retrait, de ne pas insister. Elle garde tout en elle, un mélange de colère et de tristesse, mais elle ne pose pas la question. Peut-être qu'elle n'en peut plus de faire face à mes réponses évasives.

Je devine sa déception, et une part de moi veut lui dire la vérité. Lui dire pourquoi j'agis ainsi. Mais les mots se bloquent dans ma gorge, étouffés par cette crainte de lui imposer mon fardeau. Alors, je me contente de marcher à ses côtés, espérant qu'elle puisse ressentir tout ce que je ne peux pas lui dire.

Je passe délicatement ma main sur son avant-bras, un geste apaisant, comme pour combler le vide entre nous. La chaleur de sa peau me traverse, me rappelant combien j'aime être auprès d'elle, combien ce pacte m'a piégé de la manière la plus inattendue et dévastatrice qui soit. Je ne voulais pas tomber amoureux d'elle, mais c'est déjà trop tard.

Nous descendons la petite dune en silence, l'atmosphère encore tendue. Je sens sa réserve, cette distance que sa colère a laissée derrière elle. Le sable chaud sous nos pieds contraste avec la brise plus fraîche qui passe entre nous, emportant un instant le silence. Lentement, elle relâche ses épaules, et je devine qu'elle s'apprête à parler, même si une partie d'elle semble hésiter.

Le vent soulève une mèche de ses cheveux, qu'elle repousse distraitement. Puis, d'une voix plus posée, elle murmure :

— J'ai envie de peindre à nouveau, dit-elle, ses yeux fixés sur l'horizon, comme si elle y projetait déjà ses rêves. Retrouver cette sensation de liberté que je ressentais avec un pinceau en main. Et partir… Voir le monde, me laisser inspirer par d'autres paysages, d'autres cultures, pour nourrir mes créations.

Ses mots résonnent, sincères, et je me perds dans sa voix, dans la force qu'elle dégage, et qui me touche profondément.

— Mia, je murmure, ému, je crois sincèrement que tu es capable de réaliser tout cela, et plus encore.

Elle sourit, visiblement touchée par mes encouragements.

— Et toi, Liam ? Quels sont tes rêves ? demande-t-elle, les yeux posés sur moi, attentifs et patients.

Je prends une profonde inspiration, surpris par l'intensité de sa question. Personne ne m'avait vraiment demandé cela depuis longtemps. Je réfléchis, mes pensées vagabondant vers des désirs que j'ai souvent tus.

— J'ai toujours rêvé de parcourir le monde, de capturer des endroits que peu de gens voient, de raconter des histoires à travers des images, dis-je enfin. Mais plus que ça… je suppose que je cherche quelque chose qui me dépasse. Quelque chose qui donnerait un sens à tout ça, qui me donnerait envie de me lever chaque matin.

Mia acquiesce, un sourire doux éclairant son visage. Elle comprend, je le sens. Cette quête de sens, elle sait ce que ça représente.

— Je pense qu'on est tous à la recherche de ce "quelque chose", murmure-t-elle. C'est ce qui rend la vie si captivante, non ?

Je la regarde, et un sourire fier se dessine sur mes lèvres.

— Tu sais, on est seulement au huitième jour de notre pacte, mais… je vois déjà quelque chose changer en toi, dis-je, ma voix vibrante d'une sincérité que je n'arrive même pas à camoufler. C'est comme si chaque jour, tu te rapprochais un peu plus de cette Mia qui ne craint pas de vivre, de rêver vraiment.

Elle me prend la main et la serre fort, un sourire timide traversant son visage.

— Merci, murmure-t-elle, si doucement que j'en capte à peine le son. Peut-être que… peut-être que je commence à y croire moi aussi. Que tout ça pourrait encore… valoir le coup.

Un sourire m'échappe, irrésistible et incontrôlé. La voir ici, dans ce moment suspendu, me donne cette certitude étrange et puissante que rien d'autre n'a jamais semblé aussi juste.

On continue de marcher, partageant des fragments de nos âmes que peu ont jamais vus. Elle me confie ses doutes, les ombres qui la suivent et les moments où elle se sent piégée par une obscurité prête à l'engloutir. Chaque mot, chaque silence est absorbé par le bruit apaisant des vagues, qui semble rendre nos secrets un peu moins lourds.

Soudain, Mia s'arrête. Elle fixe l'horizon, les yeux perdus dans la lueur déclinante, comme si elle cherchait à retrouver des mots enfouis quelque part entre le ciel et la mer. Lentement, elle baisse la tête, et je sens ses doigts glisser hors des miens, avec une hésitation presque douloureuse. Elle a l'air de chercher le courage de dire quelque chose qui la ronge.

Et je me tiens là, prêt à tout entendre, même ce qui pourrait me briser.

— Liam… la nuit où on s'est rencontrés… J'étais vraiment sur le point de sauter.

Elle se tait, son regard se perdant dans le vide, et je reste immobile, figé, conscient que chaque mot qu'elle dit est comme une lame qu'elle extirpe lentement de sa poitrine.

— Je n'avais plus rien, murmure-t-elle enfin, ses yeux fixés quelque part bien au-delà de l'horizon. J'étais épuisée. Fatiguée de lutter contre une douleur que personne d'autre ne voyait. De porter un poids invisible, tellement lourd qu'il m'écrasait un peu plus chaque jour. Cette nuit-là… tout ce que je voulais, c'était que ça s'arrête.

Elle fait une pause, et un sourire douloureux se dessine sur ses lèvres, brisé, presque ironique.

— C'était comme être en apnée, tu vois ? L'air était là, juste au-dessus de moi, si proche, mais j'avais l'impression que je n'y arriverais jamais. Que je ne remonterais jamais assez pour respirer.

Un nœud se forme dans ma gorge tandis qu'un silence lourd s'installe. Elle essuie une larme solitaire, ses yeux dévoilant une douleur longtemps cachée.

— Et puis… tu es arrivé. Elle inspire profondément, et ses mots résonnent, fragiles et forts à la fois. Je ne sais pas pourquoi je suis restée à t'écouter cette nuit-là. Peut-être que je n'avais plus la force de dire non, ou peut-être que... une partie de moi voulait croire qu'il restait quelque chose à sauver.

Elle relève les yeux vers moi, et son regard est un mélange de vulnérabilité et de force, un contraste qui me coupe le souffle.

— Chaque matin depuis, je me dis que si quelqu'un a pu m'arrêter cette nuit-là, alors peut-être, juste peut-être, il y a une raison pour que je reste.

Je prends sa main, cherchant à lui offrir une ancre, un rappel que je suis là, et ma voix tremble malgré moi.

— Mia, je te promets que je serai là, que je tiendrai ta main à chaque moment de doute, murmuré-je, laissant le silence s'étirer avant de reprendre ma respiration.

Elle me coupe, un mince sourire aux lèvres, presque comme une excuse.

— C'est grâce à toi que je suis encore là. Et ce pacte entre nous me fait comprendre que je peux trouver de la lumière, même dans l'ombre.

Elle me regarde, et je ne peux m'empêcher de poser une mèche de ses cheveux derrière son oreille, un geste discret mais chargé de tendresse.

— Et tu es en train de la trouver, Mia, dis-je sincèrement. Je le vois.

Elle hoche la tête, ses yeux brillant de larmes qu'elle tente de retenir, et je sens ses doigts trembler légèrement dans ma main.

— Mais parfois… c'est tellement épuisant, murmure-t-elle, sa voix à peine plus forte qu'un souffle. Parfois, je me demande si je pourrai vraiment surmonter tout ça. Si le bonheur n'est pas juste… une illusion trop lointaine pour moi.

Je caresse tendrement sa joue tout en essuyant quelques unes de ses larmes.

— Mia, tu ne réalises pas encore toute la force que tu portes en toi, dis-je, ma voix basse mais ferme. Chaque matin où tu te lèves, chaque instant où tu choisis de te battre – même pour les plus petites choses, pour un sourire, un éclat de lumière… c'est une victoire. Et si parfois tu as du mal à y croire, alors je te le rappellerai. Aussi souvent qu'il le faudra.

Elle esquisse un faible sourire, ses larmes brillant sous la lumière douce du matin.

— Peut-être que je commence à le comprendre, grâce à toi.

La matinée file, chaque mot échangé tissant un fil invisible mais solide entre nous. Finalement, on s'arrête près d'un grand rocher qui surplombe la mer, et on s'assoit, laissant nos pieds se balancer au-dessus de l'eau. Le soleil est haut maintenant, ses rayons réchauffant doucement nos visages et apaisant le silence qui s'installe.

Mia fixe l'horizon, sa main jouant distraitement avec un petit caillou qu'elle fait tourner entre ses doigts, le visage baigné de lumière mais l'esprit visiblement ailleurs.

— Tu sais, murmure-t-elle, les mots s'échappant comme une confession qu'elle a cachée trop longtemps, je crois que je n'ai jamais parler de tout ça à personne. C'est... c'est comme si ça devenait réel.

Je la regarde, mon cœur se serrant. Je tends la main pour effleurer une mèche de ses cheveux tombée sur son visage.

— Parfois, continuer à avancer, c'est une victoire en soi, Mia. Et je suis là…

Elle hoche lentement la tête, ses yeux brillants de gratitude.

— Merci, Liam, souffle-t-elle, ses doigts se resserrant légèrement sur les miens. C'est tellement étrange de ne plus me sentir… seule.

Nous nous levons du rocher et reprenons notre marche le long de la côte, en silence pendant un moment, chacun perdu dans ses pensées.

— Comment tu fais toi pour être si courageux ? Me demande t-elle.

— Tu sais, je n'ai pas toujours été comme ça. L'optimisme, le courage… c'est venu avec le temps. Je faisais de mon mieux pour avancer malgré... tout ce qui était compliqué dans ma vie.

Elle me jette un regard curieux, incitant doucement à continuer, et je respire profondément avant de plonger dans mes souvenirs.

— Mes parents ont divorcé quand j'étais gamin. C'était... difficile. Mon père était quelqu'un de bien, mais il buvait beaucoup. Trop, en fait. Les soirs, il rentrait tard, souvent en colère pour des choses dont je ne comprenais pas la moitié. Et quand mes parents se sont séparés, j'ai ressenti un mélange de soulagement et de culpabilité. Comme si c'était ma faute.

Pendant que je parle, ma main glisse instinctivement sur la cicatrice sur mon poignet. Un geste inconscient, mais Mia le remarque, ses yeux se posant sur la marque avant de chercher mon regard.

— Comment tu t'es fait ça ? demande-t-elle doucement, sa voix emplie d'une curiosité teintée d'inquiétude.

Mon estomac se noue, mon regard se détournant vers l'horizon avant de revenir à elle. Mon cœur bat plus fort, chaque mot pesant.

— C'était à mon quinzième anniversaire. Mon père était venu à Everville pour me voir, un de ses rares efforts pour être présent. Mais la fête a mal tourné. Il avait bu... encore. Quand les choses ont dégénéré, il s'en est pris à ma mère. J'ai essayé de m'interposer, de la protéger, mais il m'a poussé si fort que j'ai traversé la baie vitrée.

Je relève légèrement ma mèche rebelle, révélant une petite cicatrice à la lisière de mon front.

— Ça m'a valu des points de suture au poignet et ici, dis-je en désignant la cicatrice à peine visible sur ma tempe.

Mia, silencieuse, tend la main comme pour toucher la marque, hésite, puis la laisse retomber. Ses yeux, pleins de compassion, se posent sur moi avec une douceur que je n'avais pas anticipée.

— Je suis désolée, Liam, murmure-t-elle, ses mots porteurs d'une sincérité apaisante.

Je hoche la tête, un sourire ténu se dessinant malgré tout.

— C'est du passé, mais parfois, certaines cicatrices restent, à l'extérieur comme à l'intérieur. Mais c'est à partir de là que les choses ont dérapé. J'étais en colère, perdu. J'ai commencé à traîner avec des gens qui ne m'ont pas forcément emmené sur la bonne voie. Des bagarres, des conneries que je ne peux même pas compter, mais... quelque part en moi, je savais que je n'étais pas ce genre de personne.

Elle pose sa main sur mon bras, et ça m'encourage à aller

plus loin.

— C'est ma mère qui m'a sorti de là. Elle n'a jamais lâché, jamais cessé de croire que je pouvais faire mieux. C'est elle qui m'a montré qu'on pouvait toujours reconstruire, peu importe combien on a pu être brisé.

— Tu es là aujourd'hui, Liam. Et c'est bien plus qu'une victoire, dit-elle doucement.

Je hoche la tête, touché par ses mots. Le murmure des vagues accompagne nos pas tandis que nous nous éloignons du rivage. Lentement, nous quittons la douceur du sable pour rejoindre le sentier pavé qui remonte vers la route côtière.

Au loin, l'animation d'un petit stand ambulant attire notre attention, les rires des clients et l'odeur alléchante de hot-dogs grillés se mêlant à la brise. Nos regards se croisent avec complicité, et sans un mot, nous décidons de nous arrêter, comme guidés par un même élan spontané.

— Alors, tu es plus ketchup ou moutarde ? me demande Mia, une étincelle d'espièglerie dans les yeux.

— Les deux, évidemment, rétorqué-je avec un sourire.

On s'installe sur un banc près du stand, prêts à savourer nos hot-dogs. Mia prend une première bouchée enthousiaste, mais aussitôt, un filet de ketchup glisse entre ses doigts. Elle pousse un petit cri surpris, les yeux écarquillés.

— Oh non ! s'exclame-t-elle, tentant de l'essuyer rapidement.

Mais dans sa précipitation, elle en met encore plus, tachant son poignet puis une partie de son jean. Je me mords la lèvre pour ne pas éclater de rire, mais c'est plus fort que moi.

— Besoin d'un cours accéléré sur l'art de manger proprement ? je plaisante, en lui tendant une serviette en papier.

Je ne peux m'empêcher d'éclater de rire, et à ce moment-là, elle me jette un regard faussement outré avant de rire elle aussi, secouée de fou rire. C'est la catastrophe. Mia est une vraie calamité, et je profite de son éclat de rire pour attraper discrètement mon téléphone et capturer l'instant en photo.

—Hey ! Tu te moques de moi ? dit-elle en riant, remarquant le clic de l'appareil.

— Absolument. Cette photo, c'est pour l'album, dis-je en lui montrant le cliché, où elle rit, les mains dégoulinantes de ketchup, avec cet air malicieux et désarmant.
Elle roule des yeux, mais je peux dire qu'elle est touchée, ça se voit.

Après notre pause improvisée et quelques lingettes pour débarrasser Mia du ketchup, on reprend notre chemin, cette fois en direction de l'orée de la forêt. La transition de la plage à la pinède nous enveloppe d'un calme apaisant : le chant des oiseaux remplace le fracas des vagues, et l'odeur saline s'efface pour laisser place à celle, boisée et chaleureuse, des pins chauffés par le soleil.

On avance en silence, discutant par moments de tout et de rien, jusqu'à ce que les souvenirs d'enfance s'invitent naturellement. Mia évoque ses étés avec ses cousins, ses rires, ses jeux, tandis que moi, je raconte mes escapades solitaires, celles qui me ramenaient toujours avec des histoires – certaines innocentes, d'autres plus audacieuses.

Peu à peu, la fatigue s'installe en moi, mais elle passe au second plan. Je garde le sourire, porté par la chaleur de cette journée partagée, par cette proximité que je n'ose briser.

On s'arrête finalement près d'un ruisseau limpide, un petit havre de paix où je peux reprendre mon souffle sans qu'elle le remarque. Le murmure de l'eau camoufle le poids qui pèse sur mes épaules.

Je m'efforce de reprendre mon souffle, sentant chaque mot que je m'apprête à dire me brûler la gorge. Avant que le silence ne s'éternise, je tourne la tête vers elle.

— Mia… j'ai besoin que tu comprennes. Peu importe ce qui arrivera, peu importe les obstacles, ou même… les absences. Je veux que tu continues d'avancer. Je veux que tu gardes cette lumière en toi, cette force. Que tu n'arrêtes jamais de croire en la beauté de chaque jour, même quand elle te semble si loin, presque inaccessible.

Elle fronce les sourcils, une ombre d'inquiétude traversant son regard.

— Liam… tu es sûr que ça va ? Sa voix se brise légèrement.

Je détourne les yeux, tentant de trouver un ancrage pour dominer la douleur qui monte, une douleur qui s'insinue dans chaque recoin de mon être.

— Oui, Mia. C'est juste… parfois, la vie nous rappelle que rien n'est éternel.

Elle continue de me fixer, comme si elle cherchait à démêler le vrai du faux, à déceler la faille derrière mon sourire trop bien maîtrisé, la vérité cachée sous mes mots soigneusement choisis. Son regard me transperce, et je sens mon courage se fissurer, une part de moi prête à lui révéler tout ce que je garde enfoui, cette peur qui me ronge chaque jour.

— Alors pourquoi ai-je l'impression que tu me cache quelque chose ? murmure-t-elle, sa voix si douce qu'elle semble flotter entre nous.

Je rassemble mes forces, un sourire forcé aux lèvres, mon masque vacillant malgré moi. Je glisse ma main sur la sienne et prends une seconde pour stabiliser tout ce qui menace de s'effondrer.

— Parce que je veux te protéger, toi, dis-je finalement, laissant mes mots flotter entre nous comme une confession.

Elle serre ma main en retour, et la tendresse qui luit dans ses yeux, entrelacée de détermination, crée un écho douloureux en moi.

— Protéger de quoi, exactement ? Qu'est-ce que tu me caches pour craindre de me blesser ?

Une pointe d'angoisse me serre le cœur, accélérant son rythme.

— Mia, s'il te plaît…

Elle observe mes yeux avec insistance, cherchant des réponses que je ne peux donner. Finalement, elle soupire et hoche lentement la tête, un air résigné mais déterminé.

— Je ne vais pas insister… pour l'instant, dit-elle, une lueur de défi dans le regard.

— Merci.

Elle secoue la tête.

— Ne me remercie pas, Liam. On reparlera de ça, crois-moi.

Nous restons assis en silence, bercés par le murmure de l'eau et le chant discret des oiseaux. Ce moment de calme, de pure intimité, est précieux. Dans ce silence, je sens que Mia commence à saisir l'ombre qui plane autour de moi, à percevoir la complexité de ce que je lui cache, même si elle n'en connaît pas encore toute la vérité.

Quand le jour commence à décliner, nous retournons, comme toujours, vers notre banc. Ce banc un peu bancal mais étrangement solide, témoin de nos confidences et de nos silences, ancré à cet endroit comme un point de repère. C'est ici que tout a commencé, ce lieu devenu le nôtre, à la fois fragile et indestructible, porteur de secrets et de promesses jamais prononcées.

Nous nous y installons, et le bois usé par le sel de la mer craque doucement sous notre poids, comme pour nous rappeler tout ce qu'il a déjà entendu. Devant nous, le soleil descend, inondant l'horizon d'une lumière dorée qui teinte l'eau d'un éclat presque irréel.

Le regard tourné vers l'océan, je sens une vague de calme m'envahir malgré la fatigue qui me pèse. C'est étrange comme ce banc et cette vue, jour après jour, semblent avoir le pouvoir de tout alléger, de transformer le quotidien en quelque chose d'un peu plus grand, un peu plus significatif.

Mia se tourne vers moi, et ses yeux parlent pour elle. Elle pose sa tête sur mon épaule, et un frisson me gagne lorsque nos mains se frôlent. Le silence, ponctué par le ressac des vagues, raconte notre histoire encore inachevée.

— Encore une journée inoubliable, dit-elle doucement, une note légère dans la voix.

Le contact de son souffle sur mon bras déclenche une vague de frissons, mon cœur battant plus vite que je ne l'aurais voulu. La lutte intérieure pour garder mes distances devient de plus en plus difficile.

— C'est toujours le cas quand on est ensemble, répondis-je en glissant un bras autour de ses épaules.

Elle se rapproche, son corps se moulant au mien avec une aisance naturelle, comme si ce geste avait été répété mille fois. Son parfum subtil, si familier maintenant, flotte entre nous, ajoutant une touche douce et intime à ce moment partagé. On reste ainsi, ancrés dans ce silence où tout semble plus vrai, tandis que le soleil disparaît doucement derrière l'horizon, colorant le ciel de nuances chaudes.

Une question traverse mon esprit, presque intrusive : est-ce que je vais trop loin en savourant ce rapprochement ? Mais dans cette seconde suspendue, je laisse la pensée s'évanouir, profitant simplement de sa présence.

Tout autour de nous, le monde s'efface doucement, et pour la première fois, je me demande si cette journée pourrait ne jamais finir.

— Tu sais, ces moments-là, murmuré-je, juste toi et moi, sans besoin de parler… c'est ce que je préfère.

Elle hoche la tête, ses cheveux effleurant mon visage.

— Oui, moi aussi. C'est comme si le reste du monde n'existait plus. Juste nous deux.

Je me penche doucement et dépose un baiser sur le sommet de sa tête, un geste naturel, empli d'une sincérité presque troublante.

La lumière décline peu à peu, et l'air se rafraîchit, nous ramenant à la réalité. Lentement, nous nous levons et reprenons le chemin du retour, nos pas en harmonie. Le silence est ponctué par le bruissement des feuilles et le murmure lointain de la mer. L'intimité de l'instant flotte encore entre nous tandis que nous franchissons le seuil de l'immeuble, prêts à retrouver la quiétude de nos appartements.

— Dors bien, Mia, dis-je en la raccompagnant à sa porte.

Elle me sourit, ses yeux brillants d'une douce gratitude.

— À demain.

Je la regarde disparaître derrière sa porte, et l'air s'épaissit autour de moi. Une tension traverse tout mon corps.

En rentrant, la fatigue m'écrase, amplifiée par l'absence de Mia. J'ai caché la lassitude, préservé l'illusion d'une journée sans ombre. Mais à chaque pas, la même question tourne : combien de temps avant que la vérité n'éclate ? Mes jambes flanchent, et je m'appuie contre le mur, le souffle court. Le souvenir des visites chez le médecin et des mots en suspens flotte dans l'air, rappel cruel de ce que je refuse de partager. Je réalise avec brutalité la vérité que je cache à Mia. Elle mérite de savoir, mais l'idée de la perdre m'est insupportable. Alors, pour ce soir, je repousse encore l'instant de vérité.

Je traîne jusqu'à la salle de bains, espérant y trouver un semblant de calme. Sous la lumière crue, mon reflet révèle un épuisement que je ne peux plus cacher. Soudain, une goutte rouge éclate dans le lavabo, un contraste saisissant sur le blanc immaculé. Je me fige, les yeux rivés sur ces gouttes écarlates, silencieuses mais plus révélatrices que mille mots.

Je nettoie rapidement le sang, mais l'esprit bourdonnant, les mains tremblantes. Une douleur sourde et persistante martèle à l'intérieur, refusant de me quitter. Je fixe un point, essayant de dompter la panique qui monte. Je fixe un point, essayant de dompter la panique qui monte. Cette goutte de sang, cette douleur sourde qui m'assaille de plus en plus souvent… tout me rappelle que le compte à rebours est lancé, même si je n'ose y penser à voix haute. Pourtant, chaque jour passé avec elle m'ancre ici un peu plus, comme si elle seule détenait la force de repousser l'inévitable.

Je retourne à la chambre et m'effondre sur le lit. Les images de la journée affluent dans mon esprit – son rire, son regard, sa façon de toucher ses cheveux, sa façon de me parler, de me toucher.

Allongé dans le calme de la chambre, la vérité m'assaille : je l'aime, et c'est à la fois doux et insupportable. Cet amour, condamné avant d'avoir pu s'épanouir, rend chaque mensonge plus cruel. Mais je ne peux briser son espoir, pas encore.

Les larmes montent, amères, à l'idée de ce que je lui cache. La vérité devient chaque jour plus cruelle, mais je refuse de lui voler cet espoir dans ses yeux. Elle a tant d'avenir, tandis que moi, je reste une étape éphémère, destiné à la regarder briller de loin.

Je murmure, comme une prière adressée au silence :

— Bonne nuit, Mia… Merci.

Je ferme les yeux, épuisé, et dans le silence, je me fais une promesse : savourer chaque moment, chaque jour qu'il nous reste. Peut-être qu'un jour elle comprendra ce que je n'ai pas pu lui dire. En attendant, je vais me battre pour que ces instants deviennent, pour elle, un souvenir indélébile – la preuve que la vie, même fugace, vaut la peine d'être vécue pleinement.

Pour elle, je veux que chaque rire, chaque regard, lui rappelle que même la beauté fragile d'un instant peut transformer toute une existence.

♥ Jour 9 - Mia

Ce matin, je me réveille avec un frisson d'excitation et de curiosité. Ces derniers jours, je me suis surprise à sourire plus souvent. Le poids constant de la tristesse qui m'accompagnait a commencé à se dissiper, remplacé par une curiosité nouvelle pour la vie.

Je m'habille en vitesse et me dirige vers notre rendez-vous habituel.

En approchant du banc, quelque chose m'arrête, me fait ralentir. Liam est là, mais il a une main pressée contre sa tempe, le visage baissé, les traits marqués par une fatigue qu'il s'efforce de dissimuler. Ses paupières clignent lentement, comme s'il luttait pour garder les yeux ouverts, et un léger tressaillement agite sa main. En le voyant ainsi, je suis inquiète. Il y a quelques jours, je n'aurais pas eu la force de m'inquiéter pour quelqu'un d'autre, trop absorbée par ma propre douleur. Aujourd'hui, je me sens prête à porter une partie de son fardeau, comme il l'a fait pour moi. Je m'approche doucement, submergée par l'envie de chasser cette douleur qu'il cache avec tant de soin. Je lui caresse le dos en signe de soutien, espérant qu'il comprenne sans mots. Plus je le connais, plus ce besoin devient irrésistible : découvrir ce qui le tourmente et, peut-être, alléger ne serait-ce qu'un peu ce poids qu'il porte en silence.

— Liam ? Ça va ? demandé-je doucement.

Il lève les yeux vers moi, un sourire fatigué étirant ses lèvres.

— Salut, Mia, dit-il en esquissant un sourire fatigué. J'ai mal dormi. Mon père est rentré tard d'un dîner d'affaires, et il a fait un tel boucan que je n'ai pas réussi à me rendormir. Je me suis réveillé avec un mal de tête pas possible, ajoute-t-il en passant une main sur son front. Je préfère quand il est absent, au moins, je dors mieux.

Je le scrute, cherchant à savoir s'il me dit la vérité ou s'il cache autre chose. L'ombre de ses yeux fatigués et la tension dans sa voix me troublent. Pourtant, je choisis de ne pas insister, laissant le bénéfice du doute s'installer entre nous.

— D'accord, dis-je en le regardant avec une pointe d'inquiétude. J'espère que la journée t'apportera un peu de répit.

Il me tend la main, ses doigts glissants doucement entre les miens, un contact si enivrant, que je pourrais en perdre très vite la tête.

— Suis-moi.

Il m'entraîne dans une direction inconnue, son enthousiasme presque contagieux. Par moments, il titube à peine, corrigeant sa démarche d'un mouvement discret mais perceptible. Je ne peux m'empêcher de le surveiller du coin de l'œil. Ses pas semblent plus lents aujourd'hui, comme s'il mesurait chaque mouvement. De temps à autre, je le vois passer discrètement sa main sur ses tempes, le regard un peu brumeux.

— Liam, je... Si tu te sens fatigué, on peut attendre, proposé-je doucement.

Mon cœur se serre alors que j'attends sa réponse, des images des jours précédents défilant dans mon esprit : ses sourires forcés, ces moments où il détournait le regard.

Cette inquiétude muette devient insupportable, et avant que le silence ne s'installe trop longtemps, il rompt la tension.

— Mia, je vais bien, vraiment, dit-il en serrant ma main. Aujourd'hui est spécial, et je ne veux pas que tu rates ça. Fais-moi confiance.

Je cherche une faille dans son regard, un signe qui trahirait la douleur qu'il essaie de masquer. Mais il est là, solide et obstiné.

— D'accord, mais promets-moi de me le dire si ça ne va pas.

Liam presse doucement ma main dans la sienne, et un sourire adoucit son regard, me perçant de cette chaleur qui fait toujours vaciller mes doutes.

— Promis, murmure-t-il. Maintenant, allons-y. J'ai une surprise pour toi.

Un éclat de curiosité me gagne alors que je sens son enthousiasme remonter, l'étincelle dans son regard éclipsant toute inquiétude.

Nous traversons un petit bosquet, et soudain, devant nous, s'étend une prairie éclatante de lumière. Au centre se dresse une montgolfière aux couleurs vives, son immense ballon se déployant sous les rayons du soleil. Je m'arrête net, la surprise me clouant sur place.

— Mais non ! Une balade en montgolfière ? dis-je, les yeux écarquillés, le souffle court.

Il sourit, un éclat fier dans le regard.

— Oui. Je me suis dit que voir les choses de plus haut, littéralement, pourrait être une aventure dont tu te souviendras longtemps. Ça te plait ?

Une onde de joie pure balaie toute autre pensée ; c'est exactement le genre de chose qui m'avait semblé inaccessible jusqu'à maintenant.

— Absolument !

Nous montons dans la nacelle, la main de Liam se refermant fermement sur la mienne alors que la montgolfière commence à s'élever doucement. Le sol s'éloigne, et une vue spectaculaire s'étend sous nos pieds : les toits, les champs, les routes serpentant dans la campagne, tout devient minuscule et paisible vu d'en haut.

Je reste un instant silencieuse, frappée par la beauté du monde qui se déroule autour de nous, l'air frais balayant mes cheveux et éveillant mes sens.

Tandis que la montgolfière s'élève encore, je me rappelle les jours où même respirer semblait un effort insurmontable. Maintenant, je me sens légère, portée par cette sensation d'élévation, presque comme si j'avais laissé mes peurs loin en bas.

Liam me regarde, ses yeux pétillants de cette tendresse qui

me touche en plein cœur. Il passe une main dans ses cheveux, un geste presque nerveux, avant de se tourner vers moi et de frôler mon bras du bout des doigts, comme pour s'assurer que ce moment est bien réel.

— Tu aimes ? murmure-t-il, une lueur d'appréhension dans le regard.

Je lui souris, émue.

— C'est incroyable, vraiment. Merci, Liam. Je n'aurais jamais imaginé une telle surprise.

— J'avais envie de te montrer que parfois, prendre de la hauteur peut changer notre façon de voir les choses.

Je m'appuie légèrement contre lui, un sourire sincère étirant mes lèvres.

— Tu es vraiment plein de surprises !

— Et c'est une bonne chose ? répond-il, un sourire en coin.

— On va dire que ça ajoute un certain charme, rétorqué-je, feignant une indifférence amusée.

Il serre doucement ma main, et nous restons là, absorbés par l'immensité du monde qui s'étend devant nous, le silence seulement interrompu par le souffle du brûleur.

Bientôt, la ville s'étend en dessous de nous, la vue est à couper le souffle.

Liam se tient à côté de moi, ses yeux brillants

d'émerveillement.

— Regarde ça, Mia.

Je lève les yeux vers lui, puis vers l'horizon. Les champs verts, les forêts et les routes sinueuses s'étendent à perte de vue. L'air frais me fouette le visage, me donnant une sensation de liberté indescriptible. Le monde semble si vaste, et pour la première fois depuis longtemps, je me sens infiniment petite mais incroyablement vivante.

— Woua, murmuré-je, à court de mots pour décrire ce que je ressens.

Liam rit doucement, et sa main frôle la mienne, ajoutant un frisson inattendu à la magie de l'instant.

— C'est quelque chose, hein ? murmure-t-il, ses yeux brillants de complicité.

Je hoche la tête, absorbée par le panorama qui défile lentement sous nos pieds.

— Oui, c'est… c'est juste incroyable.

— Je voulais que tu voies le monde comme ça, dit-il d'une voix plus douce. Un peu comme je le vois avec toi.

Nos regards se croisent, et je me sens submergée par une vague de tendresse et de reconnaissance. Là, suspendus entre ciel et terre, rien d'autre n'a d'importance. Liam me tient toujours la main, et dans ce silence complice, je sens un apaisement rare m'envahir.

Le bruit régulier du brûleur et le murmure du vent remplissent l'air, ajoutant une étrange tranquillité à ce moment. Un sourire léger se dessine sur ses lèvres, et sans un mot, il serre un peu plus ma main, comme s'il comprenait exactement ce que je ressens.

— Nous allons vivre encore tellement de moments comme celui-ci, Mia. Profite de chaque instant.

Je m'adosse contre la nacelle, le vent jouant avec mes cheveux, et je respire profondément, laissant l'air frais emplir mes poumons. Je me perds dans la beauté du paysage, émerveillée par le monde qui s'étend en dessous de nous. La sensation de flotter dans les airs, libre de toute contrainte, est euphorisante.

— Regarde là-bas, dit Liam en pointant vers un lac scintillant au loin. C'est magnifique, non ?

— Oui, absolument.

Après un moment, le pilote annonce qu'il est temps de faire une pause. Je remarque alors de légers tremblements dans les mains de Liam. Son visage se crispe brièvement, et il se détourne de moi comme s'il voulait masquer un vertige soudain. Je me rappelle soudain ces moments fugaces où il fermait brièvement les yeux, comme pour chasser un malaise.

Aujourd'hui, je les vois avec plus de clarté.

La montgolfière descend jusqu'à une clairière où nous pouvons pique-niquer en altitude. Nous sortons les sandwichs que Liam a préparés et nous nous asseyons dans la nacelle, profitant de la tranquillité de l'instant.

— Ça doit être ça, la liberté, dis-je en mordant dans mon sandwich.

— Oui, c'est exactement ça, répond Liam. La liberté de voir le monde d'une nouvelle perspective, de se sentir léger et sans souci.

Nous discutons de la vie, explorant ce que signifie vraiment la liberté, entre les rêves et les limites que l'on s'impose. Liam partage ses réflexions sur ses années passées à vouloir se libérer du poids de ses attentes familiales.

— La liberté, ça veut dire quoi pour toi, vraiment ? demande-t-il, son regard fixant un point lointain, perdu dans ses pensées.

Je prends un instant avant de répondre.

— Je crois que c'est pouvoir être soi-même sans craindre le jugement. Juste… vivre sans masque.

Un sourire se dessine lentement sur ses lèvres.

— Alors, on est sur la bonne voie.

Le vent emporte nos mots, mais leur écho reste ancré dans

l'espace entre nous. Je me sens plus proche de lui que jamais, comme si, dans cette conversation, nous avions franchi une frontière jusqu'ici infranchissable.

— Merci pour cette expérience. Je n'ai pas de mot tellement je trouve ça magnifique, dis-je en le regardant dans les yeux.

— De rien, Mia. Je suis heureux de partager ça avec toi, répond-il doucement.

D'un coup, je remarque que Liam semble plus fatigué que d'habitude. Une veine palpite légèrement à sa tempe, et il prend une profonde inspiration, comme pour retrouver son équilibre.

— Liam, tu es sûre que ça va ? demandé-je, ma voix légèrement tremblante, alors que mes yeux scrutent les traits tirés de son visage.

Je m'efforce de sourire pour ne pas alarmer, mais je sens mes doigts se crisper autour des siens. Chaque mot semble peser lourd, et je retiens mon souffle, redoutant la réponse. Une peur sourde s'immisce en moi, comme si la vérité que j'attends pourrait tout changer.

— Ne t'inquiète pas, Mia. Ça va aller, dit-il en souriant faiblement, mais sa voix manque de l'assurance habituelle.

Je scrute ses traits, cherchant des réponses dans les plis de son front et la tension de sa mâchoire. Avant que je ne puisse poser une autre question, il laisse échapper un soupir discret, ses yeux s'assombrissant un instant.

— Mia, s'il te plaît... je vais bien, dit-il, la fatigue transparaissant dans le ton de sa voix.

Chaque sourire de sa part ressemble à un masque de plus, et je me demande ce qu'il cache. Mais avant que je ne puisse creuser plus loin, Liam détourne le regard et frotte distraitement ses tempes.

— Tu sais, on devrait profiter du moment, dit-il, sa voix légèrement tendue.

Je le regarde, les mots retenus sur le bout de ma langue, mais l'expression de Liam me coupe dans mon élan. Ses yeux, fatigués mais déterminés, me supplient presque de lâcher prise, juste pour un moment. Je respire profondément, le laissant mener la suite.

Nous reprenons notre vol, laissant la terre s'éloigner une fois de plus sous nos pieds. Le silence n'est interrompu que par un groupe d'oiseaux volant à côté de nous.

Le soleil commence à se coucher, peignant le ciel de nuances à couper le souffle. Les couleurs se mêlent dans une danse céleste, créant un tableau vivant d'une beauté à couper le souffle. Je regarde, émerveillée, les ombres s'étirer et les contours du paysage se fondre dans une lumière douce et chaleureuse.

— Oh, regarde ça, dis-je doucement, ma voix teintée de gratitude et d'admiration. C'est absolument magnifique.

Liam se tourne vers l'horizon, un sourire paisible sur les lèvres.

— Oui, c'est incroyable. C'est si paisible d'ici.

Chaque minute qui passe ajoute de nouvelles nuances au ciel, et je me sens remplie de gratitude pour ces moments précieux. Chaque instant passé avec Liam devient un trésor que je chéris profondément.

Je me tourne vers lui, touchée par sa présence et par ce qu'il m'a fait découvrir aujourd'hui.

Je pose ma tête sur son épaule, et il tourne légèrement la tête, ses cheveux frôlant les miens. Il place sa main sur mon bras, un geste si attentionné. Nous sommes si proche. Les soucis et les peurs semblent s'évaporer, remplacés par une paix profonde et une connexion indescriptible avec Liam.

Alors que le soleil disparaît complètement, nous restons là, enlacés, profitant du calme et de la beauté du moment. Le monde en dessous de nous s'illumine doucement, les lumières de la ville créant un tapis scintillant. Je me sens infiniment reconnaissante pour la force et la lumière que Liam apporte dans ma vie.

Nous atterrissons doucement, la montgolfière descendant lentement vers le sol. Le frôlement de l'herbe sous la nacelle et le léger choc de l'atterrissage nous ramènent à la réalité terrestre. Le contraste entre l'apesanteur du vol et la solidité du sol est frappant, mais je suis ravie de cette aventure.

J'étends les bras légèrement pour accueillir la brise.

— C'était incroyable, Liam.

Il sourit, visiblement satisfait de voir la joie sur mon visage.

— Je suis heureux que tu aies aimé.

Nous sortons de la nacelle, et je sens la fermeté du sol sous mes pieds. Mes jambes sont légèrement tremblantes, mais mon cœur est léger, empli de gratitude et de bonheur.

Liam prend ma main alors que nous nous éloignons de la montgolfière, et une douce sensation de réconfort et de sécurité se diffuse en moi.

— Prête à rentrer ? demande-t-il doucement.

Je hoche la tête, un sourire radieux aux lèvres.

— Oui, mais je ne suis pas prête à oublier cette journée.

Nous marchons lentement vers la voiture, profitant des derniers rayons du soleil qui peignent le ciel de couleurs douces et apaisantes.

— Sérieusement, Liam, cette journée était parfaite, dis-je, un sourire aux lèvres. Je ne sais même pas comment te remercier.

Il me lance un regard en coin, un sourire qui a l'air de dire « tu n'as encore rien vu ».

— C'est toi qui rends ça spécial, Mia. Moi, je fais juste partie du décor.

Je ris, et on continue de marcher, main dans la main. En vrai, je ne sais pas où tout ça nous mène, mais pour l'instant, je ne voudrais être nulle part ailleurs.

En rentrant, je remarque de nouveau la fatigue dans les yeux de Liam. Quelque chose cloche, et ça me serre le cœur.

— Si jamais tu as besoin de souffler un peu…

Liam détourne brièvement le regard, ses mâchoires se crispent avant qu'il ne réponde, sa voix plus tendue qu'à l'habitude.

— Je sais que tu t'inquiètes, mais je vais bien. Vraiment.

Son ton est un peu plus sec qu'à l'habitude, et cela me fait réaliser que mes inquiétudes commencent peut-être à l'agacer.

— On peut faire une pause d'une journée dans notre pacte. Ce n'est pas grave, dis-je d'une voix douce, tentant de dissimuler la tension dans ma gorge.

Je cherche son regard, mais il l'évite un instant, et je remarque un léger mouvement de sa main comme s'il voulait la passer sur son front avant de se raviser.

— Oh si ça l'est Mia. Allez, à demain, dors bien. Dit-il en poussant un léger soupir.

— Comme tu voudras. Bonne nuit Liam.

Je le regarde s'éloigner, cette étrange impression que demain semble à la fois proche… et fragile. Liam passe une main nerveuse dans ses cheveux, un geste familier qui trahit sa frustration contenue.

Je rentre chez moi, le cœur battant sous l'avalanche d'émotions contradictoires, mes pas résonnant sur le parquet comme un rappel de cette journée troublante.

Alors que je me tiens là, seule dans mon appartement, je ressens un élan de force que je ne connais pas auparavant. Voir Liam, si fort et pourtant si vulnérable, me rappelle que nous portons tous des fardeaux invisibles. J'ai traversé des moments si sombres où l'idée même de m'inquiéter pour quelqu'un d'autre me paraît impossible. Aujourd'hui, pourtant, l'envie de le soutenir, de partager ce poids, me semble naturelle, presque nécessaire. Est-ce cela, finalement, la guérison ? Retrouver assez de lumière pour vouloir éclairer le chemin de quelqu'un d'autre ?

Je m'assoie un instant, laissant les souvenirs de la journée me submerger. Le vol en montgolfière, le coucher de soleil, les moments de complicité et de silence partagé... Tout cela contraste avec l'inquiétude qui grandit en moi.

Je serre les poings, déterminée à veiller sur lui, à rester attentive aux signes qu'il tente de dissimuler, peu importe à quel point il essaie de se montrer fort. Je veux profiter de chaque instant que nous passons ensemble, chérir chaque sourire, chaque regard échangé. Liam m'apporte une lumière et une joie que je n'avais plus ressenties depuis longtemps, et je suis déterminée à lui rendre la pareille.

Demain est un nouveau jour, et bien que l'incertitude plane, je suis prête à affronter ce qu'il nous réserve, avec Liam à mes côtés. Nous avons encore tant de choses à découvrir, tant de moments à partager. Je refuse de laisser l'inquiétude gâcher ce temps précieux.

Je me glisse dans mon lit, l'esprit tourmenté mais reconnaissant. Sans lui, je ne serais plus là. Aujourd'hui, je me sens prête à avancer, à voir la vie comme une suite de moments précieux à savourer.

♥ Jour 10 - Liam

Mon corps proteste dès le réveil, un tremblement parcourt mes doigts. L'image de Mia et son sourire radieux me poussent à me lever, malgré l'angoisse nichée au creux de ma poitrine.

Je soupire en attrapant mon sac et, devant le miroir, j'essaie de composer un sourire. Aujourd'hui, tout doit paraître parfait. Il ne reste que quelques jours, quelques occasions de lui faire comprendre à quel point la vie peut être belle, même dans ses silences.

En sortant, une brève hésitation me prend, vite dissipée par la pensée de Mia qui m'attend. Rien, absolument rien, ne doit ternir cette journée.

Lorsque j'arrive au point de rendez-vous, une légère sueur

perle sur ma nuque malgré le temps frais. Mia est déjà là, son sourire illuminant la fatigue que je peine à masquer.

— Humm, mais est cette charmante inconnue ? dis-je, un sourire naissant malgré la fatigue qui m'écrase.

— Charmante ? Avec ce que j'ai mis ce matin, tu plaisantes !

— Qui a dit que je parlais de toi ?

— Hé ! s'exclame-t-elle en feignant l'indignation, un éclat de malice dans le regard.

Elle rit, et je fonds. La voir si lumineuse, si différente de la jeune femme submergée par la douleur que j'ai rencontrée il y a quelques semaines, m'étonne à chaque fois. Elle sourit plus librement, et je sens qu'elle retrouve goût à la vie.

— On fait quoi aujourd'hui ? demande-t-elle en glissant son bras sous le mien. Montre-moi ce que tu as prévu.

— Aujourd'hui, on va au théâtre. J'ai trouvé une pièce qui, je pense, va nous toucher profondément.

Mia semble ravie de cette idée, et je la vois tourner sur elle-même. Un éclat de rire s'échappe de ses lèvres, spontané et sincère.

— Oh, ça a l'air génial ! J'adore le théâtre.

Nous nous levons et commençons à marcher vers notre destination. Chaque pas est compliqué, mais je puise dans l'énergie de Mia pour continuer.

Nous approchons du théâtre, dont la façade imposante se dessine dans l'ombre du crépuscule. Ses arches élégantes et ses motifs sculptés témoignent d'une architecture raffinée et ancienne, presque intemporelle. Les lanternes accrochées aux murs diffusent une lumière douce, créant un jeu d'ombres et de reflets dorés sur les pierres. Mia fixe chaque détail, des frises aux petites gravures que l'on devine sur les colonnes. Cette intensité dans son regard, cette capacité à s'immerger dans ce qui l'entoure, me fascine. Lorsqu'elle contemple ainsi, c'est comme si le monde entier ralentissait pour se caler sur son rythme.

À l'intérieur, nous pénétrons dans un espace baigné d'élégance. Les lustres en cristal suspendus au plafond projettent des éclats de lumière tamisée. Les sièges, tapissés de brocart riche, exhalent un parfum subtil vanille. Des moulures finement travaillées encadrent la scène, tandis qu'un murmure collectif flotte dans l'air, étouffé par l'épaisseur des rideaux et l'architecture envoûtante de la salle.

Je me penche vers elle, un sourire aux lèvres.

— Prête à te laisser emporter ? demandé-je, la voix teintée d'excitation.

Mia acquiesce, les yeux brillants.

— Plus que prête, dit-elle, presque en chuchotant.

Nous trouvons nos places et nous installons, attendant avec impatience le début de la représentation.

La pièce aborde des thèmes de l'amour, de la perte et de la résilience. Les acteurs sont incroyablement talentueux, et chaque mot, chaque geste résonne en moi. Les dialogues sont poignants, et les scènes se succèdent avec une intensité qui me touche profondément.

La pièce atteint son apogée, et un instant, je vacille sous le flot d'émotions, tandis que le froissement subtil des vêtements des acteurs et le bruissement feutré des spectateurs retiennent leur souffle autour de nous. La présence de Mia me ramène à l'instant.

Alors que la pièce est à son apogée, Mia se redresse et inspire profondément, laissant l'émotion la gagner. Je la vois se perdre dans chaque parole, et un éclat inattendu traverse son visage.

Je choisis de ne pas rompre le moment, me contentant de croiser les bras et de me pencher légèrement en arrière sur mon siège, une expression détendue sur le visage. Quand elle ouvre les yeux et remarque que je l'observe, elle rit doucement, un rire presque surpris de se sentir ainsi emportée.

— Quoi ? me dit-elle en haussant légèrement les sourcils.

— Rien, dis-je en souriant. C'est juste agréable de te voir comme ça.

Elle détourne les yeux, un sourire timide sur les lèvres. Sans en dire plus, elle pose sa main sur l'accoudoir entre nous, effleurant la mienne sans y penser.

Lorsqu'un des personnages sur scène évoque la beauté inattendue que l'on trouve même dans les moments sombres, je remarque un léger tressaillement chez Mia. Ses doigts se crispent un instant, puis elle relâche lentement sa prise sur l'accoudoir. Je tourne discrètement la tête vers elle, observant la façon dont ses traits se détendent, laissant une lueur de compréhension traverser son regard. Plutôt que de chercher un contact direct, je me contente de me rapprocher imperceptiblement, créant une proximité qui parle sans briser le silence.

Les bruits du théâtre s'atténuent autour de nous, et tout semble suspendu. Mia ferme brièvement les paupières, et quelque chose en elle se transforme. Nos regards se croisent, et je vois dans ses yeux une reconnaissance muette.

La pièce terminée, nous restons immobiles, absorbés par les émotions flottant dans l'air. Les dernières répliques résonnent encore en moi. Mia relève légèrement le menton et esquisse un sourire, et je lui rends ce geste.

— C'était magnifique, murmure-t-elle.

Je hoche la tête, incapable de répondre, la gorge encore serrée. Nous venons de partager quelque chose d'unique, et je sais que, pour moi, cet instant est gravé.

Les rideaux se ferment, et l'applaudissement final s'atténue. Je prends un instant pour respirer profondément, sentant encore la vibration des mots entendus. Enfin, nous nous levons et sortons du théâtre, la lumière du jour perçant le voile d'émotions qui nous enveloppe et nous ramenant doucement à la réalité. Je glisse mon bras sous le sien, et nous marchons côte à côte, absorbés par nos pensées respectives. Le contraste entre l'obscurité émotive de la pièce et la clarté apaisante de l'extérieur est frappant.

— C'était… tellement intense, souffle Mia en essuyant ses larmes.

— Oui… elle avait quelque chose de profondément vrai.

Nos discussions se teintent d'une profondeur inattendue, révélant des pans de nos vies que nous avions rarement partagés. Je parle de ma mère, de la distance qui s'est installée après son remariage et de la sensation d'être un étranger dans ma propre maison. Mia, quant à elle, évoque sa mère avec une tendresse teintée de douleur, l'accident qui a tout changé et la lutte pour trouver des repères dans un monde chamboulé. Ces fragments de nos histoires s'entrelacent, créant un lien tacite entre nous, empreint de compréhension et d'empathie.

— C'était étrange, tu sais, commence Mia, les yeux rivés sur le ciel. Avant l'accident, ma mère avait cette énergie, cette façon de rendre chaque jour spécial. Et puis… tout s'est arrêté d'un coup. C'est comme si le monde avait perdu ses couleurs.

Je l'écoute, sentant le poids de ses mots. Je hoche la tête, me rappelant mes propres souvenirs.

— Je comprends, dis-je doucement. Quand ma mère s'est remariée, c'était un peu différent. Ce n'était pas un accident, mais… j'ai eu l'impression de devenir un figurant dans ma propre vie.

Mia tourne la tête vers moi, un éclair de compréhension dans le regard.

— C'est fou comme les choses peuvent changer, hein ? Un moment, tout va bien, et l'instant d'après, c'est comme si la terre s'ouvrait sous nos pieds.

Je laisse échapper un petit rire amer.

— Ouais, exactement. Et on apprend à marcher sur ce fil invisible, espérant ne pas tomber.

Elle esquisse un sourire triste, ses doigts jouant avec un brin d'herbe.

— Mais aujourd'hui, on est là, ensemble, non ?

Je lève les yeux vers elle, surpris par la lueur dans son regard.

— Oui, et ça, c'est quelque chose, dis-je, un léger sourire naissant sur mes lèvres.

Une vague de calme m'envahit. Les émotions du théâtre résonnent encore en moi, comme un écho persistant. Nous marchons en silence vers le café que Mia adore « Les feuilles d'Automne », où la douce lumière de l'après-midi enveloppe les rues et semble estomper les dernières traces de la tension.

En arrivant, Jean nous salue et nous installe à une table en terrasse, où une légère brise nous accueille, apportant avec elle un parfum de fleurs des jardins voisins et le sifflement distant d'un vélo qui passe. Le serveur arrive et nous commandons des boissons, un cappuccino pour moi et un thé glacé pour Mia.

Je regarde Mia, ses yeux encore brillants d'émotions.

— Alors, qu'est-ce que tu en as pensé ? demandé-je, ma voix adoucie par la curiosité.

Mia joue avec une mèche de ses cheveux, un léger tremblement traversant sa main.

— C'était puissant, presque trop par moments. J'avais l'impression que les personnages s'adressaient à moi directement, dit-elle, le regard encore hanté par les émotions de la pièce.

Je la fixe, touché par sa sincérité.

— Oui, moi aussi. C'est comme si chaque mot était taillé pour réveiller ce qu'on garde enfoui. La manière dont ils ont abordé l'amour, la perte, la résilience... ça m'a donné des frissons.

Mia laisse échapper un léger rire, mélangé à un soupir.

— À un moment, j'ai vraiment cru que j'allais pleurer. Tu m'as vu ? Je me suis retenue de toutes mes forces !

Je souris, amusé par son aveu.

— J'ai remarqué, tu mordillais ta lèvre comme si elle était ta seule défense.

Elle secoue la tête, faussement exaspérée.

— Et toi ? Pas mieux ! Je t'ai vu détourner les yeux quand le père a parlé de regrets. Tu pensais que je n'allais pas le remarquer ?

Je hausse les épaules, un sourire en coin.

— Touché. C'était trop proche de la réalité pour que je reste de marbre.

Un silence complice s'installe, mais cette fois, il est plein de compréhension et d'une douceur inattendue. Mia finit par rompre ce moment :

— Ça fait du bien de ressentir tout ça. Ça me rappelle que

je suis encore là, quelque part.

Je la regarde, la gravité dans mes yeux.

— On est là, Mia. On vit ces moments. Et c'est ce qui compte.

Nos boissons arrivent, et on prend un instant pour savourer. On se met à discuter de la pièce, à décortiquer chaque scène, chaque réplique.

Mia mentionne la scène où le personnage parle de la beauté des instants, même les plus sombres, et ses yeux se perdent un instant dans un souvenir que je ne peux qu'imaginer. Je l'écoute attentivement, mais mes doigts tapotent nerveusement la table, créant un rythme irrégulier qui attire brièvement son attention avant qu'elle ne reprenne, la voix plus douce.

— Cette scène m'a vraiment marquée, avoue-t-elle, une émotion perçant dans ses mots. Ça m'a fait penser à quel point c'est difficile de voir le beau quand tout semble s'effondrer autour de nous.

Je la regarde, notant la manière dont ses doigts se crispent légèrement autour de sa tasse. Une ombre traverse son visage, mais elle la chasse rapidement. Je tends la main et tapote doucement ses doigts, un geste qui la surprend, avant qu'un sourire complice ne vienne adoucir mes traits.

— Tu sais, tu es plus forte que tu ne le penses, Mia. Parfois, juste se lever et trouver une raison de sourire, même dans les pires moments, c'est déjà une victoire. C'est du vrai courage, dis-je, la sincérité enrobant chacun de mes mots.

Ses yeux s'illuminent légèrement, comme si une étincelle de confiance venait de renaître en elle. Elle serre doucement ma main, et un sourire, à la fois reconnaissant et fragile, s'esquisse sur ses lèvres.

— Merci, Liam. Tu sais toujours quoi dire, murmure-t-elle, son regard plongé dans le mien, plus profond et plus honnête que jamais.

Je hausse les épaules avec un sourire discret.

— C'est parce que je te vois, Mia. Vraiment. Et je sais ce que ça coûte de garder espoir.

Nous passons l'après-midi à échanger des anecdotes. Mia s'illumine en racontant ses souvenirs d'enfance : elle décrit comment elle courait dans le jardin de sa grand-mère, une vieille nappe nouée en cape autour du cou, convaincue d'être une héroïne invincible. Et de cette fois où elle devait vendre des tablettes de chocolat pour l'école mais qu'elle a préféré aller au parc pour les manger toutes. Ça lui a valu une punition et une crise de foie. Son enthousiasme est contagieux, et je me retrouve à rire à ses côtés.

— Et toi, il t'est arrivé des histoires rigolotes, à cet âge-là ? me demande-t-elle, les yeux pétillants.

Je prends un moment pour réfléchir, un sourire en coin.

— Eh bien, j'aimais faire des avions en papier. Une vraie légende à l'école primaire, dis-je en feignant un air sérieux. Il y a même eu une fois où mon avion a atterri dans le chapeau du directeur. Disons que ce jour-là, ma « légende » a pris un tournant un peu moins glorieux.

Mia éclate de rire, et je continue, ravi de l'entendre :

— Une fois, lors d'un de mes voyages, je me suis retrouvé bloqué dans une gare en Espagne. L'horloge ne marchait pas et les annonces étaient toutes en espagnol, une langue que je ne comprenais pas encore. J'ai fini par jouer aux cartes avec un couple de retraités qui m'ont appris des mots entre deux parties. C'était absurde, mais inoubliable.

Elle sourit, son regard toujours accroché au mien.

— J'adore ça, dit-elle. Ces petits moments imprévus qui deviennent de vrais souvenirs.

Je hoche la tête, sentant que ce simple échange nous rapproche un peu plus.

Nos mots se fondent dans la lumière déclinante de l'après-midi, et plus je découvre Mia, plus je me rends compte à quel point elle est complexe, à quel point elle est forte. Entre rires et confidences, on se laisse porter, tous les deux, par cette étrange sensation de se comprendre sans effort.

— J'ai vraiment apprécié cette journée avec toi, dis-je, le cœur léger.

Elle me regarde, ses prunelles éclatantes d'une sincérité désarmante.

— Cette pièce… c'était pile ce qu'il me fallait. Comme une fable, tu vois ? Un truc qui te reste en tête et te fait réfléchir, même quand tu n'y attends pas.

On reste là, assis en terrasse, enveloppés par le calme de la fin de journée. L'air est doux, paisible. Je sens mes gestes ralentir, mais je m'accroche à l'instant, savourant sa présence. Mai Mia le remarque, et je vois ses sourcils se froncer légèrement.

— Liam ? murmure-t-elle, sa voix teintée d'inquiétude.

Je lutte contre la tension qui se loge dans ma poitrine, tentant de dissimuler mon épuisement. Je passe rapidement la main sur mon visage, comme pour chasser la fatigue, et lui offre un sourire qui, je l'espère, paraît naturel.

— Oui ?

— Ça se voit que tu ne vas pas bien.

Je secoue la tête, adoptant un air faussement détendu.

— Mais non, la fatigue, rien de plus.

Elle hausse un sourcil, sceptique, et se rapproche, prenant ma main dans la sienne. Son geste est simple mais efficace, apaisant instantanément le chaos en moi.

— Tu sais que je suis là, n'est-ce pas ?

Je la regarde, touché, et laisse un sourire plus authentique s'étirer sur mes lèvres.

— Je sais.

Elle serre un peu plus fort, un sourire malicieux apparaissant au coin de ses lèvres.

— Arrête de puiser dans te dernière force et jouer les héros, d'accord ?

— Hé, ne tombons pas dans le mélodrame, je suis encore debout ! La fatigue n'a jamais tué personne, plaisanté-je, en feignant la bravade.

Elle lève les yeux au ciel, un sourire amusé éclairant son visage.

— Très classe, Monsieur « je fais comme si de rien n'était ».

Je laisse échapper un rire sincère, la tension se dissipant enfin.

— Allez, rentrons, Mademoiselle « inquiète pour rien ».

— Tu es insupportable, vraiment, dit-elle en secouant la tête, mais je perçois la tendresse dans son regard.

Je remarque la lueur apaisée dans ses yeux, et cela suffit à me rappeler pourquoi ces moments comptent tant. On se lève de la table, et naturellement elle me prend par le bras.

Tandis que nous nous éloignons du café, les rires et le bruit de la ville s'estompent derrière nous. Le crépuscule adoucit le chemin du retour, nos ombres s'étirant devant nous. Chaque pas résonne, mon corps en lutte pour garder le cap. Mais son regard me force à faire comme si tout allait bien.

Quand on arrive devant l'immeuble, Mia s'arrête brusquement et attrape mon visage entre ses mains, me forçant à soutenir son regard.

— Liam, écoute-moi bien. Je suis là, d'accord ? Comme toi, tu l'es pour moi. On est une équipe maintenant.

Un mélange d'émotion et d'embarras monte en moi, et je détourne les yeux, luttant pour trouver mes mots.

— Je sais, Mia. Et crois-moi, ça compte beaucoup, murmuré-je, la voix un peu rauque.

Elle lève un sourcil et, dans un geste malicieux, secoue légèrement ma tête.

— Alors promets-moi de parler quand ça ne va pas, espèce de tête de mule !

Je ris malgré moi, ma voix étouffée par la pression de ses mains.

— Promis, mamie, je parlerai, dis-je en exagérant.

Elle finit par me lâcher en soupirant, mais un sourire amusé illumine son visage.

— Parfait. Allez, file avant que je change d'avis, dit-elle en se détournant, mais je capte encore l'éclat de tendresse dans ses yeux.

Je l'attire doucement contre moi, une main se posant sur le creux de son dos, sentant sa chaleur se diffuser. C'est comme si, pour un bref instant, je pouvais abandonner le masque que je porte chaque jour. Dans cette étreinte, je trouve un refuge inattendu, un moment où la fatigue et les inquiétudes s'effacent, remplacées par la chaleur rassurante de sa présence. Elle m'étreint aussi, et tout ce qui était lourd s'évapore.

— Bonne nuit, Mia, dis-je d'une voix faible.

— Bonne nuit, Liam, souffle-t-elle contre moi.

Elle s'éloigne, et je reste un instant là, avec ce moment entre nous qui flotte encore dans l'air.

Je rentre, complètement vidé. Les images de la journée défilent — le théâtre, le café, ses sourires. Ces moments simples avec Mia éclairent tout.

Je reste un instant au milieu de la pièce, laissant le silence m'envelopper, avant de me laisser tomber sur le lit. La fatigue est là, mais au fond, je me sens plus léger.

Je ferme les yeux, prêt à laisser cette journée se fondre dans la nuit, avec en tête la force lumineuse de Mia.

♥ Jour 11 - Mia

Je me réveille avec une certaine excitation aujourd'hui. Les premiers rayons de soleil filtrent à travers les rideaux, baignant ma chambre d'une lumière douce et apaisante. La sortie au théâtre avec Liam m'a touchée profondément, et je me sens de plus en plus connectée à lui. Ses mots, ses gestes, tout a résonné en moi, apportant une nouvelle perspective à ma vie. Et qu'est-ce qu'il est beau !

Allongée dans mon lit, je repense à ces jours où tout me paraissait insurmontable, où même respirer semblait trop demander. Mais aujourd'hui, quelque chose est différent, Liam est là dans ma vie et tout s'éclaire.

Je me lève, légère, presque étonnée par cette sensation

nouvelle. Ma dépression est toujours là, tapie quelque part, mais chaque jour elle perd un peu de son emprise. Les petites choses reprennent de l'éclat autour de moi : le chant des oiseaux, l'odeur de la mer, le soleil chaud sur ma peau. Tout me semble... plus vivant.

Aujourd'hui, l'excitation a remplacé l'appréhension. J'ai hâte de retrouver Liam, et sans trop réfléchir, je prends un peu plus de soin en m'habillant, ajoutant même une touche de maquillage. Juste assez pour sentir un peu plus de vie, un peu plus de lumière.

En sortant de mon appartement, je savoure un grand coup l'air frais du matin. Le trajet jusqu'à notre banc habituel est désormais un moment que j'anticipe avec bonheur. Chaque pas me rapproche de Liam.

Lorsque j'arrive au banc, je le vois déjà assis. Il observe deux mouettes qui se battes pour un morceau de pain, et il en rit. Vraiment, il en rit... Cette image me réconforte sur le fait que ce garçon est merveilleux.

Il tourne la tête en entendant mes pas et me sourit, un sourire qui réchauffe mon cœur.

— Salut, Mia. Comment ça va ? dit-il, un sourire en coin.

Je m'installe à côté de lui, et une sensation de tranquillité me gagne instantanément.

— Je vais bien, merci. Et toi, tu sembles plus en forme aujourd'hui ?

Il hoche la tête, l'air assuré.

— Oui, je t'avais dit de ne pas t'inquiéter.

Je souris, un mélange de curiosité et d'excitation dans les yeux.

— On va où aujourd'hui ?

— Une petite escapade à la campagne, annonce-t-il en me tendant un café bien chaud.

— Parfait ! m'exclamé-je, déjà impatiente de découvrir ce qu'il nous réserve.

Il se lève et commence à s'éloigner, mais s'arrête brusquement et se retourne.

— Ah, Mia ?

— Oui ?

Il me fixe un instant, un éclat doux dans le regard.

— Tu es magnifique aujourd'hui, laisse-t-il tomber, sa voix sincère.

Je sens mes joues s'enflammer et commence à tortiller une mèche de cheveux par réflexe.

— Oh, on dirait bien que je t'ai fait rougir, dit-il avec un sourire malicieux.

— Ça te surprend ?

— Pas vraiment, rétorque-t-il en riant. Allez, en route !

On monte dans sa voiture, direction la campagne. Peu à peu, les immeubles laissent place aux champs verts, et je sens déjà la ville s'éloigner. En arrivant à la ferme, la tranquillité du lieu m'enveloppe : fini le bruit de fond constant, ici, ce sont les oiseaux et le vent dans les arbres qui dominent.

— Bienvenue à la ferme ! lance Liam avec un sourire. C'est partie pour les joies de la vie au grand air !

— Ouiiii, dis-je, émerveillée par tout ce calme autour de nous.

Le fermier Louis nous accueille chaleureusement, un sourire bienveillant sur le visage, et nous conduit à travers les allées ombragées de la ferme.

Nous arrivons bientôt près des pommiers, et l'excitation de la cueillette me gagne rapidement. Sous le feuillage verdoyant, Liam et moi échangeons rires et taquineries tout en choisissant les pommes les plus mûres. Chaque geste partagé, chaque éclat de rire, renforce notre complicité.

Je m'efforce d'atteindre les plus belles, riant de mes sauts infructueux. Liam rit doucement en me regardant galérer.

— Besoin d'un coup de main, Mia ? demande-t-il, un sourire moqueur aux lèvres.

Je lui lance un regard faussement indigné.

— Je gère très bien, merci ! dis-je en continuant mes petits sauts inutiles.

Il s'approche, tend le bras et cueille la pomme sans effort, puis me la tend avec un sourire charmeur.

— Voilà, mademoiselle.

Je prends la pomme en bougonnant, mais un rire m'échappe malgré moi.

— Merci, grand gaillard.

Nous continuons notre récolte, et je décide de m'amuser un peu. En voyant une autre pomme haute, je commence à grimper sur une branche pour l'atteindre. Liam secoue la tête, amusé.

— Mia, tu vas te faire mal.

— Pas du tout, dis-je en attrapant la pomme avec triomphe. Regarde, j'y suis arrivée !

Liam rit de bon cœur, son regard plein d'affection.

— Tu es incroyable, tu sais ça ?

Je descends de la branche avec précaution, un sourire satisfait aux lèvres.

— Oui, je sais, dis-je en croquant dans la pomme fraîchement cueillie. C'est tellement apaisant, ajouté-je entre deux bouchées. Je comprends pourquoi les gens aiment la vie à la campagne.

— Oui, c'est une vie simple, mais pleine de satisfactions, répond Liam, toujours amusé par mes acrobaties.

Nous continuons à cueillir des fruits, échangeant des taquineries et des sourires complices. Je me sens plus vivante que jamais. La simplicité de la vie à la ferme, le contact avec la nature, tout cela me semble tellement revitalisant.

Liam se penche pour ramasser une pomme au sol et me la tend, un sourire espiègle aux lèvres.

— Tiens, celle-ci, est à ta portée, dit-il, un clin d'œil complice.

Je saisis la pomme en secouant la tête, faussement exaspérée.

— Tu te surpasses, vraiment.

Nos rires se mêlent à la brise qui traverse les pommiers, et je sens quelque chose de précieux s'installer entre nous. Ces instants légers, où tout semble plus simple, me rappellent pourquoi la vie peut être belle.

Les paniers remplis de fruits à nos pieds, nos rires s'entremêlent dans l'air frais. Louis nous appelle ensuite pour le rejoindre à l'étable. Beaucoup d'animaux sont aux aguets en nous voyant.

— Oh regarde celui-là, dit Liam en pointant un cochon particulièrement dodu et comique, il a l'air de bien aimer son repas.

Je ris, amusée par les expressions des animaux.

— Ils sont tellement mignons !

Louis, vêtu de sa salopette usée et arborant un sourire bienveillant, nous montre les gestes précis pour traire une vache. Il parle avec passion, expliquant comment respecter l'animal et le processus pour éviter de lui faire mal. Je me sens légèrement nerveuse en voyant la taille de la vache, paisible mais imposante, qui nous regarde de ses yeux calmes et profonds.

— Allez, Mia, c'est à toi, dit Louis en s'écartant légèrement pour me laisser la place.

Je m'approche, les mains tremblantes, et j'entends Liam étouffer un rire derrière moi. Il croise les bras, une étincelle amusée dans le regard.

— Si tu t'en sors, je te décerne le titre de « Reine des pâturages » !

Je glisse un regard mi-amusé, mi-narquois vers lui avant de me concentrer sur la tâche. Mes doigts saisissent le trayon, et j'essaie de reproduire les gestes que Louis a montrés. La première tentative est hésitante, quelques gouttes à peine. Je recommence, plus assurée cette fois, et un petit jet de lait éclabousse le seau. Liam applaudit lentement, exagérant la scène.

— Pas mal pour une citadine ! déclare-t-il en s'approchant un peu plus, les yeux pétillants de malice.

Je ris, un éclat de joie spontanée qui résonne dans l'étable.

— Merci, mais je pense que la vache est plus patiente que moi, dis-je, le ton léger malgré la tension qui se dissipe peu à peu.

Louis hoche la tête, satisfait, avant de reprendre la parole.

— On peut dire qu'elle t'aime bien, cette vieille Marguerite. Elle n'est pas aussi gentille avec tout le monde, tu sais.

Je caresse doucement le museau de la vache, un sourire sincère aux lèvres.

— Eh bien, merci, Marguerite, de ta compréhension.

Liam, toujours moqueur mais affectueux, s'accroupit à côté de moi et effleure le seau du bout des doigts.

— Si un jour on se perd en pleine campagne, on saura quoi faire pour ne pas mourir de soif. Glisse-t-il avec un clin d'œil.

Nous rions tous les trois, l'atmosphère imprégnée de cette légèreté rare et bienvenue. Le soleil filtre à travers la grande porte ouverte de l'étable, baignant la scène d'une douce lumière dorée, rendant ce moment encore plus chaleureux et précieux.

Je suis profondément touchée par la simplicité et la beauté de ce mode de vie. Les soucis et les peurs semblent lointains ici, comme dissipés par l'air pur et les rires qui ont ponctué la matinée.

Après un rapide coup d'œil autour de nous, Louis nous appelle vers l'atelier où les fromages reposent sur de grandes étagères en bois. L'odeur lactée est riche et familière, et l'ambiance chaleureuse de la pièce ajoute à cette impression de déconnexion avec le monde extérieur.

— Maintenant, c'est l'heure de retourner les fromages, nous annonce Louis, un sourire bienveillant. Cela permet une maturation uniforme.

Il commence alors à nous expliquer chaque étape du processus, de la collecte du lait à la fermentation et au vieillissement. Je suis fascinée par la simplicité et la beauté de la vie à la ferme, chaque activité est une nouvelle découverte qui me rapproche un peu plus de la nature.

— Ça sent si bon, dis-je en inspirant profondément l'odeur du lait frais et du fromage en cours de maturation.

Liam hoche la tête, un sourire apaisé sur le visage.

— Oui, il y a quelque chose de magique dans le fait de créer quelque chose de ses propres mains, tu ne trouves pas ?

Je le regarde, sentant un lien profond avec ce lieu et cette expérience.

— Oui, c'est vrai. Tout ici semble tellement authentique,

tellement réel.

Liam et moi échangeons un regard complice avant de nous lancer. Je prends un fromage entre mes mains, sa texture légèrement rugueuse sous mes doigts, et le retourne avec précaution.

— Pas mal pour une première fois, citadine, lance Liam avec un clin d'œil, ses mains déjà occupées à retourner un fromage.

— Merci, campagnard en herbe, répliqué-je, taquine.

Les minutes passent entre échanges légers et gestes appliqués. Un rayon de soleil traverse la petite fenêtre, éclairant la pièce d'une lueur dorée qui semble suspendue dans le temps. Nous rions en constatant qu'un des fromages a été marqué d'une petite trace laissée par les doigts de Liam.

— Si celui-là a une saveur spéciale, ce sera grâce à moi, plaisante-t-il.

En début d'après-midi, après avoir rangé nos tabliers, Louis nous propose la prochaine activité.

— Ça vous dirait une balade à cheval pour finir en beauté ?

Liam tourne vers moi un sourire enthousiaste. Et moi… de l'appréhension.

Je me sens déjà un peu nerveuse en approchant de l'énorme animal, et ça ne s'arrange pas quand je pose enfin un pied dans l'étrier.

— Euh… c'est haut, là, non ? dis-je en jetant un regard à Liam.

Il rit doucement en ajustant ma selle.

— T'inquiète, tu vas adorer. Les chevaux sont incroyables, tu verras.

Je finis par m'installer en selle, agrippant les rênes comme si ma vie en dépendait, et on part tranquillement à travers les champs dorés. Le rythme des sabots sur le sol et l'odeur de l'herbe fraîche m'apaisent, mais un regard discret vers Liam révèle sa respiration légèrement saccadée, bien qu'il tente de rester impassible. Je ne décide de rien dire, à chaque fois il se brusque et se renferme. Je vais essayer de ne pas gâcher ce moment.

On avance tranquillement, et Liam me jette un regard amusé.

— Pas trop mal dit dont !

Je fais mine de lever les yeux au ciel, mais un sourire me trahit.

— Si par « pas trop mal » tu veux dire « accrochée pour ma survie », alors oui, je m'en sors très bien.

Il rit, secouant la tête.

— T'inquiète, d'ici la fin de la balade, tu vas maîtriser ça comme une pro.

Je me détends un peu plus, regardant le paysage autour de nous. Il n'a pas tord, je commence à maitriser. Une chose est sure, je savoure chaque instant de cette escapade.

Le soleil commence à descendre. Les chevaux nous ramènent doucement vers la ferme, où Louis nous invite à partager un dîner sous les étoiles. La table est dressée avec des plats simples mais délicieux, préparés avec des ingrédients frais de la ferme. L'odeur du pain fraîchement cuit et des légumes rôtis emplit l'air, je sens mon estomac gargouiller d'anticipation.

— Allez, installez-vous, dit le fermier avec un sourire chaleureux. Vous allez adorer ce qu'on a préparé.

Liam et moi nous asseyons, les chaises en bois craquant légèrement sous notre poids. Le ciel est clair, et les étoiles brillent comme des diamants. La douce lueur des lanternes posées sur la table ajoute une touche de magie à l'instant.

Nous mangeons en silence, savourant chaque bouchée. Les saveurs sont incroyables, et je me sens profondément reconnaissante pour cette expérience.

— C'est tellement bon, dis-je en mordant dans une tomate juteuse. On dirait que tout a plus de goût ici.

Liam hoche la tête, un sourire satisfait aux lèvres.

— Oui, il n'y a rien de tel que de manger des produits frais, directement de la ferme.

Louis se lance dans des anecdotes sur la vie à la ferme, nous racontant ses mésaventures avec des animaux un peu trop têtus et ses récoltes sous la pluie. On éclate de rire à chaque histoire, comme des enfants captivés par un conte. Tout semble parfait : les saveurs, le calme, les étoiles au-dessus de nous.

— Merci pour ce repas incroyable, dis-je au fermier, les yeux brillants de gratitude.

— De rien. C'est un plaisir de partager ça avec vous.

Après avoir savouré chaque plat, la soirée se prolonge dans un calme apaisant. Les étoiles s'allument une à une, et nous restons là, bercés par la quiétude de la campagne, jusqu'à ce que l'heure du retour approche.

Je me tourne vers Liam, un sourire aux lèvres.

— C'était vraiment une journée parfaite.

Liam lève les yeux.

— Regarde ces étoiles… Elles me rappellent combien l'univers est immense.

— Oui, on se sent tout petit, murmuré-je.

Il éclate de rire.

— Surtout toi !

— Hé ! Tu oses vraiment dire ça ?! Là ? Maintenant ? dis-je, faussement outrée, en lui donnant un coup de coude.

Il rit encore, et je ne peux m'empêcher de sourire aussi.

Je remarque rapidement que son sourire reste, mais que ses yeux semblent chercher un point d'appui dans le vide, et ses gestes deviennent plus posés, presque calculés. Je vois la manière dont ses doigts serrent un instant le bord de la table avant de relâcher.

— Tu veux qu'on rentre ? demandé-je, inquiète.

— Non, savourons encore un peu cet instant.

Nous restons un moment, regardant les étoiles. L'atmosphère est paisible, et je me sens remplie de gratitude pour cette journée inoubliable. Mais une petite voix dans ma tête ne peut s'empêcher de s'inquiéter pour Liam.

En rentrant chez nous, nous échangeons des sourires fatigués mais satisfaits. La journée a été remplie de découvertes et de moments précieux.

— Bonne nuit, Mia. Une bonne nuit va faire du bien, dit Liam en me raccompagnant à ma porte.

— Oh oui, je suis épuisé. Quelle journée ! Bonne nuit à demain.

Je rentre chez moi, le cœur léger mais l'esprit alourdi par une inquiétude latente. Les souvenirs de cette journée parfaite défilent dans mon esprit, teintés d'une douce amertume. La fatigue de Liam, ces regards voilés qu'il tente de cacher derrière son sourire… Une pensée fugace me traverse, glaçante : et si cette paix retrouvée n'était qu'éphémère ? L'idée que ma renaissance puisse être aussi fragile qu'une flamme vacillante me serre la poitrine, et pourtant, je m'accroche à l'espoir que demain, tout continuera de briller.

♥ Jour 12 - Liam

Aujourd'hui, j'ai prévu quelque chose qui devrait plaire à Mia autant qu'à moi. Un cours de cuisine ! Ça a toujours été un moyen pour moi de me détendre et de m'exprimer, et j'espère que Mia ressentira la même chose.

En arrivant au banc, Mia n'est pas encore là. A peine l'idée qu'il lui ai arrivé quelque chose me traverse l'esprit que je l'aperçois au loin. Elle me fait des grands signes, un grand sourire aux lèvres.

— Salut, Mia ! Tu m'as l'air survolté aujourd'hui !

— Je suis de bonne humeur c'est vrai. Je suis motivée pour aujourd'hui, peu importe ce que tu as préparer.

— Sport !

— Hum, d'un coup je me sens fatiguée. Je pense que je vais rester ici me reposer un peu. Dit-elle en faisant mine de bailler et de s'étendre.

— La comédie fait partie d'une de tes facettes cachée ? Allez Oscar d'un jour, viens je t'amène cuisiner.

Elle me lance un regard amusé, ses sourcils se levant d'intérêt.

— Cuisiner ? Yes ! Pas de sport ! dit-elle, en sautillant.

Je lève les mains dans un geste théâtral, amusé par son enthousiasme.

— Eh oui, j'ai réservé un cours de cuisine pour nous deux. On va apprendre à faire de vrais plats ensemble. Promis, je te laisse les trucs faciles.

Elle rit, me donnant un coup de coude.

— Ah, parce que c'est toi le pro, c'est ça ?

Son sourire s'élargit, et je sens une chaleur me traverser.

— Prépare-toi à devenir chef, dis-je en lui tendant la main pour l'emmener. On va se régaler !

On se dirige vers l'école de cuisine, bavardant tout le long du chemin. Le soleil brille, réchauffant l'air et ajoutant une légèreté à notre conversation.

En arrivant, un homme jovial nous attend près de l'entrée, son sourire aussi contagieux que sa voix chaleureuse.

— Bienvenue au cours de cuisine ! dit-il en nous serrant la main avec une énergie débordante. Je m'appelle Chef André, et j'espère que vous êtes prêts à mettre la main à la pâte ! Ici, pas de spectateurs, seulement des chefs en herbe.

Mia me lance un regard amusé, comme si elle était prête à relever un défi.

— Ne vous inquiétez pas, Chef, on est prêts !

Je sens déjà que cette journée va être mémorable.

Il nous guide dans une cuisine équipée de tout ce dont on pourrait rêver. Les plans de travail sont impeccablement organisés, chaque ustensile aligné, chaque ingrédient soigneusement disposé. Les légumes frais, les herbes aromatiques et les épices exotiques créent un véritable tableau de couleurs et de textures qui mettent déjà l'eau à la bouche.

L'air est chargé d'un mélange d'odeurs alléchantes – le basilic, le gingembre, le cumin – et je sens mon estomac gargouiller de plaisir anticipé.

— Ça sent déjà tellement bon, dis-je en inspirant profondément, un sourire aux lèvres.

Mia hoche la tête, les yeux pétillants.

— Je ne pensais pas que des ingrédients pouvaient être aussi beaux… ou sentir aussi bon !

Chef André rit en nous faisant signe d'approcher.

— Attendez de voir ce que nous allons préparer. Aujourd'hui, c'est festin de gourmet ! Vous allez vous régaler… et mettre vos talents à l'épreuve !

Il nous remet des tabliers avec notre prénom brodé dessus, ce qui me fait échanger un sourire complice avec Mia. On est prêts à plonger dans cette aventure culinaire, et l'excitation monte d'un cran.

Le Chef André nous explique les recettes du jour avec des gestes précis et passionnés, nous montrant comment couper, hacher, mélanger, comme de vrais pros.

— Vous êtes prêts à vous salir les mains ? lance-t-il en riant, les yeux brillants de malice.

— OUI CHEF ! répondons-nous en chœur, en enfilant nos tabliers personnalisés.

Notre première mission : préparer une salade de fruits de mer. Les ingrédients frais sont étalés devant nous comme une palette de couleurs. L'odeur salée des coquillages, du citron fraîchement coupé et du persil emplit l'air, et je sens déjà que ce plat va être aussi délicieux qu'il en a l'air.

On commence à suivre les instructions du chef, nos mouvements un peu maladroits au début, mais on rit de chaque petite erreur, chaque morceau qui nous échappe des mains.

— Vous deux, vous faites une belle équipe, commente Chef André, amusé. Le plat n'en sera que meilleur !

Je me sens vraiment à ma place ici, avec elle.

— Mia, tu veux t'occuper des crevettes ? dis-je, un sourire espiègle aux lèvres.

Elle prend un couteau en haussant les sourcils, repoussant une mèche de cheveux derrière son oreille, un geste qui a le don de me faire craquer.

— Bien sûr, Chef. Mais ne t'attends pas à un miracle tout de suite !

On se met au travail, épluchant et déveinant les crevettes, éminçant les légumes, et mélangeant les ingrédients. Chef André passe entre nous, nous corrigeant avec un mélange de patience et d'humour.

— Attention, Liam, tes morceaux de poivron sont plutôt… artistiques, dit-il avec un clin d'œil. On vise l'uniformité, pas une œuvre d'art !

Je ris, passant une main dans mes cheveux où une mèche rebelle retombait toujours sur mon front, haussant les épaules.

— Je m'améliore, je m'améliore. Ça va venir !

Mia rit à son tour, ses yeux pétillant de malice.

— Peut-être que je te donnerai un cours de découpe quand on aura terminé. On ne sait jamais, je pourrais t'apprendre deux trois trucs !

On se lance un regard complice, et je sens que cette journée est déjà bien plus qu'un simple cours de cuisine.

Chaque petite victoire se termine par un éclat de rire. On goûte, on ajuste : un peu plus de ceci, un peu moins de cela, jusqu'à ce que la salade soit parfaitement équilibrée.

— Goûte ça, Mia, dis-je en lui tendant une cuillère pleine de notre mélange. Ça a l'air pas mal, non ?

Elle goûte, savourant chaque saveur, et hoche la tête avec un sourire satisfait.

— Mmm, c'est délicieux ! Franchement, on fait une bonne équipe.

Le chef nous observe, un sourire satisfait aux lèvres.

— Vous voyez ? La cuisine, c'est avant tout ça : travailler ensemble, s'amuser, et créer quelque chose de bon à partager.

On se check, fiers du résultat. Les couleurs vibrantes des légumes et des fruits de mer forment une assiette presque trop belle pour être mangée.

— Parfait, annonce le chef en souriant. Maintenant que vous êtes échauffés, on attaque la prochaine recette !

Après avoir nettoyé notre espace de travail, nous nous préparons pour le prochain défi culinaire : un risotto crémeux aux champignons. Nos gestes deviennent de plus en plus sûrs, et on commence à vraiment s'habituer à travailler ensemble. Chef André nous donne des astuces pour parfaire la cuisson, et je sens notre confiance grandir.

— Tu veux remuer pendant que j'ajoute le bouillon ? propose Mia en me tendant la spatule.

— Parfait, dis-je en prenant la louche, prêt à jouer les pros.

On plaisante sans arrêt, complètement dans notre bulle. Je me frotte brièvement la nuque, un geste que je fais souvent quand je réfléchis intensément, puis je souris à Mia. Mais alors qu'elle verse le bouillon, sa main glisse, et un jet atterrit directement sur mon tablier.

— Oh, mince ! Désolée, Liam ! s'exclame-t-elle, les yeux écarquillés.

Je baisse les yeux vers la tache bouillonnante sur mon tablier et éclate de rire.

— Pas de souci, Chef Mia, je survivrai. Ça arrive aux meilleurs.

Elle rit en prenant un torchon pour essuyer le comptoir, les joues rosies. Je prends un instant pour l'observer, réalisant combien sa présence m'est devenue essentielle.

— Oui, enfin, j'ai peut-être un peu trop mis de moi dans ce risotto !

Je lui lance un sourire taquin.

— Hé, c'est ça qui fait la différence. C'est ce qu'on appelle la passion, non ?

Elle éclate de rire, et je sens que même cette maladresse rend le moment encore plus parfait.

On continue à ajouter le bouillon, petit à petit, remuant sans cesse pour que le risotto devienne parfaitement crémeux. L'odeur des champignons sautés et de l'ail emplit la cuisine, rendant l'attente presque insupportable.

— Ça commence vraiment à sentir bon, dit Mia en fermant les yeux pour inhaler profondément.

— On est sur la bonne voie, dis-je avec un sourire satisfait, appréciant chaque étape.

On passe aux finitions, ajoutant le parmesan râpé et les herbes fraîches. Chef André s'approche, surveillant notre travail avec un œil expert, et pique une cuillerée pour goûter.

— Bien joué, vous deux. C'est exactement ce qu'il faut, dit-il avec un sourire approbateur.

Mia et moi échangeons un regard triomphant, et elle tend la main pour un high-five que je tape avec enthousiasme.

— On fait une sacrée équipe, déclare-t-elle, un sourire rayonnant aux lèvres.

Je ris, touchant du bout des doigts un peu de parmesan saupoudré sur son tablier.

— C'est sûr ! Entre les éclaboussures et le parmesan, on pourrait presque dire qu'on y a mis notre marque.

Satisfait du résultat, nous nous lançons un regard complice. Une fois la vaisselle rapide faite, on s'attaque au dessert : une tarte aux fruits de saison. Mia et moi étalons la pâte ensemble, nos mains se frôlant de temps en temps, ce qui nous fait sourire. Elle rit doucement, ses cheveux roux tombant en cascade sur ses épaules et ses taches de rousseur illuminées par la lumière, et, sans prévenir, saupoudre un peu de farine sur mon nez.

— Très mature, dis-je en essuyant la farine, tout en retenant un rire.

Je lève un sourcil, une idée malicieuse traversant mon esprit. Je prends une pincée de farine à mon tour et m'approche d'elle, une lueur espiègle dans les yeux.

— Oh, tu vas voir ce que ça fait !

Mia recule, ses yeux ronds de surprise et son sourire s'agrandissant. Mais avant qu'elle n'ait le temps de réagir, je tapote légèrement sa joue avec la farine, assez pour la faire rire sans en mettre partout. Elle rit, sa main effleurant mon poignet, cherchant à me repousser.

— C'est de la triche ! s'exclame-t-elle, son rire cristallin résonnant dans la pièce.

Je me penche un peu plus, nos visages à quelques centimètres l'un de l'autre. L'amusement dans ses yeux laisse place à quelque chose de plus intense, et je sens son souffle contre ma peau. Nos sourires s'adoucissent, et le moment semble s'étirer, un souffle nous séparant de ce qui pourrait être un baiser.

Mais elle brise la tension en me poussant légèrement du bout des doigts.

— Pas question que tu gagnes aussi facilement.

Je ris à mon tour, reculant d'un pas tout en secouant la tête.

— D'accord, tu as gagné cette manche, mais la revanche sera terrible, dis-je, l'air faussement menaçant.

Elle me répond d'un sourire innocent avant qu'on se mette à préparer les fruits. On les coupe en tranches fines et régulières, les couleurs vives des fraises, pêches et kiwis formant un magnifique tableau sur la planche à découper. Mia arrange les morceaux avec soin, ses doigts formant un motif parfait et coloré sur la tarte.

— On dirait une œuvre d'art.

Je souris, ajoutant les derniers fruits.

— Oui, et je dois dire que j'ai hâte d'en goûter chaque morceau.

Elle rit, les yeux pétillants.

— Avec tout le soin qu'on a mis, cette tarte va être aussi belle que délicieuse.

Pendant que la tarte cuit, on s'attaque au rangement de la cuisine, lançant des blagues et partageant nos impressions sur la journée. L'odeur sucrée et alléchante du dessert en train de dorer commence à embaumer la pièce, et je vois Mia fermer les yeux un instant, comme pour s'imprégner de chaque nuance de l'arôme.

— Ça sent déjà tellement bon, dit-elle.

— J'ai hâte de voir notre chef-d'œuvre, dis-je en me penchant pour jeter un coup d'œil à travers la porte du four. On a peut-être un vrai talent pour la pâtisserie, qui sait ?

Elle rit, me donnant un léger coup d'épaule.

Quand la minuterie sonne enfin, on sort la tarte avec précaution, admirant sa croûte dorée et les fruits caramélisés qui brillent sous la lumière.

— Parfaite, murmuré-je, impressionné par ce qu'on a réussi à faire ensemble.

Mia sourit, le regard brillant.

— Et dire qu'on a fait tout ça.

On s'installe autour de la table avec nos plats et entamons la dégustation, savourant chaque bouchée avec une satisfaction presque incrédule. Le risotto est parfaitement crémeux, les champignons sont juste assez grillés pour donner une touche de fumé, et la tarte aux fruits… un vrai délice, fondant en bouche, sucré juste comme il faut.

— Ce risotto est incroyable, s'exclame Mia en prenant une nouvelle bouchée. Honnêtement, je crois que c'est l'un des meilleurs plats que je n'ai jamais mangés.

Je souris, touché.

— C'est tout le pouvoir du travail d'équipe.

— Peut-être qu'on devrait ouvrir un restaurant, hein Liam. Risotto à la carte tous les soirs !

On rit ensemble, et la conversation glisse naturellement sur nos rêves culinaires et les plats qu'on voudrait maîtriser.

Tout semble simple et parfait.

— Si tu pouvais cuisiner n'importe quel plat sans te soucier du temps ou des ingrédients, ce serait quoi ? demandé-je, curieux de découvrir ce qui la fait rêver.

Mia réfléchit un instant, les yeux pétillants.

— Tu sais… j'ai toujours rêvé de préparer un festin italien, dit-elle en souriant. Avec des antipasti colorés, des pâtes fraîches faites maison, et un tiramisu authentique pour le dessert, bien sûr. Tout comme en Italie.

Je la regarde, impressionné par l'enthousiasme qui illumine son visage.

— Ça sonne comme un vrai projet ! On devrait se lancer un jour, je me porte volontaire pour la dégustation.

Elle rit, secouant la tête.

— D'accord, mais il faudra mettre la main à la pâte, chef !

Puis elle se tourne vers moi, les yeux brillants de curiosité.

— Et toi, Liam ? Ton plat rêvé, ce serait quoi ?

Je prends une seconde pour y penser, un sourire rêveur aux lèvres.

— Honnêtement ? humm… j'adorerais maîtriser l'art de la bonne cuisine de chez nous. Préparer un coq au vin qui mijote pendant des heures ou un soufflé qui ne s'effondre pas… ce serait comme atteindre un sommet culinaire.

Elle hoche la tête, impressionnée.

— Tu sais, je te vois vraiment dans une cuisine parisienne, avec un tablier et un verre de vin à la main, en pleine création.

On rit tellement que le temps s'évanouit sans qu'on s'en aperçoit, et je me rends compte que chaque rire de Mia est comme une note de musique que je veux entendre encore et encore. Le soleil commence déjà à se coucher, enveloppant la cuisine d'une douce lumière tamisée. On continue à savourer chaque bouchée, échangeant des sourires et des compliments sur les plats qu'on a préparés ensemble.

Chef André nous rejoint, un verre à la main, et raconte

quelques anecdotes culinaires qui nous font encore plus rire.

— Vous avez vraiment fait un excellent travail aujourd'hui, dit-il en levant son verre. C'est un plaisir de voir deux passionnés de cuisine comme vous.

Je lève mon verre en retour, un sourire sincère aux lèvres.

— Merci, Chef André. Cette expérience était bien plus que ce que j'avais imaginé.

Mia, les yeux brillants de gratitude, lève aussi son verre.

— Oui, merci pour tout, Chef. Je me suis amusée comme jamais.

Une idée me traverse alors l'esprit, et je sors mon téléphone.

— Chef, est-ce que ça vous dérangerait de nous prendre en photo ? Ce moment est trop parfait pour ne pas le garder en souvenir.

Chef André prend mon téléphone avec un sourire amusé. Mia et moi nous rapprochons, riant encore un peu, et on prend la pose, tabliers tachés de farine et de persil, mais le cœur plus léger que jamais.

— Voilà, dit le chef après avoir pris quelques clichés. La photo parfaite pour un souvenir parfait.

En regardant la photo, je sens que cette journée de cuisine a été bien plus qu'un simple cours ; c'était une aventure qu'on n'oubliera pas.

Le chemin du retour se fait dans la joie. Mia parle avec passion de tout ce qu'on à fait aujourd'hui, ses mains accompagnant chaque mot avec enthousiasme. La lumière dorée du crépuscule joue sur ses cheveux roux, illuminant ses taches de rousseur comme des étoiles. Je sens mon cœur se serrer doucement, chaque geste et chaque sourire me paraissant plus précieux qu'avant.

— Tu sais, dit-elle en s'arrêtant soudain pour me regarder dans les yeux. Aujourd'hui... j'ai vraiment eu l'impression que la vie avait un goût différent... meilleur. Merci pour ça.

Je prends doucement sa main, sentant une chaleur douce me traverser.

— Eh bien... normal, après tout ce qu'on a mangé !

Elle lève les yeux au ciel, mais un sourire finit par se glisser sur ses lèvres.

— Parfois, tu me fatigues, tu le sais ça ?

Je ris et resserre un peu plus sa main.

— Sérieusement, Mia, je suis juste content de t'avoir vue sourire et t'amuser aujourd'hui.

On continue de marcher en silence, laissant la tranquillité du moment nous envelopper. Les bruits lointains de la ville semblent suspendus, laissant place à un silence complice où seuls nos pas se répondent. Tout baigne dans une aura magique qui donne l'impression que le temps s'arrête, juste pour nous.

Arrivés devant notre immeuble, on s'arrête, réticents à mettre un point final à cette journée parfaite.

— Bon, il est temps de dire bonne nuit, Mia, dis-je, mon regard accroché au sien, l'espace d'un instant suspendu comme si je voulais ajouter autre chose, un mot de plus.

Elle esquisse un sourire, doux et chaleureux, un de ceux qui font battre mon cœur un peu plus fort.

— J'aurais voulu que cette journée dure encore un peu… chuchote-t-elle.

— Moi aussi, mais il faut recharger les batteries. Demain, je te réserve une autre surprise.

Elle fronce légèrement les sourcils, amusée et méfiante à la fois.

— Dis-moi juste que ce ne sera pas du sport, s'il te plaît.

— Te revoilà avec ça. Ne t'inquiète pas, aucune séance de torture, dis-je en riant. Donc tu peux te détendre, pas de protestations ce soir.

— Je ne proteste pas ! dit-elle en feignant l'indignation.

— Oh, bien sûr, comme si je ne t'avais jamais entendu râler, taquiné-je.

— N'importe quoi, regarde, je souriiiiiie ! dit-elle en étirant ses lèvres dans une grimace exagérée.

Je lève les yeux au ciel, un sourire amusé aux lèvres.

— Tu es incorrigible. Allez, file au lit avant de trouver une autre excuse pour papoter.

— Bonne nuit, Liam, murmure-t-elle finalement, adoucie.

— Bonne nuit, Mia.

Je la regarde entrer dans son appartement, le sourire encore suspendu à ses lèvres, et une chaleur inattendue s'installe dans ma poitrine, me laissant penser que je pourrais m'habituer à cette vue. Quand je rentre chez moi, je m'assieds un instant, repensant à chaque détail de la journée. La complicité, les rires, les petits gestes tendres… comme la façon dont ses taches de rousseur se révèlent davantage quand elle sourit. Tout me ramène à elle.

Je me prépare pour la nuit, le cœur léger, rempli de gratitude.

Alors que mes yeux se ferment, une dernière pensée traverse mon esprit : peu importe ce que l'avenir nous réserve, je veux être là pour elle. À ses côtés. Ensemble, on affrontera tout, un jour après l'autre, avec courage…

C'est avec cette pensée que je m'endors, prêt à embrasser un nouveau jour.

♥ Jour 13 - Mia

8h30, je suis déjà prête ! Liam m'a écrit, il m'a parlé d'une surprise nocturne, et rien que l'idée me donne des papillons. Il est plein de surprises, depuis le début, et je n'arrive pas à m'en lasser. J'ai envie que ces moments ne s'arrêtent jamais.

Tomber amoureuse n'était pas du tout prévu, et pourtant, c'est exactement ce qui m'arrive. Je ne sais pas ce qui le retient parfois, mais j'ai l'impression que nous pourrions vraiment vivre quelque chose de beau, quelque chose de vrai. Dans ses gestes, dans ses mots, je sens qu'il tient à moi. Dans quoi est-ce que je me suis embarquée ? Ah, c'est tout moi ça ! J'ai le don pour les complications.

J'ai pris plaisir ce matin à me préparer et à déjeuner. Je me suis même surprise moi-même à chantonner en me brossant les dents. Ça fait si longtemps que je ne me suis pas sentie aussi… vivante.

Je respire profondément, me demandant ce que cette journée et cette soirée nous réserve. Une chose est sûre : avec lui, je suis prête à tout.

Le soleil commence à poindre, colorant le ciel de rose et d'or. Chaque lever du jour est magnifique mais ici au Cap Emeraude tout paraît comme dans un comte de fée. Tout est deux fois plus beau, sens meilleur, est plus grand…

Je suis tellement pressé d'arriver au banc que je trottine pour y aller. Qu'est-ce qui m'arrive ?

Quand j'arrive, Liam est déjà là, assis, un sourire espiègle aux lèvres. Il est vraiment beau. Sa petite mèche rebelle qu'il remet de façon systématique me fait chavirer. Il lève les yeux en me voyant, et son sourire s'élargit encore. Mon cœur bat un peu plus vite. Ce sourire… c'est une arme redoutable. Je craque !

— Salut, Mia, dit-il en se levant, un sourire espiègle sur les lèvres. Prête pour une journée… et une nuit inoubliable ?

— Salut, Liam ! dis-je, un sourire malicieux se dessinant sur mon visage. Une nuit inoubliable, hein ? Tu te lances dans les grandes promesses, on dirait.

— Oh, arrête, réplique-t-il en éclatant de rire.

— Eh, c'est toi qui as planté le décor, je ne fais que suivre. Alors, tu me dévoiles le programme ou je dois deviner ?

— Patience, mademoiselle curieuse ! dit-il en me tendant la main. Je te garantis que l'attente en vaut la peine. Mais d'abord, on va profiter de la journée comme il se doit.

Je prends sa main, sentant l'excitation monter.

— Ok, je te fais confiance, Liam. Surprends-moi.

Sa main dans la mienne, je me sens déjà un peu dans un rêve, impatiente de découvrir où il compte m'emmener.

— Par quoi on commence ?

Liam me regarde, son sourire plein de mystère, et ses yeux pétillent d'excitation.

— J'ai quelques idées, mais tu vas devoir me faire confiance.

— Je te fais confiance. Allons-y.

Nos pas se synchronisent naturellement le long de la promenade. Il m'entraîne vers une petite boulangerie en bord de mer, nichée entre deux maisons colorées, d'où s'échappe un parfum de viennoiseries fraîchement sorties du four.

— Tu vas adorer leurs croissants, dit-il, ses yeux pétillants. Ils se rapprochent de ceux qu'on trouve à Paris, presque.

Je croque dans le croissant, sa texture croustillante et fondante à la fois envahit mes papilles, et un sourire de surprise éclaire mon visage.

— Je n'étais jamais venue ici, avoué-je, impressionnée.

Liam hausse légèrement les épaules, l'air satisfait.

— J'avais dans l'idée de te surprendre un peu.

Je secoue la tête en riant.

— C'est réussi. C'est drôle, tu viens d'arriver en ville et c'est toi qui me fais découvrir les petites pépites.

Il rit doucement, posant son regard sur moi.

— J'ai toujours aimé partir à la découverte. Toi, en revanche…

Je le coupe en haussant un sourcil.

— Je sais, je suis une casanière. Peut-être que je n'avais juste pas trouvé la bonne personne pour me faire sortir de ma bulle.

Un éclat passe dans ses yeux, et il murmure doucement.

— Maintenant, si.

On se regarde, et dans le calme du petit-déjeuner partagé, avec la mer en arrière-plan et le goût du croissant encore sur mes lèvres, je sens que cette journée promet d'être aussi spéciale que la nuit qu'il a prévue pour nous.

On passe la matinée à discuter, à rire, nos voix se mêlant au doux bruit des vagues. Le soleil éclaire l'océan d'une lumière dorée, et chaque moment partagé semble parfaitement naturel, comme si le temps avait décidé de ralentir juste pour nous.

Après le petit-déjeuner, Liam me propose de visiter un atelier de poterie en plein air, niché près des falaises, où chacun peut façonner sa propre création. La vue sur l'océan offre un cadre spectaculaire, et l'endroit est animé par la douce musique du ressac et les rires des autres participants.

— On met les mains dans l'argile ? demande-t-il, un sourire espiègle au coin des lèvres.

— Totalement, mais je te préviens : je suis plus douée pour en mettre partout que pour créer des chefs-d'œuvre.

Nous nous installons côte à côte, chacun devant un tour de potier. Le contact froid de l'argile contre mes doigts est étrange au début, mais je commence à me laisser emporter par la sensation. Liam, concentré, façonne avec patience un vase qui prend peu à peu forme. De mon côté, ma tentative s'effondre en une masse informe, ce qui nous arrache un éclat de rire partagé.

— Je suis sûr que tu caches un talent de sculptrice, dit-il. Et même si ce n'est pas le cas, tu es déjà l'œuvre la plus belle ici.

Je sens mes joues s'empourprer malgré moi.

— On verra bien, dis-je en le poussant légèrement, essayant de masquer mon embarras.

Le propriétaire de l'atelier, une femme aux cheveux grisonnants relevés en un chignon élégant, déambule entre les rangées avec un sourire bienveillant. Lorsqu'elle s'arrête devant nos créations, elle observe d'abord en silence, avant de partager quelques conseils avisés.

— Vous savez, dit-elle en pointant une petite irrégularité sur la poterie de Liam, la beauté de l'art réside dans ses imperfections. J'ai une théière chez moi qui fuit légèrement, et c'est mon objet préféré parce qu'il me rappelle mes premiers essais.

Nous rions, Liam secouant la tête en plaisantant

— Eh bien, j'espère que ma tasse ne perdra pas tout mon café.

Elle répond avec un rire complice et puis continue.

— C'est comme ça qu'on apprend, jeunes gens. Chaque défaut raconte une histoire.

Nous échangeons un regard amusé, un brin de fierté dans les yeux. Une fois nos créations laissées à sécher, nous quittons l'atelier. Nos mains encore marquées de traces d'argile, le souvenir des rires et des conseils échangés reste gravé en nous, rendant le chemin du retour plus doux. Le sentier qui longe les falaises nous mène lentement vers le centre-ville, le vent frais caressant nos visages, portant avec lui la mémoire d'une matinée simple mais précieuse.

— Je suis curieuse de savoir quelle sera la prochaine surprise, dis-je, taquine, en glissant un regard vers Liam.

Il rit doucement, ses yeux bleus se posant sur moi avec tendresse.

— Patience, Mia. Je garde le meilleur pour la fin. Suis-moi.

Curieuse, je le suis sans hésiter. Après une courte marche, j'aperçois l'entrée d'un petit parc, cachée derrière les dunes. Un endroit tranquille et isolé où les fleurs sauvages s'étendent comme un tapis de couleurs vives sous le soleil.

— J'ai pensé qu'on pourrait passer un peu de temps ici, dit-il en s'asseyant sur l'herbe douce, ses yeux se perdant dans le paysage.

Je m'assois à ses côtés, savourant la paix qui règne ici, l'odeur des fleurs et le murmure lointain de la mer. Je tourne la tête vers lui.

— On se croirait dans un autre monde tellement c'est beau ici.

On reste là, assis au milieu de ce coin de paradis, savourant la paix et la simplicité de l'instant. Tout autour de nous est calme, comme si même le vent retenait son souffle pour préserver ce moment. Il sort un petit panier de pique-nique et, bientôt, nous partageons des fruits, des biscuits et des boissons tout en échangeant des rires complices, comme si le temps s'était arrêté. Entre deux plaisanteries, il s'allonge dans l'herbe, fermant un instant les yeux pour savourer la sérénité du moment. Je l'observe et, emportée par la douceur ambiante, je m'allonge à ses côtés, posant ma tête sur son torse. Le rythme régulier de son cœur résonne sous mon oreille, un son réconfortant qui m'apaise jusqu'à ce que mes paupières deviennent trop lourdes.

— Mia… Mia, murmure-t-il doucement, sa voix vibrante me tirant de mon sommeil.

— Humm, quoi ?

— Tu t'es endormie, princesse.

— Vraiment ? Combien de temps ?

— Près d'une heure, dit-il en riant doucement. Et tu m'as pris en otage avec ta tête sur moi.

— Oh, désolée ! Tu es resté là tout ce temps ?

— Je n'avais pas vraiment le choix. Mais c'était… agréable.

Je ris en rougissant légèrement, me redressant.

— J'espère que je n'ai pas gâché tes plans pour le reste de la journée.

— T'inquiète pas, répond-il avec un regard complice. La dernière surprise nécessite la tombée de la nuit. Et… c'est bientôt l'heure.

Il se lève, tendant la main pour m'aider à me remettre debout.

— Viens, Belle au bois dormant. L'aventure continue.

— Je te suis, dis-je en lui attrapant la main, prête pour la suite.

Liam m'entraîne vers une petite clairière cachée entre les arbres. Là, nichée dans la nature, se trouve une grotte illuminée par des centaines de petites lumières féeriques suspendues un peu partout. L'endroit est absolument magique, presque irréel, et je reste un moment, bouche bée, devant ce spectacle.

— Wow… C'est incroyable, murmuré-je, émerveillée.

Liam sourit, satisfait de mon émerveillement.

— Je savais que tu aimerais, dit-il doucement. Viens, allons explorer.

Nous pénétrons dans la grotte, et l'atmosphère se transforme complètement. Les murs, recouverts de formations rocheuses impressionnantes, semblent scintiller sous les petites lumières. Les stalactites et stalagmites se dressent comme des sculptures naturelles, tandis que nos pas résonnent dans le silence mystérieux de la grotte, amplifiant l'effet presque surnaturel de l'endroit.

— Regarde ça, murmure Liam en pointant une formation rocheuse qui ressemble à une cascade figée dans le temps. C'est magnifique, non ?

Je hoche la tête, fascinée.

— Oui… on dirait qu'on a quitté notre monde pour entrer dans un rêve.

Liam se tourne vers moi, ses yeux brillants de cette lumière douce qui danse sur les parois de la grotte. Il me prend doucement la main, et ce simple geste suffit à rendre ce moment encore plus intime.

Nous avançons prudemment, explorant chaque recoin de la grotte, nos pas résonnant légèrement dans l'immensité silencieuse. Les murs de pierre, lissés par le temps, semblent presque vivants, comme s'ils murmuraient des histoires anciennes. Je suis totalement captivée par l'aura mystérieuse de l'endroit, sentant la magie de chaque détail, chaque formation rocheuse.

Nous atteignons une grande salle où des lumières colorées illuminent les stalactites et stalagmites, projetant des reflets éclatants sur les parois. Le spectacle est à couper le souffle, un véritable tableau vivant qui change de teinte à chaque instant.

— Wow…, murmuré-je, les yeux écarquillés.

Liam me regarde, le visage baigné de lumière, un sourire

émerveillé aux lèvres.

— Oui, cet endroit est vraiment spécial. J'ai pensé que c'était exactement le genre d'endroit où l'on peut juste… se laisser porter.

Nos regards se croisent, et pour un instant, le monde semble se réduire à cet instant magique entre nous.

Nous nous asseyons sur une roche, prenant un moment pour absorber la beauté environnante. La tranquillité de la grotte nous enveloppe, et je sens une connexion profonde avec Liam. Les parois scintillantes reflètent la lumière tamisée de nos lampes, créant un ballet d'ombres et de lueurs qui dansent autour de nous.

— C'est tellement paisible ici, murmuré-je, brisant le silence avec douceur. Comme si le temps s'était arrêté.

Liam acquiesce, ses yeux fixés sur les formations rocheuses qui nous entourent.

— Oui, on sent véritablement coupé du monde.

Nous restons assis en silence, profitant de la sérénité de l'instant. La grotte semble vibrer d'une énergie ancienne et mystique, et je me sens incroyablement chanceuse de partager ce moment avec Liam.

— Liam, est-ce que tu as des peurs ? Des choses qui t'inquiètent ?

Il se redresse, ses yeux fixés sur un point invisible, comme s'il choisissait soigneusement ses mots.

— Oui... oui, bien sûr, finit-il par dire, sa voix basse, tandis qu'il passe une main sur sa nuque. Je crains de ne pas avoir assez de temps pour accomplir tout ce que je veux. De... laisser des choses inachevées, de ne pas vivre pleinement.

La sincérité dans sa voix me touche profondément. Je prends une profonde inspiration, sentant le courage monter en moi pour partager mes propres peurs.

— Moi aussi... j'ai des peurs, murmuré-je, sentant ma gorge se serrer, ma main serrant nerveusement le tissu de mon chemisier. Parfois, j'ai peur de ne jamais retrouver cette passion pour l'art qui m'animait autrefois. Et... j'ai peur de perdre les gens que j'aime, de finir seule.

Liam se tourne vers moi, ses yeux remplis de compassion, et il prend doucement ma main, son pouce traçant un petit cercle rassurant.

— Tu sais, c'est normal d'avoir des peurs, Mia. Mais... tu es bien plus forte que tu ne le penses. J'ai confiance en toi. Ta passion reviendra, j'en suis sûr. Et surtout... tu n'es pas seule.

Je lève les yeux vers lui, émue par la force tranquille qu'il me transmet. Je détourne le regard, observant les formations rocheuses scintillantes sous la lumière, et un sourire naît sur mes lèvres.

— Je suis vraiment reconnaissante de t'avoir rencontré. Tu m'as montré tellement de choses, et je sens, peu à peu, que je retrouve cette joie de vivre.

Il me sourit, ses yeux doux et sincères.

— Et toi, ta présence me donne aussi beaucoup de force, dit-il doucement.

Dans le silence de la grotte, entourés de cette beauté mystérieuse, nos peurs semblent moins lourdes.

Nous absorbons la magie du lieu encore quelques instants. Puis, doucement, nous nous dirigeons vers l'entrée, chacun plongé dans ses pensées.

En sortant, la nuit est entièrement tombée, et le ciel s'étend au-dessus de nous, rempli d'étoiles qui scintillent comme de petits éclats lumineux. On marche côte à côte jusqu'à notre banc, là où cette journée a commencé.

On s'assoit sans rien dire, fixant le phare au loin. Le bruit des vagues et le ciel étoilé suffisent. Parfois, pas besoin de mots.

— C'était encore une journée incroyable, j'ai vraiment adoré ! dis-je, un sourire aux lèvres.

Il tourne la tête vers moi, avec le même sourire franc.

— J'ai adoré aussi.

Je le regarde, impressionnée par tous ces endroits qu'il semble connaître par cœur.

— Tu étais déjà venu dans cette grotte avant ? demandé-je, la curiosité perçant ma voix.

— Jamais.

— Alors, comment tu l'as découverte ?

Il éclate d'un rire léger, ses yeux pétillant de malice.

— Google, Mia. Google est mon ami.

Je secoue la tête, amusée par sa réponse, mais il devient soudain plus sérieux.

— Non, pour être honnête, quand je suis revenu à Cap Emeraude, j'avais besoin de bouger, de m'échapper un peu. Je passais mes journées à errer, à explorer. C'est là que j'ai rencontré des gens qui m'ont parlé de ce coin.

— Je comprends, dis-je doucement, touchée par cette confidence.

— Rester enfermé chez mon père, c'était étouffant. Alors, j'ai trouvé ces lieux, des endroits à moi, qui me donnaient l'impression de respirer. Maintenant, je veux partager ça avec toi.

Je hoche la tête, sentant une pointe de compréhension pour la première fois sur cette partie de sa vie.

— Ça n'a pas dû être facile de revenir après tout ce qu'il

vous a fait vivre… et toutes ces années à essayer de reconstruire ta vie loin de lui.

Il regarde le ciel, comme s'il cherchait les bons mots.

— Non, c'est sûr. Il essaie de rattraper le temps perdu, de recoller les morceaux d'un passé qu'on a tous les deux cherché à fuir. Mais… il y a des choses qu'on ne peut pas réparer, même avec toute la bonne volonté du monde. On se parle, on essaie, mais les silences pèsent toujours plus lourd que les mots.

Un silence tombe entre nous, mais il n'est pas lourd. On reste là, côte à côte, écoutant le bruit des vagues qui se brisent doucement, enveloppés par la nuit et nos propres pensées.

Quand on se lève pour rentrer, je me sens étrangement sereine, comme remplie d'une certitude simple mais précieuse.

♥ Jour 14 - Liam

Je me réveille avec une énergie renouvelée, malgré la fatigue qui s'accumule jour après jour. Aujourd'hui, j'ai prévu une journée remplie de sensations fortes. Mon idée ? Sortir de notre zone de confort, vivre une aventure sportive qui nous fera rire, nous dépassera, et, je l'espère, renforcera encore ce lien unique entre nous. J'ai envoyé un message tôt ce matin, lui disant de se préparer en tenue de sport. Rien que l'idée de la voir râler en lisant mon message me fait pouffer de rire.

Je m'étire, savourant le calme avant de me lever. Dans la salle de bain, un léger vertige me fait ralentir, mais il est moins violent que d'habitude. Peut-être un signe encourageant ? Je prends une grande inspiration, déterminé à ne rien laisser gâcher cette journée avec elle.

C'est parti.

Après une douche rapide, j'enfile ma tenue de sport : des vêtements confortables et pratiques pour l'aventure qui nous attend. Je prépare un sac avec tout le nécessaire — bouteilles d'eau, snacks énergétiques, une trousse de premiers soins, et même un pull supplémentaire, juste au cas où. En sortant de chez moi, j'inspire un grand coup, savourant l'air frais du matin qui semble me donner un regain de force.

Sur le trajet, je repense à toutes les aventures que Mia et moi avons partagées jusqu'à présent. Chaque moment avec elle est un souvenir que je garde précieusement, et aujourd'hui, je veux créer encore plus de ces souvenirs.

Quand j'arrive enfin, je l'aperçois, déjà là, un pied posé sur le banc dans une posture d'étirement naturel et gracieux. Mia dégage une élégance inattendue dans sa tenue de sport, chaque mouvement fluide et assuré. Mais ce qui m'arrête vraiment, c'est ce sourire qu'elle m'offre en se tournant à mon approche. Il y a une lumière dans ses yeux, un éclat qui me coupe le souffle et efface en un instant toute la fatigue.

Elle est belle — pas seulement belle, mais d'une beauté qui semble capter toute l'énergie autour de nous, comme si elle seule pouvait illuminer ce matin gris. Un sourire se dessine sur mes lèvres malgré moi, et je reste là, un instant, absorbé par ce sentiment qui monte, cette intensité que je n'ai pas vécue depuis longtemps.

Je n'avais jamais pensé qu'un simple sourire pourrait provoquer ça.

— Alors, tu es prêt pour notre aventure extrême, coach infernal ? dit-elle, un rire dans la voix, bien que je capte une lueur de défi dans son regard.

Je fais mine de réfléchir en attrapant le sac que j'ai préparé.

— Plus que prêt, lancé-je avec un clin d'œil. J'espère que tu t'es bien reposée, parce qu'aujourd'hui, on va vraiment sortir de notre zone de confort.

Elle plisse les yeux, méfiante mais curieuse.

— Sortir de notre zone de confort ? Je sens que je vais le regretter. C'est quoi ton plan, exactement ?

Je m'approche, un sourire taquin accroché aux lèvres.

— Accrobranche et tyrolienne. Une journée perchée dans les arbres, qu'en dis-tu ?

Ses yeux s'illuminent, et je devine l'adrénaline qui commence à courir dans ses veines.

— Je t'avais dit pas de sport. Je n'aime pas le sport, il faut bouger, faire des efforts, rebouger, refaire des efforts. Hum je suis fatiguée rien que d'en parler…

Je ris, secouant la tête.

— Vraiment, Mia ? Donc, récapitulons : tu as peur des petites bêtes, tu trébuches dès qu'un caillou se pointe, tu mesures un mètre cinquante les bras levés, et le sport te file des sueurs froides ? Je suis gâté.

Elle éclate de rire, ses yeux pétillants de malice.

— Eh oui, je suis un vrai défi. Tu as intérêt à être à la hauteur, coach !

— Oui, mais… tu m'aimes bien comme ça, non ?

Je secoue la tête, faussement résigné, mais le sourire ne quitte pas mes lèvres.

— Bon, allez, viens, dis-je, tirant doucement sur sa main.

Elle rit de plus belle, se moquant de ma retenue.

— Allez, Liam, ouvre ton cœur un peu… ouvre-le !

Je lève les yeux au ciel, mais la chaleur de son rire me désarme complètement.

— C'est bon tu as fini ? On y va ? dis-je finalement.

Elle secoue ma main avec enthousiasme, son sourire toujours aussi radieux.

— Let's go !

On monte en voiture, et dès qu'on est sur la route, Mia attrape son téléphone et met de la musique au hasard. Les premières notes résonnent, et on reconnaît immédiatement

Supermassive Black Hole de Muse — la fameuse chanson de *Twilight*. On échange un regard complice avant d'éclater de rire.

— Tu crois qu'ils... s'apercevront que nous sommes des vampires en arrivant ? dis-je en riant, cherchant son regard.

Elle rit, secouant la tête, et sans se faire prier, elle augmente le volume.

— Seulement s'ils nous voient briller au soleil ! répond-elle, faussement dramatique.

La chanson démarre, et nous voilà tous les deux à chanter à tue-tête, chacun tentant de surpasser l'autre. Nos voix résonnent dans l'habitacle, fausses mais sincères, et à cet instant, rien d'autre ne compte. Entre les rires, les notes parfois à côté et les regards échangés, je me dis que cette journée commence déjà de manière parfaite.

En arrivant, les moniteurs nous accueillent avec entrain. Ils nous équipent de harnais et de casques, nous expliquant les consignes de sécurité avec une patience rassurante. Je lance un regard en direction de Mia, observant la concentration sur son visage tandis qu'elle écoute attentivement les consignes.

L'adrénaline commence à faire son effet, et je me surprends à sourire encore plus largement en ajustant mon harnais.

— Prête à grimper ? demandé-je, un sourire taquin aux lèvres, testant un peu son courage.

Elle me regarde, ses yeux étincelants d'excitation.

— Prête ! Et, au cas où tu te demandes, je n'ai absolument pas peur.

Je ris, admirant sa détermination.

— Bien, alors c'est parti. Accroche-toi bien, ça va être mémorable.

Nous avançons vers le premier parcours, un enchevêtrement de ponts de corde, de filets suspendus et de tyroliennes entre les arbres imposants. Dès les premières plateformes, je sens l'adrénaline monter. Chaque pas nous éloigne un peu plus du sol, et le défi se corse à mesure que la hauteur augmente.

Mia avance avec assurance, déterminée, concentrée, et je ne peux m'empêcher d'admirer sa ténacité. Elle avance d'un pas stable sur un pont de singe qui oscille sous son poids, chaque corde tendue sous la tension de son passage.

— Franchement, tu gères ça comme une pro, dis-je en riant, tout en essayant de ne pas me laisser impressionner.

Elle tourne la tête et me lance un sourire triomphant, le regard pétillant.

— Merci, mais attends de voir ce que je donne sur la

tyrolienne.

Enfin, nous atteignons la première tyrolienne. Un long câble tendu entre deux arbres immenses, le vide s'ouvrant en-dessous. Le moment est chargé d'excitation et de tension.

Elle me taquine, levant les sourcils.

— Honneur aux plus téméraires ! Montre-moi comment tu fais, dit-elle, un sourire en coin.

Je m'accroche au câble, le harnais bien en place, prêt à me lancer dans le vide.

— Regarde et apprends.

Je prends une profonde inspiration, le souffle court, sentant mon cœur battre avec une intensité fébrile, et me lance, glissant le long de la tyrolienne. Le vent siffle à mes oreilles tandis que l'adrénaline monte en flèche, faisant battre mon cœur comme jamais. La sensation de vitesse, l'impression de voler — tout est exaltant. En atteignant l'autre côté, je me stabilise, levant les bras en signe de victoire.

— À toi, Mia ! criai-je en lui faisant signe de venir.

Elle me sourit, les yeux brillants de défi, et prend une dernière inspiration en ajustant son harnais. Puis, d'un geste assuré, elle se lance, traversant l'air avec une grâce naturelle, son rire résonnant à travers les arbres. Elle semble flotter, portée par l'élan de la tyrolienne, et un instant, je suis captivé par la légèreté de sa silhouette.

Elle atterrit juste à côté de moi, le souffle court, les joues rouges d'excitation, et je remarque que ses mains tremblent légèrement encore sous l'effet de l'adrénaline.

— Wow, c'était incroyable ! s'exclame-t-elle, le sourire large et contagieux.

Je ne peux m'empêcher de rire en voyant son enthousiasme.

— Tu as assuré, Mia ! Prête pour la suite ?

Elle me jette un regard rempli d'énergie, comme si elle n'attendait que ça.

— Absolument ! Allez, montre-moi de quoi t'es capable.

Nous continuons à progresser dans les parcours, chaque obstacle ajoutant à notre complicité. Quand l'un de nous hésite, l'autre est là pour encourager, et lorsqu'on franchit un défi, on le célèbre avec des high-fives et des éclats de rire. On se moque de nos maladresses, on plaisante sur nos faux pas, et tout devient plus léger, plus simple.

La matinée file à une vitesse incroyable. Le silence retombe doucement autour de nous, seulement troublé par le chant lointain des oiseaux. Nous descendons des plateformes en bois, nos pas un peu hésitants sur la terre ferme, encore imprégnés de l'adrénaline qui bat dans nos veines.

Je me tourne vers Mia, un sourire fatigué aux lèvres.

— Ça te dirait de faire une pause avant de continuer ?

Elle acquiesce, essuyant une mèche de cheveux collée à son front.

— Avec plaisir. J'ai l'impression que mon cœur est encore en train de voler.

Nous marchons jusqu'à une clairière où la lumière du soleil perce à travers le feuillage, offrant un espace parfait pour nous poser et reprendre notre souffle. La lumière du soleil filtre à travers les feuilles, créant des motifs changeants sur l'herbe.

Je sors le pique-nique que j'ai préparé, qui est plus que bienvenus après tous ces efforts. Mia étale une couverture sur le sol, et on s'assoit, épuisés mais exaltés. Nos jambes sont lourdes, mais nos esprits sont toujours en pleine effervescence.

Nous entamons notre repas en silence, chacun savourant chaque bouchée tandis que les sons de la forêt nous entourent, créant une atmosphère presque magique. Le bruissement des feuilles, les chants des oiseaux et le murmure d'un ruisseau au loin se mêlent à notre respiration.

Petit à petit, je romps le silence avec un sourire en coin, me souvenant de la façon dont Mia avait glissé sur la tyrolienne, ses cris mêlés de rires retentissant encore dans ma tête.

— Je dois dire, ton cri-là… il restera dans les annales, dis-je en tournant la tête vers elle, amusé.

Elle lève les yeux au ciel en riant, un éclat sincère illuminant ses traits.

— Avoue, tu as fait exprès de crier aussi fort pour que tout le parc se retourne, dis-je en riant, les yeux plissés de malice.

— Évidemment, c'était pour l'effet dramatique, réplique t-elle instantanément.

Le rire de Mia remplit la clairière, léger et sincère, et je me surprends à penser que ce son pourrait guérir bien des choses.

Elle tourne légèrement la tête vers moi, ses cheveux effleurant mon bras.

— Si on pouvait rester ici pour toujours, murmure-t-elle, une note de sincérité dans la voix.

Je hoche la tête, sentant une sérénité rare m'envahir.

— On n'a pas besoin de rester figés, tant qu'on sait savourer ces instants.

Nos regards se croisent, et dans ce moment de calme absolu, je sais que je garderai cette image gravée en moi longtemps après que la journée se sera terminée.

On s'installe plus confortablement sur la couverture, et pendant un instant, on mange en silence, appréciant chaque saveur. Mia croque dans une pomme avec enthousiasme et ferme les yeux un instant.

— Honnêtement, je crois que c'est le meilleur pique-nique de ma vie, déclare-t-elle. Tout est parfait ici, le décor, la nourriture… même cette lumière, c'est comme dans un rêve.

Je ris doucement, la regardant savourer l'instant.

— Content que ça te plaise, dis-je en mordant dans mon sandwich. Et puis, je dois avouer, ça fait du bien de se poser un peu… surtout après notre course d'obstacles matinaux !

Elle rit, et on continue de manger, nos conversations se mêlant au bruit léger des feuilles.

On passe un bon moment à discuter, à rire, à profiter du calme de la clairière. Mia s'allonge en arrière, appuyée sur ses coudes, les yeux fermés, un sourire paisible sur les lèvres, savourant la chaleur du soleil qui caresse son visage.

— C'est tellement paisible ici, murmure-t-elle, presque pour elle-même. On devrait vraiment faire ça plus souvent.

Je la regarde, attendri, le cœur un peu plus léger.

— Oui, tu as raison.

Allongés là, le monde semble s'effacer, et je ressens une connexion profonde qui s'amplifie de jour en jour.

— Quel… moment, dit-elle finalement, ouvrant les yeux et tournant la tête vers moi, son sourire illuminant son visage.

Je ris doucement.

— Le meilleur, Mia.

Lorsque le moment de repartir arrive, un dernier coup d'œil à la clairière nous laisse une empreinte de paix que nous emportons avec nous. On replie la couverture et range nos affaires, le bruit du vent dans les feuilles nous accompagnant jusqu'au retour vers le parcours d'accrobranche. L'énergie monte de nouveau à l'idée de relever d'autres défis.

De retour parmi les arbres et les cordes, Mia s'exclame, excitée.

— Liam, regarde ce parcours-là !

Elle pointe un circuit audacieux avec des ponts de corde vacillants et une tyrolienne qui semble filer droit vers le vide.

— Go ? lui demandé-je, ajustant mon harnais avec un sourire en coin.

Elle me répond avec un regard qui brille de détermination.

— Go ! Mais cette fois, c'est moi qui te montre comment on gère !

Je ris, amusé, alors qu'elle se lance en avant. Cette journée va être mémorable.

Nous nous lançons dans ce nouveau parcours, chaque obstacle offrant son lot de sensations fortes et de moments de complicité. À chaque étape, nous nous encourageons mutuellement, partageant des rires et des expressions de surprise.

À mi-parcours, on atteint une plateforme suspendue qui surplombe la plus longue tyrolienne du parc. En bas, la forêt s'étend à perte de vue, la cime des arbres formant un tapis vert infini sous nos pieds.

— Tu vas adorer ça, dis-je en souriant à Mia. C'est la plus grande tyrolienne du parc.

Elle me lance un regard résolu, les yeux pétillants d'excitation.

— Je me lance la première ! Tu verras, même si je suis petite, je suis aussi courageuse, dit-elle en redressant fièrement les épaules.

— Je n'en doute pas, ouistiti !

Elle éclate de rire et me met une tape sur l'épaule.

— Ouistiti ? Vraiment ? C'est quoi ce surnom ?!

Elle secoue la tête, toujours en riant, puis s'approche du bord sans hésiter et s'élance dans le vide. Son rire résonne alors qu'elle traverse l'air, ses cris de joie remplissant la forêt. Je la regarde filer, ses cheveux au vent, jusqu'à ce qu'elle devienne un minuscule point à l'horizon.

Au loin, j'entends sa voix qui me crie de la rejoindre. Le cœur battant, je m'accroche à la tyrolienne et me lance à mon tour. L'air file autour de moi, la vitesse me coupe le souffle et, pendant un instant, c'est comme si le monde entier disparaissait. Je flotte, porté par le vent, la sensation d'être libre, sans aucun poids sur les épaules.

En atterrissant à ses côtés, elle m'accueille avec un grand sourire.

— Tu… tu as senti ça ? Cette… cette sensation incroyable ! s'exclame-t-elle, le souffle encore court, les yeux brillants.

Je hoche la tête, presque essoufflé.

— Oui, je l'ai sentie ! Je me suis senti…

— VIVANT ! lançons-nous en même temps, nos voix résonnant ensemble.

Alors que Mia traverse un pont de corde particulièrement instable, elle perd légèrement l'équilibre. Instinctivement, je tends la main et la tire contre moi. Mon cœur s'accélère, et je sens sa respiration rapide contre mon torse, sa poitrine se soulevant en un rythme saccadé.

— Fais attention, mon ouistiti. Je ne veux pas que tu te fasses mal, dis-je doucement, un sourire en coin.

— Humm… merci, murmure-t-elle d'une voix un peu timide, les joues rouges.

Je sens son cœur battre contre le mien, rapide et puissant. Je ne sais pas si c'est l'adrénaline de notre proximité ou le reste de sa peur, mais la chaleur de son visage contre moi me fait pencher pour la première option. Et si je suis honnête, ce rapprochement soudain me fait moi aussi battre un peu plus vite.

— Je te tiens, ne t'inquiète pas, dis-je à voix basse. Je surveille tes arrières. On continue ?

Elle hoche la tête, ses yeux un peu brillants, et murmure un « d'accord ».

À contrecœur, je relâche mon étreinte, me forçant à lâcher prise même si une partie de moi aimerait que ce moment dure un peu plus longtemps, peut-être même une éternité.

En fin de journée, nous terminons enfin le parcours et rejoignons la terre ferme, nos corps épuisés mais nos esprits encore en ébullition. Nous retirons nos harnais et nos casques, remerciant les moniteurs pour leur patience et leurs encouragements.

— Quelle journée incroyable, s'exclame Mia en s'étirant, un sourire large aux lèvres. Je n'aurais jamais pensé pouvoir faire tout ça.

— Je… je suis vraiment fier de toi. Franchement, tu as été incroyable.

Elle me rend mon regard, son sourire empreint de gratitude.

— Toi aussi, Liam. On forme une sacrée équipe, tu ne trouves pas ?

On rit doucement, un peu plus proches à chaque instant, et

on se dirige vers la sortie du parc en marchant côte à côte.

En arrivant à la voiture, on s'arrête un instant, simplement pour savourer le calme. La forêt, baignée dans cette lumière douce, paraît encore plus magique, et on reste là, silencieux, absorbant la beauté de ce moment.

— On rentre ? demandé-je doucement, mon regard posé sur elle.

Elle soupire, un sourire de contentement aux lèvres.

— Oui… mais on peut repasser au banc avant de rentrer chez nous ?

— Bien évidemment !

On monte dans la voiture, et la fatigue de la journée finit par avoir raison d'elle. En à peine quelques minutes, Mia s'endort, sa tête reposant légèrement contre la fenêtre, ses lèvres laissant échapper quelques murmures que je peine à saisir. Un sourire me vient naturellement en l'entendant grommeler dans son sommeil ; elle a cet air vulnérable et adorable qui me fait fondre à chaque fois.

Une fois arrivés, je la réveille doucement, et elle émerge avec un sourire endormi. Main dans la main, on retourne ensemble vers notre banc. Le soleil est en train de se coucher. La lumière douce de la fin de journée crée une atmosphère paisible, comme si le monde entier voulait nous offrir ce moment.

— La vie avec toi… c'est vraiment… quelque chose, murmure Mia, le regard perdu dans les nuances dorées du coucher de soleil.

Je souris, mes yeux se perdant dans les siens.

— Je ne fais rien de spécial, Mia… c'est toi qui m'animes.

Elle secoue la tête en souriant, les joues légèrement rosies.

— Quel beau parleur, ce Liam.

— Et quelle princesse, cette Mia, dis-je en riant. Allez, viens. Profitons de ce coucher de soleil avant de rentrer.

Je lui fais signe de s'asseoir près de moi, et elle vient se blottir sans hésiter. Je sens la chaleur de son corps contre le mien et le léger frisson qui parcourt sa peau, me faisant frémir en écho. Naturellement, je passe mon bras autour de ses épaules, et ensemble, on se pose là, regardant l'océan s'étendre à perte de vue. La lumière douce du crépuscule danse sur les vagues, et pour un instant, tout semble figé, comme un tableau parfait. Je sens la fatigue de la journée s'emparer de moi, mes muscles protestant un peu, mais l'intensité de cette journée en valait chaque instant. Je ne me suis jamais senti aussi vivant.

Après un moment de silence, Mia tourne la tête vers moi.

— Liam, je suis fatiguée… on peut y aller ? demande-t-elle

doucement.

Mais je capte dans son regard qu'elle n'est pas épuisée elle-même ; elle a simplement remarqué mon état, ce qui fait naître un sourire attendri sur mes lèvres. Elle veille sur moi.

— Bien sûr, dis-je en me levant, lui tendant la main. On y va.

Sur le chemin du retour, on marche, nos pas plus lents, nos regards échangés remplis de satisfaction et de douceur. Quand on arrive devant son appartement, je la raccompagne jusqu'à sa porte.

— Bonne nuit, Mia, murmuré-je, un sourire fatigué mais sincère aux lèvres.

Elle me rend mon sourire, ses yeux remplis de cette lumière douce que j'adore.

— Bonne nuit, Liam, répond-elle doucement, sa main effleurant la mienne avant de disparaître derrière sa porte.

Je rentre chez moi, les jambes flageolantes, chaque muscle protestant douloureusement, comme s'ils voulaient me rappeler mes limites. En fermant la porte derrière moi, l'ombre familière de la solitude me tombe dessus. Je m'appuie contre le mur, laissant échapper un soupir tremblant, tandis qu'un vertige m'envahit. L'air semble s'épaissir, pesant contre ma poitrine.

Avant de me diriger vers la salle de bain, mon regard s'attarde sur une vieille photo accrochée au mur. Mon père et moi, plus jeunes, un sourire crispé sur nos visages lors d'un été où tout semblait plus simple. Mais même alors, derrière les sourires, il y avait ce fossé qui grandissait. Cette pensée pèse sur moi, rendant la pièce encore plus oppressante.

Je me rappelle les nuits passées à me demander pourquoi son absence était toujours plus forte que sa présence. Des jours où j'essayais de cacher ma fatigue derrière des rires, espérant que personne ne verrait ce que je portais réellement. Ces souvenirs se heurtent à la réalité de ce soir, où l'épuisement me rattrape sans pitié.

J'avale mes médicaments d'un geste presque mécanique, le goût amer restant collé à ma langue. Je déteste cette sensation, ce besoin constant de dépendre de quelque chose juste pour tenir debout. Être prisonnier de son propre corps… je pensais pouvoir reprendre le dessus, retrouver un semblant de normalité. Mais cette crise me rappelle brutalement que je suis loin d'en avoir fini.

Tant bien que mal, je me traîne jusqu'à mon lit, essayant d'ignorer cette sensation de vide qui se glisse dans mon esprit, juste entre les battements douloureux de ma tête.

Et bien sûr, mon père n'est toujours pas là. L'absence est

devenue un bruit de fond, un vide bruyant qui s'étend à chaque silence. Parfois, j'essaie de m'en détacher, de prétendre que cela m'indiffère, mais le manque gronde comme une cicatrice qui refuse de guérir.

♥ Jour 15 - Mia

Une nouvelle journée pointe le bout de son nez, le quinzième jour déjà. Le temps file à une vitesse qui me déroute quand je suis avec Liam. Je pensais que ce pacte serait un simple défi, un petit jeu. Mais, jour après jour, je découvre des facettes de moi que je croyais perdues... ou même inexistantes. Je me surprends à aimer rire, vraiment rire, comme si chaque éclat de joie effaçait un peu de mes anciennes peines. Cette sensation d'énergie qui traverse tout mon corps, c'est tellement bon.

Je me demande ce que Liam nous a concocté aujourd'hui. Peut-il encore me surprendre, après toutes les choses folles et belles qu'il m'a fait découvrir jusqu'ici ?

Je me lève avec une grande motivation, me sentant vivante comme jamais. J'ai décidé de prendre plus de temps pour me préparer ce matin. Je choisis des couleurs douces et vibrantes. Je veux qu'il me voie belle aujourd'hui, sentir ce frisson à l'idée de croiser son regard. Je veux qu'il me voie comme je le vois.

Quand je sors de chez moi, je me surprends à saluer les passants et les petits commerçant qui ouvre leur boutique. Je suis d'une humeur joyeuse, cela ne m'était pas arrivé depuis longtemps.

Le soleil commence à peine à se lever, enveloppant la ville d'une douce lumière dorée. Je marche tranquillement vers notre banc, ce lieu qui est devenu bien plus qu'un simple rendez-vous — c'est notre repère, notre point de départ, là où chaque nouvelle journée devient une aventure.

En arrivant, Liam est là, absorbé par la vue de l'océan. Je m'arrête un instant, le cœur battant un peu trop vite, et l'observe de loin. Comment une seule personne peut-elle chambouler une vie entière, transformer chaque instant en quelque chose de précieux ? Son regard pensif, la façon dont il passe distraitement une main dans ses cheveux, la courbe de son sourire… il y a tant de petites choses en lui qui m'attirent irrésistiblement.

Je me sens frustrée de ne pas pouvoir lui dire tout ça, de ne pas pouvoir obtenir plus que ce que nous avons en ce moment. Mais j'essaie de m'en contenter, de savourer chaque instant, même si cette attente est douce-amère.

Puis il tourne la tête, ses yeux accrochant les miens, et un sourire se dessine lentement sur ses lèvres. Ce sourire... ce sourire qui me désarme chaque fois. Et ces muscles, oh ces muscles, je pourrais m'y blottir tous les jours.

— Salut, Mia, dit-il en se levant avec ce sourire qui semble me faire fondre un peu plus chaque jour. Bien dormi ? Prête pour une nouvelle journée ?

— Salut, Liam. Oui, très bien dormi, et je suis prête !

Il me scrute un instant, plissant les yeux comme s'il observait quelque chose de très important.

— Attends, tu as un truc juste là, murmure-t-il en s'approchant de moi, tendant la main pour faire mine d'essuyer quelque chose au coin de ma lèvre.

— Quoi ? Qu'est-ce que c'est ? dis-je, légèrement nerveuse sous son regard intense.

Il éclate de rire, son visage plein de malice.

— À force de me mater, tu en baves, Mia ! plaisante-t-il.

— Oh, mais tu m'énerves ! N'importe quoi ! dis-je en le repoussant, les joues rouges de gêne.

Il rit encore, secouant la tête. Puis retrouve un air sérieux.

— Allez, viens. Aujourd'hui, je veux qu'on donne un peu de notre temps à ceux qui en ont vraiment besoin.

Je le regarde, intriguée et touchée par son expression sincère.

— Comment ça ? demandé-je, curieuse.

— Je nous ai inscrits pour une journée de bénévolat dans un orphelinat, explique-t-il doucement. Je pense que ça pourrait être une expérience enrichissante pour nous deux. Et puis, qui sait ? On pourrait partager un peu de la joie qu'on a vécue ces derniers jours.

Je suis vraiment émue par sa proposition, un sourire attendri aux lèvres.

— J'adore l'idée !

Nous montons dans la voiture, la route s'étendant devant nous, et une douce musique joue en arrière-plan, remplissant le silence entre nos éclats de rire et nos discussions sur cette journée qui nous attend. On parle de ce qu'on espère apporter, de ce qu'on pourrait apprendre, et je sens une sorte d'anticipation joyeuse monter en moi. Aujourd'hui ne sera pas une journée comme les autres.

En arrivant à l'orphelinat, nous sommes accueillis chaleureusement par les responsables. Leur enthousiasme est contagieux, et tandis qu'ils nous expliquent les activités prévues pour la journée, je sens notre excitation grandir.

— Bienvenue, dit l'une des responsables, avec le sourire. Nous sommes vraiment ravis de vous avoir aujourd'hui. Les enfants attendent avec impatience de passer du temps avec vous.

Liam et moi échangeons un sourire, hochant la tête avec enthousiasme. Je remarque le léger plissement de ses yeux, un détail qui me confirme qu'il est aussi impatient que moi. Nous sommes prêts à nous plonger dans cette expérience. En suivant les responsables à travers les couloirs colorés de l'orphelinat, nous découvrons les murs ornés de dessins et de peintures, chaque œuvre remplie de couleurs et de fantaisie. On voit des paysages rêvés, des animaux imaginaires, des portraits maladroits mais sincères, comme autant de reflets de leurs jeunes esprits.

— On dirait une galerie d'art, murmuré-je, touchée par toute cette créativité qui emplit l'espace.

Les responsables nous conduisent vers une grande salle remplie de jouets, de jeux et d'instruments de musique en tous genres. Les enfants, déjà rassemblés, laissent échapper des rires et des exclamations enthousiastes dès qu'ils nous aperçoivent. Il y a une énergie unique ici, une innocence et une joie brute qui me bouleversent.

Liam me jette un regard complice, et je comprends que lui aussi est touché par ce moment.

— Bonjour à tous ! dis-je en m'agenouillant pour être à leur hauteur, un sourire sincère aux lèvres. Je m'appelle Mia, et voici Liam. On est vraiment heureux de passer la journée avec vous.

Les enfants nous entourent aussitôt, comme une petite vague joyeuse, leurs visages illuminés. Des dizaines de questions fusent de toutes parts, des histoires spontanées s'enchaînent, et chaque détail de leur vie semble précieux.

— Regarde ce dessin que j'ai fait, Mia ! s'écrie une petite fille en me montrant une feuille où elle a dessiné un arc-en-ciel éclatant au-dessus d'un champ de fleurs.

— Mais c'est magnifique ! Tu es très talentueuse. Est-ce que je peux le garder comme souvenir ?

Ses yeux s'illuminent et elle hoche la tête, visiblement ravie.

À côté, Liam est assis en tailleur, entouré d'un petit groupe d'enfants captivés par son récit improvisé sur des aventures imaginaires en pleine jungle. Ils rient et l'écoutent avec des yeux ronds, totalement absorbés par chaque mot. À cet instant, tout autour de nous respire la pureté et l'innocence, et je réalise à quel point ces instants, simples mais sincères, sont des trésors que je n'oublierai jamais.

La matinée débute sous un soleil radieux avec une partie d'attrape loup en plein air. Les enfants courent dans toutes les directions, leurs rires et leurs cris résonnant joyeusement dans l'air, ajoutant une touche de magie à l'instant. Liam et moi plongeons dans le jeu avec autant de ferveur qu'eux, nous cachant derrière des arbres, feignant de surprendre les plus petits en surgissant de derrière les buissons. Nos propres éclats de rire se mêlent aux leurs, et pour un moment, le monde entier semble n'être qu'une grande aire de jeu. Mais au fond de moi, une pensée furtive émerge, glacée : *Combien de temps ces moments pourront-ils durer avant que la réalité ne reprenne le dessus ?* Je chasse l'idée d'un battement de cœur, tentant de rester présent.

— Vous ne m'attraperez jamais ! s'exclame Liam en se faufilant derrière un gros chêne, jetant un regard de défi aux enfants.

Ils éclatent de rire, excités par la perspective de le rattraper.

Quant à moi, je me lance à la poursuite d'un groupe de petits qui s'éparpillent en riant, essayant de se cacher derrière les buissons et les bancs. Je tends les bras vers eux en riant.

— Attention, j'arrive !

Les enfants crient de joie, et une petite fille court vers moi, tentant de m'échapper mais trébuchant dans l'herbe. Je la rattrape doucement et la chatouille, ce qui provoque des éclats de rire qui me réchauffent le cœur.

— On s'amuse tellement avec vous, s'écrie l'un des garçons.

Je jette un regard vers Liam, qui est maintenant encerclé par un groupe d'enfants sautillant autour de lui, et il me lance un clin d'œil complice. Ce moment, rempli d'innocence et de bonheur, nous rappelle pourquoi cette journée est si précieuse.

Après notre folle partie d'attrape loup, on enchaîne avec une course en sac. Les enfants enfilent leurs sacs en riant, impatients de se lancer, et Liam et moi les rejoignons, tirant nos sacs jusqu'aux genoux avec un enthousiasme qui frôle le ridicule.

— À vos marques, prêts… partez ! crie l'un des responsables.

On s'élance dans une série de sauts maladroits, chacun rebondissant et trébuchant dans un joyeux chaos. Je sens ma respiration devenir haletante à mesure que l'effort s'intensifie, et des perles de sueur commencent à se former sur mon front. Les enfants sautillent en riant, certains finissant assis dans l'herbe pour mieux repartir. Liam, trop impatient, prend un faux départ et s'étale de tout son long dans l'herbe. Essuyant une mèche humide de son front, il laisse échapper un éclat de rire déclenchant chez nous une série de gloussements incontrôlables et contagieux. Je ris tellement que je vacille, manquant de tomber à mon tour.

— C'est plus dur que ça en a l'air ! s'exclame-t-il en se redressant, hilare.

— Je trouve que tu t'en sors plutôt bien… pour un débutant, dis-je en le taquinant.

On continue la course, chacun essayant de garder son équilibre, entre fous rires et chutes, jusqu'à ce que le dernier enfant franchisse la ligne en levant les bras comme un champion.

— On recommence ? demande un petit garçon, ses yeux brillants d'une excitation contagieuse.

— Bien sûr ! répond Liam, essoufflé mais avec un sourire éclatant. Autant de fois que vous voulez !

Les enfants s'agitent, ravis, et on passe le reste de la matinée à enchaîner les jeux. Cache-cache, relais, jeux d'équilibre… Leurs cris joyeux et nos encouragements résonnent dans l'air, remplissant l'espace d'une atmosphère si légère qu'on oublie la fatigue qui commence à peser.

À chaque nouvelle course, les enfants reviennent vers nous,

impatients de nous entraîner dans une autre ronde. Liam, toujours volontaire, relève chaque défi lancé par les petits, même ceux qui paraissent insensés. Je ne compte plus le nombre de fois où il a feint de perdre juste pour les voir sauter de joie.

Quand finalement, on s'accorde un instant de répit, je regarde autour de moi, fascinée par ces moments partagés. Leur énergie est infinie, leur joie pure, et je me sens, pour la première fois depuis longtemps, comme une enfant moi aussi. Dans leurs rires, je trouve un reflet de ce que j'ai perdu.

Essoufflés et souriants, nous nous regroupons pour reprendre notre souffle. Les enfants se dispersent, certains s'allongeant sur l'herbe, tandis que d'autres rient encore, racontant les moments forts du jeu.

Peu après, nous sommes invités à rentrer dans la grande salle où les tables, couvertes de pinceaux et de papiers colorés, nous attendent pour l'atelier créatif. Les enfants peignent, dessinent et fabriquent des objets avec une créativité débordante. Les tables sont couvertes de papiers colorés, de pinceaux, de pots de peinture et de divers matériaux de bricolage. Je m'assois avec eux, les aidant à réaliser leurs idées et admirant leur imagination sans limites.

Un garçon me montre fièrement son dessin d'un dragon aux

couleurs vives.

— Regarde, Mia ! C'est mon dragon. Il crache du feu et protège les trésors.

— Il est incroyable ! dis-je en souriant. Qu'est-ce qu'il protège comme trésors ?

Il fronce les sourcils, réfléchissant intensément.

— Des pierres précieuses, bien sûr, et des couronnes… Peut-être même des épées magiques.

— Des épées magiques ? Ça, c'est un dragon avec du style ! dis-je en souriant, partageant son enthousiasme.

Liam, quant à lui, est entouré d'enfants qui lui montrent fièrement leurs créations. Une petite fille lui passe un collier de perles multicolores qu'elle vient de terminer, et je le vois le mettre autour de son cou, riant avec elle. Nos yeux se croisent, et il me tire la langue, un geste si enfantin mais chargé de cette belle complicité qui s'est installé entre nous depuis plusieurs jours.

La salle est remplie de rires et de chuchotements, chacun se plongeant dans son monde de créativité, et je me sens chanceuse d'être ici. Pendant un instant je prends du recul et les observes. C'est une image que je veux garder longtemps en mémoire.

À côté de moi, une petite fille est absorbée par la

fabrication d'un bracelet de perles, ses petites mains assemblant les couleurs avec une précision étonnante. Je la regarde en silence, touchée par sa concentration et la délicatesse de ses gestes.

— Tu fais un très beau bracelet, dis-je doucement. C'est pour quelqu'un en particulier ?

Elle lève les yeux vers moi, un sourire timide éclairant son visage. Je tends la main pour attraper une perle qui roule presque hors de la table, puis me redresse pour capter son regard.

— Oui, c'est pour ma meilleure amie, Julie. Elle adore les perles roses, murmure-t-elle.

— Je suis sûre qu'elle va l'adorer.

Son sourire s'évanouit légèrement, et elle baisse la tête en fixant les perles entre ses doigts.

— Mais… je ne sais pas comment lui donner.

— Pourquoi ? demandé-je, un peu surprise.

Elle hésite, sa voix se fait plus basse.

— Julie a trouvé une famille et elle est partie la semaine dernière. C'est déjà la deuxième amie qui part… Moi, je reste ici. Personne ne veut de moi.

À ces mots, un nœud se forme dans ma gorge et je sens mes mains se crisper légèrement sur mes genoux. Une vague de tristesse m'envahit, et je lutte pour garder mon expression douce, malgré l'émotion qui monte en moi. Doucement, je pose une main sur son épaule.

— Ne dis pas ça. Je suis certaine qu'une famille t'attend quelque part, une famille parfaite pour toi. Elle n'a pas encore eu la chance de te rencontrer, mais ça viendra, j'en suis sûre.

Elle relève les yeux vers moi, son regard empli d'un mélange de tristesse et d'espoir.

— Et pour ton bracelet, dis-je en souriant, peut-être que je pourrais trouver Julie et lui donner de ta part ?

— Tu ferais ça ? demande-t-elle, ses yeux s'illuminant d'un espoir fragile.

— Bien sûr, dis-je en hochant la tête. Ce serait un honneur.

Un sourire radieux éclaire son visage, et elle serre le bracelet entre ses mains.

— Merci, Mia, dit-elle, sa voix pleine de gratitude.

Cette petite fille me touche profondément. Elle me rappelle que, même si on les voit rire et jouer, au fond, tout ce qu'ils souhaitent, c'est trouver une famille, un endroit où ils se sentiront aimés et en sécurité. Ce besoin si simple, si humain, est tout ce qu'ils espèrent.

Je sens une vague de tendresse et de tristesse m'envahir. Et d'un coup, mes propres états d'âme me semblent presque

ridicules. Tous mes doutes, mes peurs, mes questionnements...
qu'est-ce que tout cela face à leur réalité ? Beaucoup de ces
enfants n'ont personne à attendre, personne pour les rassurer
ou les accueillir à bras ouverts à la fin de la journée.

Je prends un moment pour respirer, sentant l'importance de
ce que je vis ici aujourd'hui. Leur courage, leur résilience... ils
m'apprennent bien plus que je ne pourrais leur offrir.

Je sors de mes pensées, attirée par le rire franc de Liam. En
m'approchant, je le vois entouré d'un petit groupe d'enfants,
tous concentrés sur la construction d'un château en carton.
Liam découpe des morceaux avec soin, collant et assemblant
des tours et des murs avec l'aide des enfants. La scène me
frappe ; il est là, pleinement présent, riant, encourageant, ses
yeux brillants d'un bonheur simple et sincère. Parfois, il me
semble presque trop parfait, comme une apparition irréelle qui
illumine chaque endroit où il passe.

— Woua, votre château est impressionnant ! dis-je en
passant près d'eux. Vous avez prévu d'y ajouter des fenêtres
et des portes ?

Un garçon lève les yeux vers moi, ses yeux pleins
d'enthousiasme.

— Oui ! Et un pont-levis aussi ! Liam a dit qu'on pourrait
même peindre des drapeaux pour le sommet des tours !

— Et peut-être une bannière royale, ajouta Liam avec un clin d'œil, comme pour sceller la grandeur du projet.

Les enfants rient et se mettent aussitôt à découper et à peindre avec ferveur, plongés dans leurs créations. Leurs petits doigts s'activent, leurs regards concentrés, et je suis émerveillée par la variété de leurs idées : un garçon ajoute des créneaux pour la défense, une petite fille invente des décorations florales pour l'entrée, tandis qu'un autre décide d'y ajouter une écurie pour des chevaux en carton.

Le temps passe sans qu'on s'en rende compte, chaque enfant donnant vie à son propre univers, sa propre vision de ce château. Leurs personnalités s'expriment à travers chaque coup de pinceau, chaque découpage audacieux.

— Regarde ce que j'ai fait ! s'exclame une petite fille, les yeux brillants, en me tendant une couronne de papier décorée de paillettes et d'autocollants scintillants. Elle sourit fièrement.

— C'est pour toi, Mia.

Je prends la couronne avec émotion, touchée par son geste.

— Merci, elle est magnifique. Je vais la porter avec fierté !

Je place délicatement la couronne sur ma tête, m'efforçant d'adopter une pose royale. Les enfants éclatent de rire et applaudissent, enchantés de leur « reine » improvisée. La petite créatrice de la couronne me regarde avec un air de satisfaction, comme si elle venait de couronner une véritable princesse.

— Majesté, voulez-vous un sceptre aussi ? plaisante Liam en me tendant un bâton orné de rubans qu'il a trouvé dans les fournitures.

Je le prends en riant et fais une révérence exagérée. La salle entière éclate de rire, et l'ambiance est si légère, si pleine de couleurs et d'une énergie positive que je sens mon cœur se gonfler de bonheur.

L'heure du déjeuner arrive, et nous nous installons tous ensemble pour partager un repas simple mais réconfortant. Les enfants prennent place autour de nous, et bientôt, la salle se remplit d'un joyeux brouhaha de conversations, de rires, et de rêves partagés.

Alors que nous mangeons, les enfants commencent à parler de leurs aspirations, leurs petites voix pleines d'excitation et d'innocence.

— Moi, je veux être astronaute ! annonce fièrement un petit garçon, ses yeux brillant d'une lueur de fascination. Je veux aller dans l'espace et toucher les étoiles !

À sa droite, une fillette éclate de rire en tournoyant sur elle-même, ses cheveux flottant autour de son visage radieux.

— Et moi, je serai danseuse étoile ! déclare-t-elle, les bras levés comme si elle imaginait déjà sa scène. Je danserai dans tous les grands théâtres du monde !

Je les écoute, le cœur rempli d'une tendresse infinie, touchée par la pureté et la force de leurs rêves.

— Vous savez quoi ? Je suis persuadée que vous pourrez réaliser tout ça, dis-je avec un sourire sincère. Avec de la détermination et un peu de courage, rien n'est impossible. Gardez toujours vos rêves bien en vue.

À côté de moi, Liam hoche la tête, son regard doux et bienveillant tourné vers les enfants.

— Et n'oubliez jamais de croire en vous, ajoute-t-il. Vous avez en vous tout ce qu'il faut pour faire des choses incroyables.

Les enfants acquiescent avec des sourires pleins d'espoir, échangeant des regards complices, comme si leurs rêves prenaient une toute nouvelle dimension.

Alors que nous terminons notre repas, les enfants se tournent vers nous avec des regards remplis de gratitude.

— Merci d'être venus jouer avec nous, dit une petite voix.

— C'est nous qui vous remercions, répond Liam avec émotion. Vous nous avez donné une journée inoubliable.

Nous aidons à ranger les tables tandis que les enfants se

dispersent pour jouer et poursuivre leurs activités. Les observer courir, rire, et s'immerger dans leurs petits univers me remplit d'une douce chaleur. Cette journée de partage est bien plus qu'une simple activité ; c'est une véritable leçon de vie.

Liam se tourne vers moi, et je reconnais dans son regard le même mélange de tendresse et de réflexion qui m'habite.

— C'est incroyable de voir combien ces enfants sont pleins de vie, dit-il doucement, admiratif.

Je prends une profonde inspiration, mes pensées se bousculant.

— Oui… c'est vraiment inspirant, dis-je, ma voix légèrement brisée par l'émotion. Ils n'ont pas de famille, et pourtant… ils sourient, ils rient, ils ont encore l'espoir. Et moi… j'étais prête à sauter de ce fichu toit. Je ne sais pas s'ils réalisent à quel point ils sont forts.

Liam glisse une main rassurante sur mon épaule, son regard ancré dans le mien.

— Es fort celui qui se relève, dit-il d'une voix douce mais ferme. Ces enfants et toi, vous avez cette même force.

Je baisse les yeux, touchée par ses mots. Il a raison. J'ai peut-être failli, mais je me suis relevée, peu importe à quel point ça a été difficile. Et aujourd'hui, ces enfants m'ont rappelé ce que ça signifie de se battre.

— Merci, murmuré-je en levant les yeux vers lui, reconnaissante de partager ce moment.

Nous passons le reste de l'après-midi entourés des enfants, chacun plus enthousiaste que le précédent à nous montrer un trésor ou partager une histoire. Je sens qu'ils nous ont adoptés, qu'ils nous font confiance, et cette chaleur qu'ils dégagent illumine toute la pièce.

— Regarde ce que j'ai fait ! s'exclame un garçon en me montrant fièrement un modèle réduit d'avion qu'il a construit avec des morceaux de carton et de papier. Ses yeux pétillent d'excitation.

— Un jour, je veux être pilote et voler tout autour du monde, dit-il avec sérieux, comme si le ciel l'attendait déjà.

Je souris, sincèrement impressionnée.

— C'est génial ! Je suis certaine que tu seras un pilote extraordinaire, dis-je en admirant son travail.

Il sourit, gonflé de fierté, et serre l'avion comme s'il s'agissait d'une promesse de quelque chose de grand.

À côté, une petite fille approche timidement de Liam, une peluche toute douce serrée contre elle. Je m'appuie légèrement sur la table, observant la scène avec tendresse. La petite hésite, ses doigts froissant le tissu de la peluche, avant de la tendre à Liam avec un sourire timide. Je sourie, notant la façon dont ses yeux s'adoucissent en acceptant ce précieux cadeau.

— Elle s'appelle Rosie, murmure-t-elle en baissant les yeux, son visage illuminé de douceur. C'est ma meilleure amie.

Liam se penche vers elle, prenant Rosie avec précaution comme s'il tenait un trésor.

— Bonjour, Rosie, dit-il avec un sourire chaleureux, lui parlant avec toute la délicatesse du monde. Elle est adorable. Tu dois être une super amie pour elle.

La petite fille rougit, visiblement émue par ses mots, et lui fait un petit signe de tête avant de prendre Rosie à nouveau dans ses bras. Liam et moi échangeons un regard complice ; il n'y a pas de meilleur endroit où être en cet instant.

En fin de journée, nous nous rassemblons avec les enfants pour un dernier moment de partage. Ils se pressent autour de nous, leurs visages rayonnant d'un bonheur sincère, leurs regards brillants de gratitude. Les responsables de l'orphelinat viennent également nous remercier, leur sourire chaleureux traduisant la reconnaissance qu'ils ressentent.

— Merci d'être venus, dit l'une des responsables, la voix douce. Vous avez apporté tellement de joie aujourd'hui, bien plus que vous ne l'imaginez.

— Merci à vous de nous avoir accueillis, répond Liam, visiblement ému. Cette journée a été incroyable, et nous sommes honorés d'avoir pu partager ces moments avec eux.

Je sens une profonde gratitude me submerger, comme une douce chaleur qui enveloppe mon cœur. Cette expérience m'a offert bien plus que des souvenirs ; elle a éveillé quelque chose en moi, un rappel de ce qui importe vraiment.

Les enfants viennent un à un nous dire au revoir, certains serrant nos mains avec force, d'autres se glissant dans nos bras pour des câlins serrés. Une petite fille se blottit un instant contre moi, sa petite main pressant la mienne comme si elle redoutait de la lâcher.

— Revenez bientôt, dit un petit garçon en me serrant fort, sa voix teintée de nostalgie. On va s'ennuyer de vous.

— Promis, on reviendra, dis-je en plongeant mon regard dans le sien, touchée par sa sincérité.

Liam glisse un bras autour de mes épaules, et nous regardons les enfants qui continuent de nous faire des signes de la main. Je ressens sa chaleur et, instinctivement, je serre sa main pour lui transmettre ce que je peux de ma propre force retrouvée. Il me lance un sourire, mais dans ses yeux, il y a quelque chose de plus profond, une lutte silencieuse. Je comprends qu'il tire un peu de réconfort de ma présence, même si ses propres démons le retiennent encore.

En quittant l'orphelinat, je réalise que, bien plus qu'une journée, c'est un morceau de mon cœur que je laisse ici, parmi ces petits êtres qui m'ont appris autant que je leur ai donné.

Je me retourne une dernière fois pour regarder les enfants, qui nous font signe d'au revoir avec de grands sourires. Leurs petites mains qui s'agitent, leurs yeux pétillants... Tout cela résonne en moi, et je sais que cette journée restera gravée dans mon cœur. Ces moments partagés, simples mais authentiques, me rappellent à quel point il est essentiel de donner sans attendre en retour.

Avant de rentrer, nous nous arrêtons à notre banc habituel.

— Je n'ai pas les mots, dis-je, la gorge serrée d'émotion. C'était... incroyable. Les enfants m'ont touchée au-delà de ce que j'aurais pu imaginer.

Liam hoche la tête, un sourire empreint de douceur aux lèvres.

— Je savais que ça allait être une belle expérience, mais pas à ce point. Ils nous ont offert tellement de simplicité, de joie.

Nous nous asseyons, tournés vers l'océan dont les vagues, paisibles, semblent s'accorder avec nos pensées. La lumière du soir baigne le ciel d'une teinte dorée, ajoutant une magie discrète à ce moment de réflexion. Nous restons là, discutant longuement de l'importance d'aider et de donner, de l'effet que ça laisse en nous.

— Tu sais, cette journée m'a vraiment mise face à moi-même, dis-je en brisant le silence. Il y a tellement de beauté et de pureté dans le cœur des enfants… ça me donne envie de faire plus, d'offrir plus, de vraiment donner du sens aux choses.

— Je comprends. Ce qu'on a vécu aujourd'hui, c'est unique. Donner et partager, c'est ce qui rend la vie réellement précieuse. Peu importe ce qu'on traverse, c'est ce qu'on laisse dans le cœur des autres qui compte.

Je le regarde, reconnaissante de partager cet instant avec lui, de ressentir la profondeur de ses mots.

Nous restons en silence, absorbés par le bruit apaisant des vagues et la profondeur de nos pensées. Cette journée de partage a été une expérience transformante. En regardant l'étendue de l'océan, je prends conscience que mes propres blessures ne définissent pas tout ce que je suis. Les enfants aujourd'hui m'ont montré ce qu'est la vraie résilience. Leur force, leur capacité à garder l'espoir malgré les épreuves, me touche profondément. Ils m'ont ouvert les yeux : je ne suis pas seule à porter des fardeaux, mais je peux choisir comment avancer avec eux.

Lorsque nous rentrons enfin, je ressens une impulsion soudaine. Je sais qu'il est tard, que le moment est peut-être un peu imprévu, mais je m'approche de Liam et, avant de trop réfléchir, je le prends dans mes bras. Mon cœur bat plus vite contre ma poitrine, chaque battement vibrant d'un mélange d'émotions que je peine à contenir. L'instant est à la fois intime et chargé d'une émotion presque palpable, comme si tout ce que je ressens trouvait enfin un exutoire. Tant pis s'il se recule ou me regarde avec étonnement. J'ai besoin de ce moment, de cette étreinte, pour lui dire ce que je n'arrive pas à exprimer avec des mots.

Je le sens se raidir un instant, surpris, mais il ne se recule pas. Ses bras se referment doucement autour de moi, et nous restons là, l'un contre l'autre, en silence, dans une étreinte qui vaut bien plus que n'importe quel remerciement.

— Fait de beaux rêves, Liam, dis-je en me détachant lentement, le cœur léger mais plein de reconnaissance.

Il me sourit, ses yeux pétillant de cette douceur et de cette bienveillance qui me touchent plus que tout.

— Toi aussi, Mia, répond-il, visiblement troublé par le rapprochement qu'il vient d'avoir entre nous.

Alors que je rentre chez moi, je sens que quelque chose en

moi a changé. Peut-être une nouvelle force, un espoir différent. Mais une chose est sûre : cette journée a laissé une empreinte profonde dans mon cœur.

♥ Jour 16 - Liam

Une douce tristesse flotte dans l'air. Ce n'est pas désagréable, juste une sensation d'inachevé, de quelque chose que j'ai envie de dire sans savoir comment. Aujourd'hui, j'ai décidé de montrer à Mia une part de moi que je n'ai jamais vraiment partagée. Je l'amène à Everville, la ville d'où je viens. J'ai envie qu'elle voie ces endroits qui ont façonné qui je suis, des lieux chargés de souvenirs, de rires, de regrets... des bouts de vie qui m'ont fait devenir cet homme qu'elle connaît aujourd'hui.

Je lui ai donné rendez-vous plus tôt que d'habitude. Elle m'a envoyé quelques messages en râlant, se plaignant de ce réveil aux aurores, et rien que d'imaginer sa moue boudeuse, j'en souris déjà. Elle va sûrement me charrier tout le trajet, grogner un peu en somnolant, mais au fond, je sais qu'elle sera là. Parce qu'elle est comme ça, Mia.

Je me prépare lentement, encore fatigué par la journée d'hier. Repousser mes limites pour voir le bonheur sur le visage des enfants en valait largement la peine, mais mon corps me rappelle qu'il a ses limites. Je passe une main sur mon visage, cherchant à chasser les ombres de la nuit qui se sont accrochées à mes traits. Ces matins sont devenus plus difficiles, comme si chaque instant de bonheur coûtait quelque chose en retour. Une partie de moi se demande combien de temps je pourrai maintenir cette façade sans craquer. Avant de partir, je glisse discrètement quelques médicaments dans ma poche, juste au cas où. Une petite assurance pour moi-même.

Alors que je quitte mon appartement, je ressens un mélange d'impatience et d'anxiété. Montrer ces lieux à Mia, c'est comme lui tendre les clefs de mon cœur, lui donner accès aux pièces de moi qui me semblent les plus vulnérables. Mais elle le mérite. Plus que n'importe qui.

En arrivant, je la vois. Mia est là, assise, les yeux mi-clos et les cheveux un peu en bataille, son air bougon typique des matins où elle aurait volontiers dormi une heure de plus. Un sourire étire mes lèvres malgré moi, et je m'approche, tenant un café pour adoucir le réveil.

— Salut, Mia ! Tu vas bien ? dis-je en tendant le gobelet vers elle.

Elle prend le café en me jetant un regard semi-assassin, mais amusé.

— Salut, Liam. Comment dire… j'ai dû me lever beaucoup trop tôt pour toi, alors j'espère que cette journée va vraiment valoir le coup.

Je ris, sortant aussi un croissant encore tiède de mon sac et le lui tendant.

— Je m'attendais à cette petite tirade matinale, répondé-je en souriant. Tiens, prends ça. Peut-être que tu m'en voudras un peu moins après quelques bouchées.

Elle attrape le croissant et croque dedans sans hésitation, avec ce plaisir simple qui fait que je pourrais la regarder pendant des heures.

— On verra, dit-elle sa voix à peine audible, encore endormie. Alors, qu'est-ce qui justifie ce lever à l'aube ? C'est quoi le programme ?

Je prends une inspiration, essayant de ne pas trop montrer mon propre trouble.

— Tu me dis souvent que je garde trop de choses pour moi, que je te laisse seulement entrevoir des morceaux. Alors aujourd'hui, je vais t'emmener là où tout a commencé pour moi. Ces lieux qui ont marqué mon parcours… qui m'ont fait devenir celui que je suis aujourd'hui.

Un éclair d'excitation passe dans ses yeux, et elle me fixe, comme si elle essayait de voir au-delà de mes mots.

— Oh, maintenant j'ai vraiment hâte ! dit-elle, un sourire sincère se dessinant sur ses lèvres, toute son irritation oubliée.

Nous montons dans la voiture, et dès que je démarre, je sens l'impatience de Mia s'intensifier. Elle ne tient pas en place, ses mains jouant nerveusement avec le bord de son gobelet de café. Ses yeux sont pleins de questions, mais elle me laisse tranquille pour l'instant, même si je sais qu'elle ne pourra pas résister longtemps.

La route s'étend devant nous, et le silence est confortable. On parle de tout et de rien, des chansons à la radio, du ciel qui se teinte lentement de bleu clair, comme si la journée prenait son temps pour se réveiller, tout comme Mia. Mais je sens que chaque minute qui passe la rend plus impatiente, comme une bombe prête à exploser.

— Alors, on va où en premier ? demande-t-elle soudain, rompant le silence, sa voix teintée d'excitation. C'est un endroit de ton enfance ?

Je souris en coin, savourant un instant le fait de pouvoir la tenir en haleine.

— Patience, Mia, dis-je en jetant un coup d'œil rapide vers elle, amusé. Tu verras bien.

Elle grogne, feignant l'exaspération, mais je vois bien qu'elle aime ça — ce suspense, cette promesse de découvertes. Je devine qu'elle s'attend à une journée spéciale, et je sens la pression monter un peu. J'espère que je pourrai être à la hauteur de ce que j'ai prévu.

Elle finit par détourner le regard vers la route, un sourire espiègle jouant sur ses lèvres. La lumière du matin éclaire doucement son visage, et dans ce moment volé, alors qu'elle regarde au loin, je réalise combien elle est importante pour moi.

Notre première étape est une petite école primaire, un bâtiment aux briques délavées qui semble à la fois modeste et chargé de souvenirs. L'odeur persistante de la craie et de l'herbe fraîchement coupée flotte dans l'air, me ramenant instantanément aux matins où la cour résonnait des rires enfantins.

Alors que nous nous approchons, une vague de nostalgie m'envahit, plus intense que je ne l'aurais imaginé. Les fenêtres, les portes, les murs — tout ici a gardé une part de ce que j'étais, de ce que j'avais espéré à l'époque.

— Voilà, c'est ici que j'ai passé mes premières années d'école, dis-je en souriant, un peu surpris par l'émotion qui me gagne.

Mia balaye l'endroit du regard, comme si elle tentait de capturer chaque détail, chaque morceau de ce passé que je m'apprête à lui dévoiler.

— Ça doit te rappeler beaucoup de souvenirs, murmure-t-elle, son ton doux et curieux, ses yeux se posant sur chaque recoin de la cour.

Je hoche la tête.

— Oui… des souvenirs de jeux, de premiers amis, de ces petites choses qui te marquent sans que tu le réalises. De moments où tout semblait possible.

Nous marchons lentement dans la cour de l'école, où le gravier crisse sous nos pas. Chaque mouvement soulève une fine poussière qui danse dans le léger courant d'air. Mes souvenirs s'éveillent à chaque pas, transportés par le murmure distant d'un ballon rebondissant quelque part et par l'écho fantôme d'appels de camaraderie. L'odeur aigre-douce des mûres qui poussaient le long du grillage me frappe soudain, ramenant une vague de nostalgie.

Je m'arrête près d'un vieux chêne imposant, dont les racines semblent s'ancrer aussi profondément dans mes souvenirs que dans le sol.

— Je me souviens de ce coin-là, dis-je en souriant et en posant ma main sur l'écorce rugueuse. C'était notre repaire secret. On se cachait là pendant les récréations, comme si le monde nous appartenait. On échangeait des trésors... et des histoires inventées, des promesses qui semblaient réelles.

Mia rit doucement, et je vois son regard s'illuminer de cette curiosité tendre qui me touche toujours. Elle lève la main et effleure le tronc du vieux chêne.

— C'est fou, dit-elle dans un souffle, comme si elle avait peur de rompre la magie de l'instant. De voir tout ça... ça me donne presque l'impression de rencontrer le petit garçon que tu étais.

Je souris, légèrement déstabilisé par la justesse de ses mots. Ce petit garçon qui croyait aux aventures et aux promesses cachées dans les branches d'un arbre. Et dans ce regard, dans la façon dont elle comprend cet endroit sans que je n'aie besoin de trop en dire, je me rends compte qu'elle est peut-être celle à qui je peux réellement confier ces morceaux de moi.

— Alors, tu étais déjà ce petit garçon avec la tête pleine de récits épiques ? demande Mia, amusée, un sourire en coin.

Je hoche la tête, un sourire qui s'étire malgré moi.

— Oh oui, je passais mon temps à inventer des histoires. On

se prenait pour des pirates, des aventuriers… des héros dont la mission était toujours la plus importante du monde. Chaque jour, on inventait un nouveau chapitre.

Nous continuons à marcher, et je me laisse emporter, lui racontant des anecdotes d'enfance, des journées passées à tout transformer en aventure. Il y avait quelque chose d'invincible, de parfait dans cette époque.

— Une fois, on a même décidé de construire une cabane dans les arbres, dis-je en désignant un vieux chêne. On avait récupéré quelques planches, des couvertures que nos parents n'avaient pas encore découvert qu'on leur avait empruntées… C'était notre grand projet, notre « château » !

Mia rit, se tournant pour mieux voir cet arbre ancien qui avait gardé, pour moi, les traces invisibles de nos escapades.

— Sérieusement ? Ça a tenu combien de temps, votre chef-d'œuvre ?

Je lève les mains, comme pour m'excuser.

— Eh bien… une semaine, pas plus ! dis-je en riant. La cabane s'est effondrée dans un bruit énorme et on s'est retrouvé le derrière dans la terre. Mais ce qui comptait, c'était que, pendant une semaine, on avait notre propre forteresse. Et peu importe si elle n'a pas duré, on y croyait.

Mia s'arrête, un sourire tendre qui s'adoucit au fur et à

mesure que je parle.

— C'est tellement toi ! Un peu maladroit, mais avec des projets tellement fous que, franchement, je me demande comment tu n'as pas déjà conquis le monde !

Je la regarde, un peu surpris, un peu ému. Cette façon qu'elle a de tout comprendre, sans jugement, comme si elle avait toujours su qui j'étais. Elle sourit et se penche vers moi, son visage illuminé par cette curiosité qui me fait craquer.

Elle ne le sait peut-être pas, mais avec elle à mes côtés, j'ai l'impression que, oui, tout est encore possible.

— Tu avais l'air d'avoir une enfance pleine de magie et d'aventures, murmure Mia en me regardant comme si elle voyait cet enfant que j'étais encore un peu. Ça a dû être merveilleux, dit-elle, sa voix douce mais emplie de curiosité.

Je hoche la tête, un sourire mélancolique étirant mes lèvres.

— Oui… à l'école, du moins. Ici, j'étais juste un gamin ordinaire qui vivait des aventures dans la cour de récré. Ici, je n'avais pas peur de mon père et de… sa colère.

Elle m'observe, et je sens cette question silencieuse dans ses yeux, comme si elle cherchait à comprendre ce que mes mots cachent. Mia a cette manière d'écouter, vraiment, comme si chaque détail comptait, même les silences.

— Je suis désolée, Liam. Ça ne devait pas être facile de

porter tout ça, et de cacher tout le reste en même temps, dit-elle d'une voix douce, comme si elle mesurait la douleur de chaque souvenir.

Je hausse les épaules, tentant d'adoucir le poids de ce que je ressens.

— Non, ce n'était pas facile… mais à l'époque, je gardais le secret parce que, malgré tout, je l'aimais, mon père. Même quand sa colère prenait toute la place, même quand j'avais envie de m'enfuir… Je voulais encore croire en lui, dis-je, réalisant à quel point ce besoin d'avoir une famille unie avait façonné mes silences.

Elle ne répond rien, mais je vois son regard s'adoucir, ses yeux exprimant cette compassion qui me touche, bien plus que je ne le montre. Mia pose une main légère sur mon bras, un geste incroyablement réconfortant. Et pour la première fois, je me sens prêt à lui laisser voir ces fragments de mon passé, sans honte ni masque.

Nous nous arrêtons près d'un vieux banc en bois, celui qui a dû entendre bien des secrets d'enfants et des rires étouffés. Je m'assieds, les souvenirs s'entremêlant dans mon esprit. Mia prend place à côté de moi, ses yeux rivés aux miens, remplis d'une curiosité douce et patiente, celle qui fait que je pourrais lui parler de n'importe quoi, même de ce petit garçon que j'étais.

— Raconte-moi une autre histoire, dit-elle doucement, avec cette voix qui me fait toujours baisser la garde.

Je respire, cherche dans mes souvenirs, et un sourire m'échappe.

— Un jour, on était partis en sortie scolaire pour étudier la faune et la flore, dis-je, me rappelant ce moment si clairement que je peux presque sentir l'odeur de la rivière. On longeait les berges quand une grenouille a sauté juste devant moi. C'était mon moment ! Je l'ai attrapée et je l'ai exhibée devant tout le monde comme si je venais de capturer un trésor inestimable.

Mia éclate de rire, et ses yeux brillent en m'imaginant, gamin intrépide, faisant le fier avec une grenouille dans les mains.

— Je peux tellement imaginer la scène, dit-elle, hilare. Et alors ? Toute la classe était émerveillée ?

— Les autres enfants, oui. Ils étaient fascinés, prêts à croire que j'avais découvert quelque chose de magique. Mais la maîtresse, elle… un peu moins ! Elle m'a regardé avec un mélange de panique et d'indignation. Elle a crié, « Liam, pose cette grenouille tout de suite ! » Mais, évidemment, ça n'a fait qu'attirer encore plus l'attention sur moi. Je m'étais bien dit que j'allais être puni cette fois-là, mais comment punir un enfant qui découvre la nature, hein ?

Mia rit de plus belle, se penchant en arrière et secouant la tête.

— J'adore cette idée de toi, un petit aventurier. Il n'a pas changé, ce gamin-là.

Je me tourne vers elle, soudain frappé par la justesse de ses mots. C'est vrai, en quelque sorte, cet enfant intrépide et curieux est toujours là, à chercher la magie là où personne ne la voit. À chercher quelqu'un comme elle, peut-être.

Elle remarque mon silence et m'observe, son sourire s'adoucissant.

— Tu sais, dit-elle en me regardant droit dans les yeux, il n'y a pas beaucoup de gens qui voient les choses comme toi.

— Donne-moi ta main, on va voir un autre endroit, dis-je, tendant la main vers elle.

Mia hésite à peine avant de glisser ses doigts entre les miens. Sa main est douce et chaude, et un frisson me traverse. Ce contact, chargé de significations, me donne la force de l'emmener dans ce lieu que je n'ai pas visité depuis des années.

Nous sortons de la cour de l'école et marchons vers un petit parc, pas très loin de là. À mesure que nous approchons, une vague d'émotion me submerge. C'est comme si les années n'avaient pas passé, comme si je redevenais ce petit garçon qui venait ici, main dans la main avec sa mère, cherchant refuge dans ce coin de tranquillité.

Le parc est tel que je m'en souviens : les grands arbres offrent leur ombre bienveillante, leurs feuilles bruissant sous la caresse du vent. Une légère odeur de pin et de terre humide flotte dans l'air, mêlée au parfum sucré des fleurs qui bordent les sentiers. Les grincements d'une balançoire quelque part résonnent doucement, ajoutant une note mélancolique à l'ambiance. Les bancs, marqués par le temps, semblent attendre patiemment, gardiens silencieux de mille souvenirs et secrets chuchotés.

— Ce parc a toujours été spécial pour moi, dis-je en balayant l'endroit du regard. Ma mère m'y emmenait souvent. On passait des après-midis entiers à se promener… pour éviter d'être là quand mon père rentrait du bar.

Mia me fixe avec cette douceur dans les yeux, celle qui ne juge pas, qui ne questionne pas, mais qui accueille, simplement.

— Ça a dû être difficile, murmure-t-elle, et sa voix est pleine de tendresse.

— Oui… mais elle avait ce don, tu sais ? Cette capacité à rendre chaque moment magique, même quand les choses allaient mal, dis-je, le regard perdu dans le souvenir de ces instants volés à la peur.

Nous marchons lentement, le silence entre nous rempli de nostalgie et de réflexions silencieuses. Les bruits du parc, le bruissement des feuilles, le chant des oiseaux... tout semble résonner comme un écho du passé. Je m'arrête soudain devant un banc en bois près d'un parterre de fleurs, le cœur serré.

— Je me souviens d'une fois, commence-je, un sourire nostalgique étirant mes lèvres malgré la douleur de l'absence. Nous étions assis sur ce banc-là, dis-je en pointant le vieux banc. Elle m'a raconté l'histoire de sa propre enfance, de comment elle venait ici avec ses parents.

Mia s'assied sur le banc, ses yeux pleins de curiosité et de tendresse. Elle tapote la place à côté d'elle, m'invitant à la rejoindre. Je m'installe à côté d'elle, et pendant un instant, c'est comme si le passé et le présent se mélangeaient.

— Elle m'avait dit que ce parc était un peu comme son refuge. Que, peu importe ce qui se passait dans sa vie, ici, elle pouvait respirer. Oublier ses soucis, juste quelques heures, dis-je, la voix pleine de cette même nostalgie qui flotte dans l'air autour de nous.

— Ça a dû être un endroit vraiment important pour vous deux, dit Mia doucement, le regard fixé sur le parterre de fleurs qui danse sous la brise.

— Oui. Et je pense que j'ai oublié ça. Oublié ce que c'était de se sentir en paix, d'apprécier ces moments simples.

Je tourne la tête vers elle, et elle me regarde avec une intensité qui me coupe le souffle.

On reste là un moment, sans bouger, comme si le silence autour de nous faisait partie de la conversation.

— Peut-être qu'il est temps de retrouver cette paix, Liam, murmure-t-elle. De te donner la permission de la ressentir à nouveau.

Je laisse ses mots flotter dans l'air.

— Oui, possible, dis-je enfin.

Elle me lance un regard doux.

— Merci de me faire partager tout ça, de t'ouvrir à moi.

Je m'assois un peu plus confortablement, cherchant les mots, puis je me tourne vers elle.

— Un jour, tu m'as demandé comment je faisais pour être courageux. Franchement, il n'y a pas de recette. On vit tous des moments difficiles, et ces épreuves… elles finissent par nous construire. Ma vie n'a pas été simple, loin de là, mais je suis là. Tout ce que j'essaie de te montrer, c'est que chaque personne porte sa part d'ombre, et que le courage, le vrai, c'est de ne pas se laisser guider par elle. De lui faire face. Et dans ton cas, de pas la laisser te pousser à… à tout abandonner.

Elle inspire doucement, comme si elle cherchait les mots.

— J'en ai pris conscience, oui. J'ai été… submergée par la douleur, je m'en rends compte aujourd'hui. J'ai fui au lieu de me battre. Mais maintenant, je sens que je suis plus forte. Et c'est grâce à toi.

Un sourire monte sur mes lèvres.

— Ce pacte n'était donc pas si stupide, hein ?

Elle secoue la tête, un sourire sincère.

— Loin de là, Liam. Loin de là.

Je sens un poids se lever et me redresse, m'étirant.

— Bon, avant qu'on se mette tous les deux à pleurnicher, prête pour un bond direct dans mes années lycée ?

Elle éclate de rire.

— Allez, je te suis !

Je la guide vers un café que je fréquentais tout le temps pendant mes années de lycée. Dès qu'on entre, l'odeur riche du café fraîchement moulu et les notes de bois ciré m'engloutissent dans un retour vers cette époque. L'endroit n'a presque pas changé : les mêmes tables en bois, les murs couverts de vieilles photos en noir et blanc, cette lumière douce filtrant par les grandes fenêtres. C'est comme si ce lieu m'accueillait à nouveau, me rappelant d'anciennes versions de moi-même.

Je repère rapidement notre vieille table dans le coin.

— C'est ici que je passais mes heures à étudier… ou du moins, à essayer d'avoir l'air studieux, dis-je en souriant.

Mia regarde autour d'elle, absorbant l'ambiance.

— C'est tellement charmant. Je comprends pourquoi tu aimais cet endroit.

On s'installe à une table près de la fenêtre, celle où j'ai passé tant d'heures, et on commande des boissons chaudes. En buvant nos cafés, les souvenirs du lycée défilent entre nous. On parle des rêves d'ado, des chemins imprévus, des années qui nous ont façonnés. Elle rit en découvrant des anecdotes, parfois touchantes, parfois ridicules.

Je lui désigne une autre table près de la fenêtre.

— Tu vois celle-là ? C'est là que j'ai invité Suzy Witmor à sortir avec moi.

Elle lève un sourcil, amusée.

— Et elle a dit oui ? demande-t-elle.

— J'ai pris un râteau monumental, mais au moins j'ai osé.

Mia éclate de rire, me jetant un regard taquin.

— Pauvre de toi. Je compatis vraiment…

— À d'autres, ricane-je, sachant bien qu'elle savoure l'histoire.

Elle prend une gorgée de son café, les yeux brillants d'amusement.

— Promis, j'ai un peu de compassion pour le jeune Liam.

L'après-midi avance et, peu à peu, la fatigue commence à s'installer, me pesant de plus en plus. Le café a un goût amer aujourd'hui, un contraste ironique avec la chaleur des souvenirs partagés. Une pointe lancinante se loge à l'arrière de mon crâne, me rappelant que je n'ai plus l'énergie insouciante de mes quinze ans. La douleur est comme un avertissement que mon corps refuse de taire. Mia me regarde, ses yeux s'assombrissant d'inquiétude dès qu'elle capte l'expression sur mon visage.

— Liam, ça ne va pas ? Tu as l'air… épuisé, chuchote-t-elle, presque comme si elle savait que je cachais quelque chose.

Je tente de minimiser.

— Juste un petit mal de tête, c'est sûrement toute cette nostalgie qui se bouscule là-dedans, plaisanté-je, tapotant ma tempe pour lui donner le change.

Elle plisse les yeux, pas du tout convaincue.

— Liam, tu sais que ton humour ne fonctionne pas pour ça. Dis-moi si tu n'es pas bien.

Je force un sourire, essayant de la rassurer.

— Je vais bien, Mia. Juste besoin de me passer un peu d'eau fraîche sur le visage. Je vais aux toilettes, et on repart ensuite, d'accord ?

Elle hésite un instant, puis soupire, résignée.

— D'accord, mais ne joue pas les héros.

Dans les toilettes, je me penche sur le lavabo et inspire profondément. La douleur devient lancinante, et un étourdissement se mêle à la sensation. Je glisse la main dans ma poche et en sors les cachets que j'avais pris en cas de besoin. Je les avale rapidement, fermant les yeux pour tenter de retrouver un semblant d'équilibre. *« Allez, respire, reprends-toi, »* me murmuré-je à moi-même, tentant de refouler cette fatigue oppressante. Un instant, l'image de Mia, assise dehors, inquiète et guettant mon retour, traverse mon esprit. Je ne peux pas la laisser voir ça. Pas maintenant. Elle mérite de croire que je suis celui sur qui elle peut compter, et non une source d'inquiétude supplémentaire. Admettre ma faiblesse, c'est risquer de lui montrer que même moi, je vacille parfois.

Le trajet de retour se passe dans un silence inhabituel. Mia me jette des coups d'œil, tendue, ses regards remplis de questions, et toutes les deux minutes, elle murmure un *"Ça va ?"* auquel je réponds par un faible sourire, essayant de la rassurer sans vraiment y parvenir. Même dans ses inquiétudes, même dans son obstination parfois pénible à ne rien laisser passer, elle est tout ce que j'aime.

En arrivant devant chez elle, j'ai un pincement au cœur de ne pas aller débriefer notre journée au banc, comme on le fait d'habitude. Mais l'épuisement est un poids écrasant, et rester éveillé devient une lutte.

— Je suis désolé de rentrer directement, Mia. Ce n'est vraiment pas mon genre…, dis-je, ma voix plus faible que je ne l'aurais voulu.

Elle incline la tête, un sourire doux mais inquiet aux lèvres. Elle semble sur le point de parler, puis se ravise, comme si elle pesait chaque mot. Finalement, elle tend la main et effleure brièvement mon bras, son contact laissant une chaleur rassurante derrière lui.

— Ne t'en fais pas. Je comprends. Tu as eu une semaine intense. C'est à cause de moi que tu es aussi épuisé ?

Je prends sa main, tentant de transmettre toute la sincérité que j'ai.

— Non, ne pense pas ça. Cette semaine, je n'ai eu que des moments de bonheur grâce à toi. J'ai mal dormi, c'est tout, rien de grave.

Elle me fixe, toujours sceptique.

— Hmmm… peut-être, acquiesce-t-elle, mais d'un ton qui me fait comprendre qu'elle n'est pas entièrement convaincue.

Mais promets-moi de te reposer vraiment, Liam.

Je souris, retenant la douleur lancinante qui martèle mes tempes.

— Promis. Allez, dors bien, Mia.

— Bonne nuit. Essaie de dormir cette fois, d'accord ?

Je hoche la tête, lui adressant un dernier regard avant de me diriger vers mon appartement. Une fois à l'intérieur, la fatigue me submerge totalement. Je suis presque incapable de retirer mes chaussures en m'effondrant sur mon lit, mes pensées flottant un instant sur la journée, sur son sourire… puis, plus rien.

♥ Jour 17 - Mia

En me réveillant ce matin, une sensation de culpabilité me serre le cœur. Je ne peux m'empêcher de penser à Liam et à l'épuisement qui se lit de plus en plus sur son visage. Il m'assure à chaque fois que ce n'est pas ma faute, mais comment ne pas me sentir responsable ? Chaque jour, il se démène pour organiser des moments inoubliables, des activités qui me rappellent la beauté de la vie et de ce qu'elle peut offrir. Et en échange… il semble payer ce bonheur au prix de son énergie.

Je me lève et me prépare lentement, perdue dans mes pensées. J'ai envie de croire qu'il a prévu une journée un peu plus tranquille, un moment où il pourrait lui aussi se détendre et recharger ses batteries. Peut-être qu'on pourrait juste passer du temps ensemble, sans courir d'une activité à une autre.

Je choisis une tenue simple et confortable, m'arrêtant un instant pour observer mon reflet dans le miroir. J'ai changé, c'est indéniable. Mon visage est plus détendu, mes yeux moins lourds. Il a réveillé quelque chose en moi que je pensais à jamais enfoui.

En le voyant m'attendre, un sourire aux lèvres, je ne peux m'empêcher de remarquer une nouvelle fois sa grande fatigue. Ses traits semblent tirés, sa peau est d'un teint pâle presque inquiétant, et ses cernes sombres ne cachent en rien la fatigue qui l'accable. Je me rends compte que, sans lui, ce sentiment de légèreté que j'ai retrouvé pourrait s'évanouir aussi vite qu'il est revenu. Pourtant, il continue de sourire comme s'il portait le poids du monde sans broncher.

— Mia, dit-il avec cet enthousiasme qui lui est propre. Aujourd'hui, je t'emmène dans un endroit unique, rempli d'histoire et de mystères.

Je m'approche de lui, inquiète, et ne peux retenir ce qui me traverse l'esprit.

— Liam, tu as l'air si… fatigué. Honnêtement, tu me fais presque peur avec cette tête-là.

Il tente d'en rire, secouant la tête comme pour chasser mon

inquiétude.

— Dis que je suis moche pendant que tu y es !

— Bon, je ne dis pas que tu es *moche*, mais ce teint blafard, sérieux, on dirait un zombie. Liam, je m'inquiète vraiment là.

Il hausse les épaules, jouant la désinvolture.

— Mia, je passe juste quelques nuits blanches. C'est le cas de beaucoup de gens, tu sais. On peut survivre sans sommeil, promis.

Je lève les yeux, sceptique.

— Ces cernes et ce teint pâle, ça m'étonnerait que ce soit juste du manque de sommeil. On peut très bien rentrer si tu en as besoin.

Il secoue la tête, visiblement déterminé.

— Non, je t'assure, ça va aller, et j'ai hâte de te montrer cet endroit. S'il te plaît, chaque journée est importante.

Je cherche ses yeux, à la recherche d'un signe qu'il se confiera peut-être. Mais il détourne le regard, et je sens la barrière qu'il érige entre nous. Dois-je insister et risquer de briser ce moment ou accepter son choix et taire mes peurs ? Cette hésitation me ronge, mais je décide de le suivre, espérant qu'il finira par parler de lui-même.

— D'accord, mais je te préviens, si je vois que ça ne va pas, on rentre plus tôt et tu dors, compris ?

Il esquisse un sourire amusé.

— Oui, maman.

— Très drôle, ne fait pas le malin, répliqué-je en croisant les bras.

Son sourire se fait plus doux, presque reconnaissant, et cela suffit à me convaincre pour l'instant. Peut-être que cette journée lui fera aussi du bien, finalement. Il m'invite à le suivre, son visage s'illuminant d'excitation.

— C'est parti pour l'exploration de la vieille ville « Ayéli » pleine de secrets et de mystères.

Je hausse les sourcils, l'idée m'intriguant malgré moi.

— Dans ce cas… on y va, guide-moi, explorateur !

Nous montons dans la voiture, mais un détail me frappe immédiatement : chaque mouvement de Liam semble mesuré, presque ralenti, comme si le moindre effort lui coûtait. Mon inquiétude persiste, mais je le garde pour moi, espérant que la magie de cette journée l'allégera plutôt que de l'épuiser.

En arrivant dans cette vieille ville, mes yeux s'écarquillent de surprise. Les ruelles pavées semblent nous accueillir comme des témoins d'une autre époque. L'odeur des croissants fraîchement sortis du four flotte dans l'air, et les façades des maisons en pierre usée par le temps me rappellent des photos anciennes qu'on retrouve dans les livres de contes.

— Regarde ces rues, Mia, dit-il en désignant une ruelle étroite qui semble serpenter sans fin. Elles ont traversé des siècles et doivent regorger d'histoires que nous n'imaginons même pas.

Je suis émerveillée, et mes pas se font plus légers.

— On se croirait dans un roman. C'est incroyable… même l'air a quelque chose de spécial ici.

Liam sourit doucement, visiblement ravi de ma réaction, et nous continuons d'avancer, choisissant de nous perdre dans ces ruelles, comme des explorateurs modernes. Nous nous arrêtons presque à chaque coin de rue, découvrant des endroits secrets comme si la ville les dévoilait spécialement pour nous : une fontaine solitaire au centre d'une minuscule place fleurie, une église si ancienne qu'elle en est devenue une œuvre d'art à elle seule, des petites boutiques d'artisans où chaque objet semble avoir une histoire.

— Regarde cette place ! dis-je en me figeant devant une fontaine en pierre, ornée de sculptures tellement détaillées qu'elles semblent prêtes à s'animer. C'est comme si elle cachait quelque chose…

— Oui, c'est comme si chaque rue avait son propre mystère à offrir, répond Liam en ajustant son appareil pour prendre une photo. On devrait immortaliser chaque instant.

Je l'observe un moment, absorbé par le cadrage, la concentration adoucissant ses traits et rendant son visage momentanément paisible. Malgré la fatigue évidente, un éclat dans ses yeux rappelle l'homme audacieux et généreux qui m'a redonné goût à la vie.

Il me regarde, sourire en coin.

— Bon, on continue ?

— Oui !

Nous continuons notre exploration, nous arrêtant souvent pour admirer les détails architecturaux. Les balcons en fer forgé, les volets colorés et les façades ornées de fresques racontent l'histoire de ce lieu. Chaque détail semble raconter une histoire ancienne, remplie de vie et de passion.

— Oh la la ces fresques, dis-je en pointant du doigt une maison aux murs décorés de peintures vives. Un véritable musée à ciel ouvert.

— Et ces boutiques, ajoute Liam en désignant une rangée de petites échoppes. On dirait des cavernes d'Ali Baba.

— Viens allons voir dans celle-ci, réplique Mia.

Nous avançons lentement dans la boutique, touchant les tissus et observant chaque détail des pièces exposées. La chaleur de l'endroit et les couleurs vives autour de nous créent une atmosphère réconfortante, comme si ce lieu nous murmurait des histoires venues d'un autre temps.

Liam tient une petite sculpture d'oiseau en bois avec délicatesse, comme s'il craignait de le briser en plein vol.

— Il représente la liberté, dit-il en souriant.

Il effleure l'aile de l'oiseau du bout des doigts, son regard se perdant un instant dans un souvenir que je ne connais pas. Je devine qu'il choisit cet oiseau pour une raison qui va au-delà de la simple beauté de la sculpture. Peut-être qu'il se voit en lui, un être qui aspire à la liberté malgré le poids invisible de ses chaînes. Il laisse échapper un léger soupir, comme si cette liberté lui semblait à la fois proche et inatteignable.

Je passe un collier de perles autour de mon cou et me tourne vers lui. Les perles glissent doucement contre ma peau, chaque couleur vibrant d'une émotion particulière. Je remarque comment elles captent la lumière, se mêlant et se répondant, comme un écho aux multiples facettes de ce que je ressens ces jours-ci. Je me demande si ce collier est une manière pour moi de porter ces moments précieux, de garder un souvenir tangible de ce qu'il m'offre, même quand la peur de le perdre rôde.

— Ce collier est parfait sur toi, dit-il doucement. La façon dont les couleurs se mêlent... c'est exactement toi.

Je baisse les yeux, touchée par la douceur de son

compliment, et je sens une vague de chaleur monter en moi.

La propriétaire s'approche de nous, ses mains nouées devant elle, un sourire affectueux aux lèvres.

— Vous savez, ce collier a été conçu par une vieille amie à moi, elle lui a donné un nom : *Les Couleurs du Cœur*. Elle dit que chaque perle représente une émotion, un moment. Il n'y a pas deux colliers identiques, ajoute-t-elle.

Les mots de la propriétaire me touchent plus que je ne l'aurais cru. Chaque perle, une émotion, un moment… Je jette un regard à Liam et comprends pourquoi ce collier m'a attirée. Nos journées ensemble, les éclats de rire, les silences, les non-dits, tout cela est là, représenté par ces nuances uniques. Et lui, avec son oiseau en bois, semble s'accrocher à cette idée d'évasion, de légèreté que la vie ne lui permet pas souvent.

— Je crois que ce collier m'a choisie, dis-je en riant.

— Et cet oiseau m'a choisi, alors, répond Liam en souriant, soulevant la sculpture.

Nous sortons de la boutique avec nos trouvailles, continuant notre promenade à travers les ruelles pavées. Les habitants nous saluent avec des sourires amicaux, engageant des conversations chaleureuses.

— Bonjour, dit un vieil homme assis sur un banc, son visage ridé illuminé par un sourire. Vu vos visages émerveillés, je suppose que vous n'êtes jamais venu ici, j'ai raison ?

— Oui, c'est exact, répond Liam en souriant.

— Alors bienvenue à Ayéli, dit l'homme en hochant la tête. Prenez votre temps pour tout explorer, je vous conseil d'aller voir notre musée, il relate toute l'histoire de la ville, de sa construction à ses mythes.

Nous discutons avec d'autres habitants, écoutant leurs histoires et partageant des rires. Chaque rencontre enrichit notre expérience, nous donnant un aperçu de la vie locale et de la chaleur des gens.

En début d'après-midi, nous suivons le conseil du vieil homme et nous visitons le musée local. L'exposition principale est dédiée à l'histoire de la ville, avec des artefacts, des peintures et des documents anciens. Nous parcourons les salles, partageant nos impressions et nos découvertes.

— Regarde cette carte ancienne, dis-je en montrant une carte de la ville datant du 17e siècle. C'est fou de voir comment la ville a changé au fil des siècles.

— Oui elle s'est bien développée.

Nous passons des heures à explorer le musée, déambulant lentement à travers les expositions. Chaque salle nous transporte dans une époque différente, chaque pièce nous offrant une nouvelle perspective sur l'histoire et la culture de ce lieu.

— Cette peinture, dis-je en m'arrêtant devant un tableau représentant une scène de marché animé. Les détails sont incroyables. On dirait qu'on peut presque entendre les voix des marchands et sentir les épices.

Liam s'approche, ses yeux brillants d'intérêt.

— Oui, c'est fascinant.

Nous passons de salle en salle, complétement fascinés.

— Regarde cette sculpture, dis-je en m'arrêtant devant une pièce en marbre représentant une danseuse gracieuse. Elle est tellement expressive. On peut presque sentir le mouvement et l'émotion dans chaque courbe.

Liam sourit, ses yeux fixés sur la sculpture.

— C'est vrai.

Nous nous asseyons sur un banc près d'une grande fenêtre, admirant la vue sur les jardins du musée.

— Je suis vraiment content qu'on soit venus ici aujourd'hui, dit Liam doucement. C'est une très belle découverte.

— Oui j'aime beaucoup. Et là de voir toutes ces œuvres d'arts c'est fantastique.

Il me fixe, un silence presque insupportable prend place.

Ce moment, là, au musée, a tout d'une scène parfaite – sa main qui glisse doucement jusqu'à mon visage, le monde qui s'efface autour, son regard si intense que je pourrais presque y lire toutes les réponses aux questions que je ne pose pas. Son visage s'approche du mien, chaque centimètre rétrécissant l'espace entre nous semble chargé d'électricité. Mon cœur bat à tout rompre, comme un tambour désordonné, hurlant l'évidence de cet instant. Je retiens mon souffle, consciente que tout bascule, que chaque fibre de mon être attend cette seconde. Ses yeux cherchent les miens, brûlant d'une intensité troublante, et, juste au moment où nos lèvres sont sur le point de se frôler, il s'arrête. Son souffle chaud effleure ma peau, et un soupir indéfinissable lui échappe, brisant l'enchantement. Il recule doucement, laissant un vide qui résonne, la tension suspendue entre nous, encore palpable.

— Mia… je suis désolé, murmure-t-il, ses yeux pleins de contradictions.

Lorsqu'il s'écarte, un vide glacé s'installe entre nous. La déception m'envahit, brutale, presque douloureuse, mais je refuse de laisser mes émotions le submerger.

— Ah, bien sûr. L'éternel refrain : tu ne veux pas que je souffre, c'est pour mon bien, blabla…

Je lève les yeux au ciel, mais je sens ma voix trembler légèrement malgré moi.

—J'ai compris, Liam.

— Non, attends, murmure-t-il d'une voix grave, pleine de regrets. Ne le prends pas comme ça…

Je lâche un soupir, essayant de ravaler la vague de frustration qui me déchire.

— Liam, on ne peut pas continuer comme ça. C'est insupportable, cette distance que tu mets entre nous, comme si tu essayais de me protéger de quelque chose que je ne peux pas voir. Mais je le sens, Liam, et ça me dévore. Je veux tout vivre avec toi, même tes peurs.

Ses yeux sont remplis de désarroi, de tout ce qu'il aimerait dire, mais qu'il s'obstine à taire. Mon cœur se brise un peu sous la force de son silence, chaque seconde ajoutant au poids entre nous.

Finalement, je prends une grande inspiration, me reprenant comme je peux.

— Laisse tomber, je souffle, essayant de sourire malgré la douleur. On va faire en sorte de finir cette journée sans tout gâcher. D'accord ?

Liam hoche la tête, mais je sens son hésitation. Ses yeux cherchent les miens, comme s'il voulait dire quelque chose mais se ravisait au dernier moment. Ce silence, lourd de non-dits, me donne envie de combler l'espace, de parler, mais je n'ose pas. Parfois, le silence en dit bien plus long que les mots, et aujourd'hui, il hurle.

Nous quittons le musée, mais la tension entre nous est plus forte que jamais. Chacun de mes pas semble retentir avec cette frustration sourde, et je sens sa présence à mes côtés, si proche et pourtant si lointaine. Mon esprit hurle les mots que je n'ose pas prononcer, et j'ai l'impression que lui aussi est torturé par ce qu'il tait.

Le soleil effleure l'horizon, plongeant le parc dans une lueur dorée, paisible, propice à la réflexion. Nous retournons au banc, où l'ombre s'étire lentement à nos pieds. Liam s'assoit à côté de moi, jetant un coup d'œil en coin, comme pour sonder mes pensées.

— Alors, qu'as-tu pensé de notre exploration ? demande-t-il, d'une voix douce.

Je respire profondément, encore envahie par le tumulte de la journée.

— C'était incroyable. J'ai appris tellement de choses et j'ai adoré chaque instant… jusqu'au moment où…

Je m'interromps, la gorge serrée. Liam plisse les yeux.

— Mia…

— Oui, je sais, je murmure, mordant mes lèvres. Je ne vais pas m'excuser d'avoir des sentiments.

— Dis-toi que c'est mieux ainsi.

— Mieux ? Mieux pour qui, Liam ? C'est toi qui imposes ça ! Tu te moques bien de ce que je ressens, de ce que ça fait de vouloir te prendre dans mes bras, à chaque seconde, et de me sentir rejetée, encore et encore.

Son silence est un mur contre lequel mes mots s'écrasent.

— Mia, s'il te plaît…

— Non, là c'est trop, Liam ! craché-je, la voix tremblante.

— Mia… je…

Soudain, il se met à tousser. Pas une toux discrète, mais une quinte violente qui le secoue tout entier. Je me tourne vers lui, l'angoisse nouant mon estomac.

— Liam, ça va ? demandé-je, la voix tremblante.

Il essaie de répondre, mais sa toux s'intensifie, déchirant l'air comme une alarme. Puis, une éclaboussure de sang marque sa main tremblante, et la terreur s'empare de moi, glaciale.

— LIAM ! je crie, posant une main sur son épaule.

Il reprend une inspiration, mais son souffle reste court, laborieux. Il essuie discrètement sa main sur son jean, mais son visage est livide, les traits tirés par la douleur.

— Ce n'est… ce n'est rien, murmure-t-il, d'une voix rauque.

Mon regard se fige sur son visage, la panique s'insinuant

en moi telle une vague froide. Son teint livide et la toux violente éveillent en moi une peur ancienne et viscérale, celle de perdre quelqu'un d'essentiel. L'idée même qu'il minimise cela, comme si ce n'était qu'un détail, fait monter en moi un mélange de rage et de désespoir.

— Ce n'est pas normal, et tu le sais aussi bien que moi. Arrête de prétendre que tout va bien.

Il secoue la tête, sa mâchoire crispée, refusant l'inquiétude qui luit dans mes yeux.

— Non, vraiment… ça m'arrive parfois. Pas de quoi s'inquiéter.

Mais il a beau parler, je sens bien la gravité de ce silence, la distance qu'il tente de mettre entre nous pour cacher ce qu'il ne veut pas dire. Le soleil disparaît derrière l'horizon, et un froid inexplicable s'abat sur nous.

Il se lève lentement, comme si chaque mouvement lui coûtait un effort, et me tend la main. Son sourire est tendre, mais ses yeux trahissent quelque chose de plus sombre, quelque chose qu'il tente désespérément de dissimuler.

— Viens, rentrons, murmure-t-il.

Je glisse ma main dans la sienne, sentant sa chaleur, mais aussi sa fragilité. En silence, nous traversons le parc, les lumières de la ville se reflétant dans les flaques laissées par la pluie de la veille. Nos pas résonnent doucement, et je sens son rythme ralentir, comme s'il s'épuisait.

Arrivés à l'angle de notre rue, il s'arrête soudain, me fixant de ce regard intense qui m'a toujours fait chavirer.

— Mia, promets-moi quelque chose.

— Quoi donc ? demandé-je, troublée par l'urgence dans sa voix.

— Ne te fais pas de souci pour moi. Je gère… tout ça. Je te promets que tout ira bien, d'accord ?

Quand il me demande de ne pas m'inquiéter, un mélange de colère et de douleur me traverse. Comment ne pas m'inquiéter alors que chaque geste, chaque sourire forcé, me rappelle à quel point il semble épuisé ? Je me sens impuissante, prise dans un tourbillon d'émotions. J'ai envie de le secouer, de lui crier que je suis prête à tout entendre, même la vérité la plus sombre, tant que je ne suis pas tenue à l'écart.

Je garde le silence, alors que nous reprenons notre marche jusqu'à sa porte. Il me serre une dernière fois dans ses bras, longtemps, comme s'il imprimait ce moment dans sa mémoire.

— À demain ? dis-je, presque en implorant.

— Oui, à demain, répond-il, avant de refermer doucement la porte derrière lui.

Quelque chose dans la façon dont il a dit "à demain" m'a laissé une étrange impression, une sensation que la nuit elle-même semble absorber, lourde de secrets encore tus. Mon instinct me murmure que quelque chose m'échappe, que sous la façade rassurante de ses mots, une vérité se cache, prête à éclater à tout moment. Je reste là, le cœur battant, incapable de chasser cette angoisse sourde qui serpente en moi, comme un présage que je refuse de comprendre.

❤ Jour 18 - Liam

Je ne suis pas au mieux de ma forme ce matin. La fin de notre pacte approche, et malgré tout, je suis déterminé à tenir ma promesse, à aller jusqu'au bout. Aujourd'hui, j'ai organisé une journée de repos, une parenthèse de tranquillité que j'espère sincèrement bienvenue pour nous deux. Une journée pour souffler, pour nous retrouver un peu... pour que Mia ne se doute de rien.

Je me prépare lentement, conscient de chaque mouvement. La moindre action semble me rappeler la précarité de ma condition. Parfois, je me demande combien de temps il me reste à feindre la force, à repousser l'inévitable. Chaque battement irrégulier de mon cœur est un rappel cruel, un compte à rebours silencieux qui résonne en moi.

En descendant les escaliers, une lourdeur s'abat sur moi, et je m'arrête, le souffle court, mon cœur battant de façon irrégulière. Je serre les poings, repoussant la faiblesse avec une détermination farouche. Ce chemin que j'avais l'habitude de faire sans effort me semble soudain plus long, plus escarpé.

Lorsque j'arrive enfin, Mia est déjà là. Son visage, inquiet, se fige un instant en me voyant, puis elle se précipite vers moi.

— Liam ! s'exclame Mia en s'approchant rapidement. Comment tu te sens ? Tu m'as fait vraiment peur, hier !

Je lui adresse un sourire rassurant, bien que je sente encore la fatigue peser sur mes épaules.

— Ça va. Aujourd'hui, on va la jouer tranquille, d'accord ? Une journée de calme, ça nous fera du bien.

Elle acquiesce vivement, le soulagement passant dans ses yeux.

— Bien sûr que ça me va ! Si tu savais comme je m'inquiétais…

Je prends une inspiration avant de lui lancer un sourire complice.

— Alors… que dirais-tu d'un spa ?

Ses yeux s'illuminent, et elle laisse échapper un rire surpris.

— Oh, le bonheur !

Nous avançons lentement en direction du Spa Oceana, caché comme un trésor au bord de l'océan. Le roulis régulier des vagues frappe les rochers non loin, ajoutant une touche apaisante à l'atmosphère. Chaque pas m'en demande un peu plus, mais je me concentre sur Mia, sur le pacte que nous avons fait et la promesse qui me retient.

Aujourd'hui, rien d'autre n'a d'importance. Mais dans ce choix, il y a une amertume que je porte seul. Prétendre que tout va bien, alors que la vérité menace de me submerger, c'est une lutte constante. Combien de fois ai-je songé à lui dire la vérité, à l'alarmer pour qu'elle se prépare à l'après ? Mais je suis lâche. Je préfère préserver ce bonheur fragile, quitte à lui infliger une douleur plus grande plus tard.

À notre arrivée, le personnel d'Oceana nous accueille avec chaleur et simplicité, nous guidant avec des sourires vers notre première activité : un massage complet. L'air est imprégné d'un subtil parfum de lavande et de camomille, créant immédiatement une sensation de paix qui nous enveloppe.

Nous nous allongeons côte à côte sur des tables de massage, et je ferme les yeux alors que les mains expertes des masseurs commencent à délier les tensions dans mon dos. Chaque mouvement est précis et fluide, et je sens peu à peu la fatigue s'éloigner, remplacée par une sérénité inattendue. À côté de moi, j'entends Mia soupirer doucement, relâchant le poids de la veille. Le silence est entrecoupé seulement par le murmure des vagues, et je me laisse bercer, pour un moment, par cette tranquillité rare.

Je tourne légèrement la tête vers elle. Elle a les yeux fermés, les lèvres étirées en un sourire paisible. Mon cœur se serre, mais cette fois, c'est différent. La voir aussi détendue, aussi vulnérable, m'apaise d'une manière que je ne m'explique pas. Je sens mes propres doutes et ma fatigue se dissoudre un peu, comme si le simple fait de la voir apaisée me donnait de la force. C'est là tout mon dilemme : ce pacte, censé la guider vers la lumière, m'attache aussi à elle de façon inextricable. Plus les jours avancent, plus il m'est difficile de penser à la rupture qui viendra.

Je prends une grande inspiration, ma voix à peine un murmure sous le doux fracas des vagues et la musique qui flotte dans l'air.

— Mia, comment tu te sens ?

Elle ouvre les yeux, et je capte son regard. C'est comme si son regard seul portait des mots qu'elle n'avait jamais dits. Des mots de douceur, de reconnaissance, de quelque chose de plus profond que je n'ose nommer.

— Je me sens merveilleusement bien, Liam, dit-elle en me souriant.

Ce sourire… il me fait l'effet d'une vague qui me submerge, qui balaie tout ce que j'essaie de contrôler, de dissimuler. Je lui rends son sourire, sans vraiment pouvoir le retenir.

Je ferme les yeux, me demandant si je pourrais prolonger ce moment juste un peu plus, comme une parenthèse où tout semble possible.

Nous continuons de savourer le massage, chaque nœud de tension se défaisant peu à peu sous les mains expertes des masseurs. C'est comme si, à chaque pression, je pouvais sentir des morceaux de moi-même se libérer, des choses que je gardais enfouies. Les minutes s'effacent, se fondent les unes dans les autres, nous plongeant dans un état de relaxation si profond qu'il en devient presque irréel.

Alors que le massage touche à sa fin, je ressens un calme rare, un calme qui semble remonter de loin, du fond de quelque chose que je croyais oublier. La fatigue est toujours là, à l'affût, prête à reprendre sa place dès que ce moment de grâce s'achèvera, mais pour l'instant, elle est loin, comme reléguée à l'arrière-plan. Je respire profondément, cherchant à retenir cette sensation aussi longtemps que possible.

Je regarde Mia. Elle aussi semble transformée, comme si ce simple moment lui avait permis de poser un poids qu'elle portait sans s'en rendre compte. Et tout ce que je veux, c'est la voir comme ça, paisible, même si je dois me battre contre la fatigue pour prolonger ce moment juste un peu plus longtemps.

Les masseurs nous aident à nous redresser en douceur, et sans un mot, nous enveloppent dans des serviettes chaudes, avant de nous tendre des tasses de tisane fumante. Je prends une gorgée, sentant la chaleur se répandre en moi.

Je me tourne vers Mia, cherchant son regard.

— Ça fait du bien, hein ? murmuré-je, laissant un sourire apparaître.

Elle rouvre les yeux, et ce que je vois briller dans son regard m'ébranle presque.

— Oui, c'est incroyable comme je me sens bien. C'était exactement ce dont j'avais besoin.

Elle prend une autre gorgée, et je la regarde, absorbé. Mon propre sourire me surprend.

— Moi aussi, dis-je simplement.

On n'ajoute rien. On se contente de se regarder, un peu plus longtemps que nécessaire, comme si ce regard suffisait à tout dire.

Nous explorons les différentes installations du spa. On passe du sauna au hammam, puis aux bains à remous, chaque étape nous plongeant un peu plus dans cette sensation de bien-être profond, comme si le monde extérieur n'existait plus.

En début d'après-midi, on se retrouve dans une salle de relaxation, enveloppés dans des peignoirs moelleux. La lumière tamisée caresse la pièce d'une douceur enveloppante. Les coussins sont si confortables qu'on pourrait s'y endormir sans s'en rendre compte, et l'air est chargé d'un parfum d'huiles essentielles qui semble chasser la moindre trace de tension. Ici, tout inspire la paix.

On parle de tout et de rien, nos voix allégées par les rires, un contraste bienvenu après les émotions intenses des derniers jours.

— Je crois que je pourrais m'habituer à ce genre de vie, dis-je en me laissant tomber dans un canapé aussi doux qu'un nuage, un sourire étiré sur les lèvres.

Mia rit doucement, ses yeux pétillants comme des éclats de lumière.

— Moi aussi, répond-elle en s'installant près de moi. C'est presque trop beau… mais tellement agréable de se faire dorloter comme ça.

Je la regarde, et elle est si belle, si lumineuse. Elle semble presque irréelle, comme si cet endroit l'avait transformée, révélant un éclat que je n'avais encore jamais vu. Je sais que, dans mes efforts pour la protéger, je lui fais du mal, même si c'est la dernière chose que je souhaite. Un doux paradoxe.

Mes yeux se perdent dans les siens, et sans un mot, je me rapproche d'elle, chaque pas faisant battre mon cœur un peu plus fort. Il y a une intensité dans l'air, quelque chose de fragile et de puissant à la fois.

— Mia, je... je suis tellement heureux de pouvoir vivre ces moments avec toi.

Elle me sourit, un sourire doux, mais ses yeux, ancrés dans les miens, me disent bien plus. Il y a une chaleur, une tendresse sincère, et elle répond presque dans un souffle.

— Moi aussi, Liam.

On reste là, à se regarder sans rien dire, comme si ces quelques mots avaient révélé ce que l'on tait depuis si longtemps. Et dans ce silence, je me rends compte que tout ce que je redoute s'éloigne un peu. Il ne reste plus que ce moment, suspendu, fragile, et pourtant parfait.

Nos visages se rapprochent encore, et son souffle chaud effleure ma peau, me faisant frissonner. Mon cœur s'emballe, chaque partie de moi irrésistiblement attirée vers elle, comme si tout en moi n'avait attendu que ça. Puis, doucement, nos lèvres se rencontrent. Le baiser est tendre, léger, mais chargé de tout ce qu'on garde enfoui. À cet instant, tout disparaît autour de nous — les bruits, le monde, le temps.

Le baiser se prolonge, lent et précis, comme si on voulait s'imprégner de ce moment, le garder pour toujours. Quand enfin on s'éloigne, nos fronts restent collés l'un contre l'autre, et je sens un sourire s'étirer sur mes lèvres, sans pouvoir le retenir. Son regard est toujours ancré dans le mien, comme si elle ressentait la même chose, comme si elle comprenait tout.

Et là, dans ce silence parfait, il n'y a plus rien d'autre qui compte. Juste nous.

— Je... je suis tombée amoureuse de toi, murmure Mia, sa voix tremblant d'émotion.

Ses mots me frappent de plein fouet, et je sens mon cœur s'emballer, partagé entre une vague de bonheur pur et une douleur presque immédiate, comme une promesse que je ne pourrais pas tenir.

— Mia, je t'aime aussi.

Elle me sourit, un sourire doux et sincère, tandis qu'une larme roule doucement le long de sa joue.

— Alors, pourquoi on a attendu si longtemps pour se le dire ? demande-t-elle, un éclat dans son regard qui me fait vaciller.

Je prends une profonde inspiration, essayant de repousser

les émotions qui me submergent.

— Parce que… je ne devrais pas, Mia. Je ne veux pas te faire de mal.

Son regard plonge dans le mien, une lueur de compréhension et de tristesse brillant au fond de ses yeux.

— Peu importe ce que tu penses devoir me cacher. Laisse-moi goûter à ce bonheur, même si ce n'est que pour un instant. S'il te plaît… ne me refuse pas ça.

Je voulais la protéger, mais en essayant de la garder à distance, tout ce que j'ai fait, c'est lui faire du mal. Et maintenant ? N'est-ce pas égoïste de céder, de la laisser m'aimer alors que je connais la fin de l'histoire bien mieux qu'elle ?

Mais, en même temps… comment pourrais-je lui refuser cet amour ? Comment pourrais-je m'en priver, moi aussi, même si c'est pour un temps limité ? Elle mérite d'être aimée, pleinement, et moi… j'ai besoin de ce sentiment, autant qu'elle.

Mon cœur se serre, tiraillé entre ce que je devrais faire et ce que je ressens, comme si l'amour et la culpabilité se battaient pour la première place.

— Tout va bien, Liam ? demande Mia, ses yeux cherchant les miens, une lueur d'inquiétude y flottant encore.

Je lui souris, chassant mes pensées sombres d'un simple geste.

— Oui, tout va bien. Que dirais-tu d'un bain chaud pour continuer cette journée de détente ?

Son visage s'illumine, et elle acquiesce sans hésiter.

— Ça me semble parfait.

Elle me prend la main, et dans son regard, je lis à la fois l'excitation et la sérénité, comme si ce moment suspendu nous appartenait, rien qu'à nous.

Nous nous dirigeons vers la zone de bains du spa, un véritable sanctuaire de tranquillité. Des bassins thermaux s'étendent autour de nous, bordés de plantes exotiques et de pierres naturelles. La vapeur s'élève doucement, créant une atmosphère presque irréelle.

Nous nous glissons dans l'eau chaude, et la chaleur commence aussitôt à apaiser chaque muscle tendu, chaque pensée trop lourde. Nous nous asseyons côte à côte, nos mains se trouvant sous la surface, doigts entrelacés. On savoure le silence, la quiétude, la présence de l'autre.

— Merci pour cette journée, murmure Mia, sa voix douce se mêlant au murmure de l'eau. Je n'ai jamais ressenti une telle paix.

Je lui souris, le cœur serré de tendresse et de quelque chose d'inexplicable.

— Je veux que chaque moment avec toi soit parfait.

Elle me répond par un sourire tranquille, et je remarque à quel point elle a changé. Il y a de la force dans son regard, une force que je n'avais jamais vue auparavant. Ces dix-huit jours l'on transformés.

Dans ses yeux, je vois tout ce que j'aimerais lui offrir, chaque instant que j'aimerais lui consacrer.

Nous restons dans l'eau, plongés dans la chaleur et la sérénité. À cet instant, rien d'autre ne compte. Je l'attire doucement dans mes bras, et elle se blottit contre moi. Plus rien ne semble retenir cet amour que j'ai pour elle ; il flotte dans l'air, palpable, évident. Le temps semble s'étirer, chaque seconde devenant un souvenir que je grave dans ma mémoire, un trésor que je ne veux jamais perdre.

Finalement, on sort du bassin. On enfile des peignoirs et on se dirige vers la terrasse extérieure, où l'air frais nous accueille. On s'installe sur des chaises longues, côte à côte, et on regarde le soleil qui disparaît lentement derrière l'horizon. Le monde se pare de ces couleurs chaudes, et je vois leur éclat se refléter dans ses yeux.

Je tends la main vers elle, et elle glisse la sienne dans la mienne, ses doigts entrelacés aux miens. À cet instant, sous le ciel en feu, j'ai l'impression d'avoir enfin trouvé ce que je cherchais.

— Quoi qu'il arrive, je serai toujours avec toi, dis-je doucement, mes mots suspendus dans l'air entre nous.

Elle serre ma main un peu plus fort, les larmes brillant dans ses yeux.

— Je sais. Et moi aussi, je serai toujours là pour toi, murmure-t-elle, sa voix à peine plus qu'un souffle.

Puis, soudain, elle éclate de rire, un son doux et inattendu.

— Puis-je savoir ce qui te fait rire, Mia jolie ?

Elle rit encore, son sourire éclatant.

— Dix-huit jours, dit-elle.

— Dix-huit jours ? je répète, confus.

Elle acquiesce, le sourire en coin.

— Oui, dix-huit jours pour réussir à t'embrasser !

Je secoue la tête, feignant l'incrédulité.

— Tu ne vas pas me dire que ça fait dix-huit jours que tu en as envie… vraiment ?

Elle plisse les yeux, un sourire malicieux au coin des lèvres.

— Humm… presque.

Je lève les yeux au ciel.

— Je rêve…

Elle s'approche, un éclat tendre dans son regard.

— Je t'aime tellement, Liam.

Je sens mon cœur se gonfler de cette émotion que je ne pensais jamais éprouver aussi fort.

— Moi aussi, Mia. Vraiment.

Elle secoue la tête en souriant.

— Il était temps !

— Oh, ça va, dis-je en riant.

Et à cet instant, tout semble parfaitement à sa place.

La journée touche à sa fin, mais chaque instant passé avec Mia me semble être un cadeau, un trésor que je voudrais garder précieusement. Alors, pour profiter de ce dernier morceau de jour, nous décidons de retourner sur notre banc, là où tout semble si simple, si évident.

En marchant lentement, main dans la main, je ressens son amour, comme s'il passait à travers notre peau. Sa main dans la mienne est douce, chaleureuse, et je pourrais jurer que je sens battre son cœur contre mes doigts. Ou peut-être est-ce le mien, qui s'emballe à chaque pas, à chaque seconde passée à ses côtés.

Nous avançons en silence, et ce silence dit tout ce que les mots ne peuvent pas. C'est comme si le monde entier ralentissait pour nous, nous laissant savourer chaque battement de cœur, chaque souffle, chaque couleur du ciel qui s'éteint peu à peu.

Nous nous asseyons sur le banc, observant le soleil qui descend lentement vers l'horizon, teintant le ciel de nuances d'orange, de rose et de violet. Le bruit des vagues qui se brisent doucement contre le rivage ajoute une sérénité particulière à ce moment.

— Chaque coucher de soleil a une magie particulière, dis-je, brisant doucement le silence. La nature nous offre une toile parfaite chaque soir.

Mia esquisse un sourire, son regard toujours fixé sur l'horizon.

— Oui… et grâce à toi, je me sens vivante.

Je prends sa main dans la mienne, entrelaçant nos doigts avec une tendresse que je ne pourrais traduire en mots.

— Je n'ai rien fait d'autre que te montrer le chemin. Tout ça, c'était déjà en toi.

Elle tourne la tête vers moi, une lueur de gratitude et d'éclat dans ses yeux.

— Non, Liam. J'étais éteinte… et tu as su rallumer la lumière en moi. En retrouvant goût à la vie, j'ai trouvé l'amour.

Elle inspire profondément, puis laisse ses mots flotter entre nous, comme une évidence.

— Je suis tellement heureuse aujourd'hui. Heureuse de vivre, de t'aimer, de partager ces moments de bonheur avec toi. Je me rends compte qu'avant, la seule idée d'être heureuse me semblait impossible, presque cruelle. Mais maintenant, tout semble possible, et c'est grâce à ce pacte… grâce à toi.

Je sens une vague d'émotion m'envahir, un sentiment doux-amer qui me laisse sans voix. Hésitant, je souffle doucement.

— Mia… demain, c'est le dernier jour de notre pacte.

Je vois ses yeux s'assombrir un instant, mais l'étincelle de défi dans son regard ne tarde pas à revenir. Mia a parcouru un long chemin depuis le premier jour. Je sens qu'elle est prête à affronter ce qui viendra, et cela me remplit d'une tendresse mêlée de tristesse.

— Oui, je sais. Ces dix-neuf jours sont passés si vite.

Je serre sa main un peu plus fort.

— Je voulais que tu saches que, peu importe ce qui arrivera après demain, je suis heureux d'avoir partagé tout ça avec toi. Tous ces moments… ils sont à moi aussi.

Elle me regarde, ses yeux brillants de larmes qu'elle retient, mais la douceur de son sourire me touche.

— Moi aussi, Liam. Mais je ne veux pas que ça s'arrête. Tu m'as donné une nouvelle raison de vivre, et cette raison, c'est toi.

Je sens une douleur poignante m'envahir. Elle mérite tellement plus… plus que ce que je peux lui offrir.

— Mia, dis-je d'une voix basse, tu ne devrais pas faire de moi ta raison de vivre. Tu dois vivre pour toi, parce que toi seule mérite ce bonheur. Je ne suis qu'un plus dans l'équation.

— Arrête, Liam, me coupe-t-elle avec détermination. Arrête de vouloir me protéger. Je t'aime, et rien ne changera ça.

Je ferme les yeux un instant, essayant de contenir ce trop-plein d'émotion.

— Moi aussi, Mia. Je t'aime plus que tout… mais ce pacte était censé te montrer que la vie t'offre encore tant à découvrir. Il y a des milliers de choses que tu n'as pas encore vécues… rire, explorer, grandir…

Elle me coupe encore, son regard étincelant de défi.

— Alors faisons-le ensemble. Vivons, rions, explorons !

Elle serre ma main, une lueur de détermination dans ses yeux.

— Toi et moi contre le reste du monde, Liam. Peu importe ce qui arrive.

Je me penche doucement et dépose un baiser sur son front, absorbant toute cette force qu'elle dégage.

— Tu es têtue, c'est fou, murmuré-je avec un sourire.

Elle rit, son rire résonnant doucement dans l'air.

— Allez, ramène-moi chez moi, mon héros.

Je la regarde, fasciné.

— Comment pourrais-je ne pas aimer une femme comme toi ?

Elle hausse les sourcils, taquine.

— Oui, franchement, comment pourrais-tu ne pas m'aimer ?

Nous nous levons lentement du banc, main dans la main, et retournons vers notre immeuble, le silence de la nuit nous enveloppant. Arrivés devant sa porte, je la tire doucement contre moi, la serrant dans mes bras avant de déposer un doux baiser sur ses lèvres.

Elle sourit, prête à rentrer, mais, soudain, elle se retourne, attrape mon bras et m'attire à elle, sans hésitation. Ses lèvres retrouvent les miennes dans un baiser intense, profond, qui me coupe le souffle.

Le cœur à la fois lourd et léger, je pars me coucher. Je l'aime, c'est indéniable. Plus qu'un simple attachement, plus qu'une simple attirance — c'est comme si elle était devenue une part de moi. Et pourtant, une question tourne en boucle dans mon esprit, obsédante.

Pourquoi je ne l'ai pas rencontrée avant ? Pourquoi, après tout ce temps, elle est arrivée maintenant, quand chaque instant me semble compté ?

Je sais qu'il faut apprendre à apprécier ce que l'on a, à savourer le présent. Mais moi… j'en veux plus. Tellement plus. Et c'est là que réside la vraie tragédie. Avoir enfin trouvé ce que je cherchais quand il est peut-être trop tard. Chaque seconde qui passe est marquée par cette ironie : plus je m'attache, plus la peur de tout perdre me ronge. Comment peut-on aimer autant tout en sachant que l'on est condamné à partir ?

♥ Jour 19 - Mia

Aujourd'hui est le dernier jour de notre pacte. Chaque moment passé avec lui a été comme une révélation, une redécouverte de la beauté de la vie, et je ne peux m'empêcher de me demander ce qu'il a préparé pour cette journée si particulière.

Tandis que je me prépare, des images de nous défilent dans mon esprit — nos rires, ces regards qui en disaient bien plus que les mots, chaque instant où il m'a laissée entrevoir un peu plus de lui. Je sens une douce chaleur m'envahir, et je réalise à quel point ces dix-neuf jours ont tout changé.

En sortant de chez moi, la brise marine me frappe le visage, emportant avec elle une bouffée d'air frais qui me remplit d'énergie. Je respire profondément, laissant ce parfum salé et vivifiant me donner la force pour cette journée. Mes pas sont rapides, presque impatients, alors que je marche vers notre banc. Il n'y a pas si longtemps, chaque pas était lourd, chargé de doutes et de solitude. Désormais, chaque foulée est empreinte de légèreté, le chemin symbolisant le pont entre la vie que j'avais fuie et celle que je veux embrasser.

En arrivant, je l'aperçois déjà, assis là, m'attendant avec ce sourire doux et calme qui me fait fondre.

Il se lève, s'approche de moi, et me prend dans ses bras avant de m'embrasser tendrement. Ce geste simple me réchauffe le cœur, m'apportant une sensation de sécurité et de plénitude.

— Bonjour, ma jolie Mia. Allez, dernière journée, dit-il en me tendant un café, ses doigts tremblants à peine, un détail presque imperceptible. Son sourire reste doux, mais une ombre traverse ses yeux, fuyante.

— Bonjour… ça aura passé trop vite, réponds-je, bien que ma gorge se serre un peu plus à chaque mot. Mais… tes mains tremblent, Liam.

Il baisse les yeux, esquissant un sourire qui semble vouloir cacher quelque chose.

— Je suis gelé, dit-il simplement.

— Pourtant il fait bon aujourd'hui… c'est étrange.

Il glisse un regard vers moi, son sourire légèrement forcé, mais il garde ce calme tranquille.

— On prendra le temps de s'inquiéter plus tard. Que dirais-tu de rester ici aujourd'hui, près de notre banc ? Juste toi et moi, à faire le bilan de ces dix-neuf jours… qui ont été incroyables.

Je hoche la tête, essayant de garder mon sourire, tout en sentant ce poids grandir dans ma poitrine.

— Oui, c'est parfait. Je vois que tu as même apporté le pique-nique, dis-je en souriant.

— Je pense à tout ! répond-il, l'air faussement modeste.

— Ça, je l'ai bien appris ces dernières semaines. Tu ne laisses vraiment rien au hasard, ajoutai-je, taquine.

Il hausse les épaules, un sourire en coin.

— J'aime prévoir.

Je secoue la tête en riant doucement.

— Et j'adore ça, Liam. Vraiment… J'adore ça. Moi, je me laisse plutôt emporter, tu sais, je suis du genre à improviser.

Il éclate de rire, un rire qui résonne, chaleureux.

— Ça a son charme aussi.

— Oui, ça me convient bien, dis-je en haussant les épaules, un sourire complice aux lèvres.

Nos rires se mêlent dans l'air.

Nous nous asseyons, le bruit des vagues en arrière-plan ajoutant une douceur presque irréelle à l'instant. Liam plonge dans le mien avec une intensité qui me coupe le souffle.

— Mia, murmure-t-il, sa voix légèrement tremblante. Ces derniers jours avec toi ont été les plus merveilleux de ma vie. J'ai appris à te connaître, à t'apprécier…

Je souris, le taquinant doucement.

— Et surtout, à tomber amoureux !

Il secoue la tête, souriant malgré lui.

— Laisse-moi finir.

— D'accord, je t'écoute, dis-je en me rapprochant légèrement, le cœur battant.

Il ferme les yeux un instant, comme pour rassembler son courage, puis me regarde à nouveau, son regard sérieux et empreint d'émotion.

— Mia, je t'aime. Je t'aime d'une manière que je n'aurais jamais cru possible.

Mon cœur s'emballe à ses mots, une vague d'émotion m'envahit, et je réalise combien tout cela est devenu essentiel.

—Liam, je t'aime aussi. Tu es devenu une partie essentielle de ma vie. Je n'aurais jamais cru me sentir mieux un jour… puis tu es arrivé, et tu as tout bouleversé. Tu m'as donné envie de tout redécouvrir.

Nous restons là, à nous regarder, et l'émotion qui flotte entre nous est presque tangible. Un sourire se dessine sur nos lèvres. Un sourire doux, rempli de tendresse et de cette compréhension silencieuse que l'on partage sans avoir besoin de mots.

Lentement, Liam s'approche. Au lieu de parler, il passe un bras autour de mes épaules et m'attire doucement contre lui.

Enlacés, le bruit des vagues en fond sonore, tout semble incroyablement paisible. Je peux sentir la chaleur de son corps contre le mien, le rythme de son cœur qui bat à l'unisson avec le mien. C'est un moment de pure connexion, où le silence dit tout ce que les mots ne sauraient exprimer.

Liam caresse doucement mes cheveux, et je lève les yeux vers lui, les émotions à fleur de peau.

— Je ne veux pas que ce moment s'arrête, murmuré-je, ma voix tremblant sous le poids de mes mots.

Il sourit, ses yeux brillants de cette même émotion qui me submerge.

— Moi non plus, Mia.

On reste ainsi, enlacés, savourant la sérénité de l'instant. Ses doigts effleurent doucement ma joue, et une vague de chaleur m'envahit.

— C'est notre dernier jour, souffle-t-il.

— Dernier du pacte, rectifié-je, comme pour repousser un peu la fin.

Il acquiesce doucement.

— Oui… le dernier jour du pacte.

Je laisse échapper un petit rire, incrédule.

— Qui aurait cru qu'un simple pacte, sorti de nulle part, nous amènerait ici ?

— J'ai eu une sacrée idée, ce soir-là.

— C'est vrai. Et moi, je pensais que c'était complètement fou.

Il hausse les épaules, un éclat malicieux dans les yeux.

— Bon, il n'a pas pris exactement la tournure que j'attendais.

Je plisse les yeux, curieuse.

— Ah oui ? Qu'est-ce que tu veux dire ?

Son regard se fait tendre, sincère.

— Ce n'était pas prévu de tomber amoureux.

Un sourire éclaire mon visage.

— Oui, ça c'est vrai. Au début, je te prenais même pour un vagabond squattant le toit de mon immeuble.

Il éclate de rire, un rire qui résonne comme un écho de tous nos souvenirs.

— Oui, je m'en souviens ! Ahah !

Puis, doucement, il prend ma main et y dépose un baiser.

Nous décidons de poursuivre notre journée avec un pique-nique romantique, installés sur une couverture près de notre banc, notre endroit spécial. La vue sur l'océan s'étend devant nous, infinie et apaisante. Les rayons du soleil caressent nos visages, et la brise marine apporte un sentiment de paix qui semble nous envelopper.

À un moment, Liam sort une petite boîte de son sac et l'ouvre pour révéler un couteau de poche. Son sourire espiègle et tendre me fait sourire à mon tour.

— Je me disais que ce serait bien de laisser une trace de nous ici, quelque chose qui restera, même après ce pacte.

Je comprends immédiatement ce qu'il propose, et mon cœur s'emplit de tendresse. L'idée de laisser quelque chose derrière nous, ici, pour marquer ce que l'on a partagé, me touche plus que je ne sache le dire.

— Graver nos initiales ? chuchoté-je, un sourire illuminant mon visage. J'adore cette idée.

Nous nous approchons du banc, main dans la main, et Liam commence à graver nos initiales dans le bois : $L + M$. Il s'applique, ses mouvements lents et précis, comme s'il voulait que ce geste dure à jamais. Je le regarde, émue par la signification de ce moment. C'est plus qu'une simple gravure

— c'est un morceau de nous que l'on laisse ici.

Quand il a terminé, je passe mes doigts sur les lettres gravées. Le bois est rugueux, mais le lien que je ressens est doux et profond.

— C'est parfait, murmuré-je, mes yeux brillants de larmes de bonheur.

Il me regarde, et dans son regard, je vois la même émotion, la même envie de figer ce moment.

Nous retournons à notre couverture et sortons les provisions : des salades, des fruits, un peu de fromage, et du chocolat ! Tout pour passer un bon moment.

— Ce banc aura été le témoin de notre amour naissant, hein, dis-je, le regard tourné vers lui, un sourire dans la voix.

Il rit doucement.

— Et de nos tourments aussi.

— Oui, pas faux, dis-je en riant à mon tour.

Il prend ma main dans la sienne, son sourire empreint de tendresse.

— Ce banc, cette vue... tout ça, ce sera toujours notre endroit.

Il me regarde, et l'instant me frappe par sa simplicité. C'est notre coin de monde, marqué par tout ce que l'on a vécu.

Nous restons là, savourant la nourriture, la douceur de

l'instant et surtout la présence de l'autre. Il y a un silence entre nous, mais ce silence est plein — de tendresse, de souvenirs, et de tout ce que ce moment représente. Je le sais, aujourd'hui sera gravé dans nos cœurs pour toujours. En laissant nos initiales sur ce banc, on a laissé une part de nous ici, une trace tangible de notre histoire, une preuve de ce que nous avons construit ensemble, même si c'est encore fragile.

Après avoir terminé notre pique-nique, on reste assis côte à côte sur la couverture, les yeux fixés sur l'océan. Le ciel se teinte de nuances douces, et tout autour de nous semble figé dans une paix sereine. C'est parfait, tellement parfait que je sens que c'est le moment de faire le bilan de notre pacte. De parler de ce qu'on a vécu, de ce qu'on a ressenti.

Je tourne la tête vers lui, le cœur lourd et léger à la fois.

— Liam, dis-je doucement, prête à ouvrir cette porte, à mettre des mots sur tout ce qu'on a partagé.

— Bien sûr.

Je prends une grande inspiration, le regard perdu dans l'horizon.

— Tu sais, ces dix-neuf jours ont été… transformateurs. Quand on a commencé ce pacte, je ne savais pas ce que ça changerait en moi. J'étais tellement perdue. J'avais touché le fond, et je ne voyais plus de raison de continuer. Je voulais vraiment en finir, murmuré-je, la gorge serrée.

Il serre ma main, et ce simple geste me réconforte, m'encourage. Je sens sa force me traverser, me donner le courage de continuer.

— Et maintenant ? Qu'est-ce que tu ressens ? demande-t-il, sa voix douce et attentive.

Je tourne la tête vers lui, mes yeux brillants d'une nouvelle clarté, comme si le brouillard s'était enfin levé.

— Maintenant… maintenant, je me sens vivante. J'ai redécouvert des passions que j'avais oubliées, j'ai ri, j'ai pleuré, et j'ai réalisé que la vie peut être belle, même quand tout semble perdu. Avant, je me contentais de survivre, enfermée dans ma tristesse, chaque jour se ressemblant, terne et sans espoir. Aujourd'hui, grâce à toi, je vois la beauté dans les petites choses, les rires, la simple brise qui effleure mon visage.

Je vois son regard s'adoucir, une lueur de fierté et de tendresse dans ses yeux.

— C'est tout ce que je voulais, murmure-t-il.

Je souris, une lueur de gratitude et de tendresse dans mon regard.

Nous savourons la tranquillité de l'instant. Finalement, il prend se redresse, comme s'il se préparait à dire quelque chose d'important.

— Je veux que tu continues à profiter de la vie comme on l'a fait, Mia. Peu importe ce qui se passe après ce pacte, je veux que tu continues à vivre pleinement, à sourire, à aimer, dit-il doucement, sa voix chargée d'émotion. La vie est courte, et chaque moment compte.

Je hoche la tête, les larmes brillant dans mes yeux. Ces dix-neuf jours ont changé tellement de choses.

— Peu importe ce qui se passe après ce pacte ? On peut le continuer ! suggéré-je, une lueur d'espoir dans la voix.

Il me sourit, presque tristement.

— Le pacte avait un but, et ce but est atteint. Il n'a plus vraiment lieu d'être. Mais… on peut en faire un nouveau !

Je fronce les sourcils, intéressée.

— Humm… continue, tu m'intrigues. Qu'est-ce que tu proposes ?

Il rit, un peu pris de court.

— Je n'ai pas vraiment d'idées pour l'instant… Attends voir… Je vais y réfléchir, promis.

— D'accord, mais réfléchis vite parce qu'il commence demain, dis-je avec un sourire en coin.

— Ah oui, même pas le temps de souffler entre les deux ? répond-il, un éclat taquin dans les yeux.

— Quoi, je t'épuise peut-être ? dis-je en feignant l'offense.

— Il faut avouer que tu n'as pas toujours été de tout repos.

— Ah, je rêve ! Dis-moi quand j'ai pu être difficile ?

— Mia, tu te souviens de la randonnée ? Tu criais dès que tu voyais une petite bête.

Je hausse les épaules, mi-sérieuse, mi-amusée.

— J'avais peur ! Ce sont des insectes !

— Des insectes ? Mais ils sont minuscules ! dit-il.

— Justement, c'est ça le pire. Ils sont petits mais très vicieux.

Il secoue la tête, souriant.

— Et puis… tu ne sais pas manger un hot-dog !

— Oh, ça, c'est bas ! Ce n'est pas ma faute si quelqu'un a mis trop de ketchup.

Il éclate de rire, sa main toujours dans la mienne.

— Ah, sacré Mia, murmure-t-il.

Nous restons là, main dans la main, regardant le soleil disparaître derrière l'horizon. Je ressens une connexion profonde et indéfectible avec lui.

La journée avance, Liam doit rentré plus tôt mais n'a pas voulu me dire quoi. Je suppose qu'il prépare encore quelque chose pour me surprendre.

En marchant vers notre immeuble. Il hésite un instant, et je sens une douce tension s'installer entre nous. Lentement, il s'approche de moi, ses yeux plongés dans les miens, intenses, chargés de cette émotion que l'on partage sans même avoir besoin de mots. Mon cœur bat plus fort, et le monde semble ralentir autour de nous, jusqu'à disparaître complètement.

Liam se penche vers moi, prenant son temps comme s'il voulait savourer chaque seconde, et enfin, il m'embrasse. C'est un baiser qui contient tout ce que nous avons vécu — chaque éclat de rire, chaque larme, chaque souvenir précieux qui nous appartient. Ses lèvres sont douces, mais pleines de passion, et je me sens submergée par une chaleur pure, un bonheur si profond qu'il en devient presque douloureux.

Ses mains glissent sur mon visage, tendres et réconfortantes, et je ferme les yeux, m'abandonnant à l'intensité de cet instant. Le baiser se prolonge, chaque seconde ajoutant une nouvelle profondeur, une nouvelle certitude que cet amour est bien réel.

Nos cœurs battent à l'unisson, et dans chaque geste, chaque caresse, je sens cet amour brûlant et infini qui nous lie. C'est comme si le reste du monde s'était évanoui, ne laissant que nous deux, pris dans cette bulle de perfection qui semble faite pour nous.

Quand nos lèvres se séparent enfin, nos regards restent

accrochés, et je vois des larmes de bonheur dans les yeux de Liam mais aussi une étincelle de tristesse, fugitive, presque cachée. Un simple regard, et je comprends : ce moment-là, c'est l'amour dans sa forme la plus pure, un souvenir gravé dans l'éternité.

— Mia, murmure-t-il, sa voix tremblante d'émotion. Tu es… incroyable.

Je souris, mes propres yeux embués de larmes, mon cœur débordant de tout ce que je ressens.

— Toi aussi, Liam. Encore merci pour tout.

Il m'attire doucement contre lui, et je me blottis dans ses bras, fermant les yeux pour savourer la sécurité et la chaleur de son étreinte. Dans ce simple geste, je trouve tout ce que j'ai toujours cherché : la paix, la force, et cette certitude que rien d'autre ne compte. Il me serre très fort comme s'il voulait s'imprégner de cet instant pour toujours… Etrange.

— Demain… on se revoit ici, au banc ? demandé-je, avec une pointe d'incertitude.

Il inspire profondément, puis plonge ses yeux dans les miens avec une intensité qui me coupe le souffle.

— Oui, murmure-t-il enfin.

À ces mots, une vague de soulagement et de joie m'envahit, et je lui rends un sourire plein de reconnaissance.

— Je suis heureuse de l'entendre, Liam. Je ne veux pas que ça s'arrête.

Son sourire s'adoucit, et il caresse doucement ma joue du bout des doigts.

— Moi non plus, Mia. Moi non plus.

Nous restons ainsi, les regards et les gestes remplis de tendresse, dans un moment suspendu où le monde entier semble s'éclipser pour ne laisser que nous. Finalement, il recule légèrement, sans lâcher ma main, son regard toujours ancré dans le mien.

— Bonne nuit, Mia. Je t'aime.

Je sens mon cœur se gonfler, une douce chaleur m'envahissant alors que je murmure :

— Je t'aime aussi.

Alors qu'il s'éloigne, une vague d'énergie nouvelle m'envahit, une détermination que je n'avais jamais ressentie avant.

Ce pacte a été bien plus qu'une simple promesse ; il a été une renaissance. Je repense à notre premier jour ensemble, ce moment où il m'a tendu la main sur le toit de l'immeuble, là où tout a commencé. C'était la première fois que j'avais senti une étincelle, un rappel que la vie pouvait être plus que des ombres. Avec Liam, j'ai appris à voir au-delà de la douleur, à savourer chaque instant, chaque souffle.

Je ne sais pas exactement ce que l'avenir nous réserve, mais pour la première fois, cela ne me fait plus peur. Peu importe les épreuves qui viendront, je suis prête à les affronter — avec cette force que Liam m'a aidée à trouver, et avec la certitude que la vie, avec tout son chaos et ses incertitudes, vaut la peine d'être vécue.

♥ Jour 20 - Mia

Le matin est étrangement calme alors que je me dirige vers notre banc. Une étrange nervosité s'installe en moi, un mélange de peur et d'espoir. Notre pacte est terminé, et aujourd'hui… c'est le premier jour de ma nouvelle vie. Une vie que j'imagine commencer avec Liam.

En arrivant au banc, pourtant, il n'est pas là. À sa place, une enveloppe et un album photo sont posés soigneusement sur le bois. Mon cœur s'accélère, mon souffle se bloque. Mes mains tremblent alors que je m'approche et m'assois lentement, fixant l'enveloppe. Je reconnais immédiatement son écriture, et une vague d'émotion me submerge, emplissant mes yeux de larmes avant même que j'aie ouvert la lettre.

Prenant une profonde inspiration, je déplie doucement le papier, me préparant à lire ses mots, à comprendre ce qu'il a à me dire…

Chère Mia,

Si tu lis cette lettre, c'est que je suis parti. Les médecins m'avaient annoncé plus que dix-neuf jours à vivre, et je savais que chaque instant comptait. Hier soir j'ai subit une opération qui aurait pu tout changer. Qui aurait pu me permettre de rester avec toi. Malheureusement, cela n'a pas fonctionné…

Mon père était chargé de venir déposer cette lettre et notre album photo, j'espère qu'il l'a fait.

Je voulais passer mes derniers jours avec toi, pour te montrer que la vie mérite d'être vécue, que chaque souffle, chaque sourire vaut la peine.

Quand je t'ai vue ce soir-là sur le toit, prête à sauter, tout en moi a su que je devais te sauver. Parce que, Mia, tu méritais plus que cette douleur, plus que ce désespoir. Ce n'est qu'après que j'ai réalisé que tu étais en train de me sauver moi aussi, à ta manière. En te redonnant une chance de vivre, j'ai retrouvé quelque chose que je croyais perdu — l'amour.

Grâce à toi, ces derniers jours ont été remplis de sens et de bonheur. Je ne te remercierai jamais assez pour cela.

Je m'excuse, Mia. Je m'excuse de ne pas t'avoir dit la vérité plus tôt, de t'avoir caché ma maladie. Je ne voulais pas que tu portes ce poids. Je voulais que tu vives chaque moment avec moi, sans cette ombre. Je voulais te donner la force de continuer, même après que je ne sois plus là.

L'album photo entre tes mains contient tous nos souvenirs, chaque instant précieux que nous avons partagé. Garde-le près de toi, comme un rappel de notre aventure, de cet amour qui nous appartient. Chaque page est un témoignage de la joie et de la beauté que nous avons trouvée ensemble.

Je suis aussi désolé d'être tombé amoureux de toi. Ce n'était pas prévu, et je sais que cela rend tout plus difficile. Mais, Mia, comment aurais-je pu faire autrement ? Comment ne pas aimer ta force, ta beauté, ta résilience ? Tu m'as montré ce que signifie aimer sans peur et vivre sans regret. Tu as été ma lumière dans ces jours sombres.

Je sais que ce pacte n'a pas effacé toutes tes peines, mais je te vois, je vois la lumière qui est revenue dans tes yeux, cette étincelle qui m'a fait tomber amoureux de toi. Ta guérison est le plus beau cadeau que je puisse emporter avec moi, le souvenir que, même dans mes derniers jours, j'ai pu redonner espoir à quelqu'un d'aussi précieux que toi. Garde cette force en toi, même lorsque la douleur semblera trop grande. Tu es bien plus forte que tu ne le crois, et je suis fier d'avoir été témoin de ta renaissance.

S'il te plaît, Mia, continue de vivre. Continue de rire, de peindre, de savourer chaque instant. Trouve la beauté dans chaque jour, même dans les plus sombres. Ne laisse pas mon départ t'empêcher de vivre ta vie pleinement. Je serai toujours avec toi, dans chaque sourire, chaque éclat de rire, chaque lever de soleil.

Tu m'avais demandé de réfléchir à un nouveau pacte. Le voilà : le pacte de la vie. Je veux que tu prennes huit jours, juste huit, pour me pleurer, pour crier et ressentir tout ce que tu dois ressentir après avoir lu cette lettre. Mais ensuite, je veux que tu passes le reste de ta vie à vivre. À t'ouvrir à la beauté, à laisser l'art et l'amour te traverser.

Tu es forte, Mia. Courageuse, et pleine de vie. Ne laisse jamais la tristesse te submerger. Vis ta vie sans retenue, poursuis tes rêves, et aime de tout ton cœur. C'est ce que je te souhaite, du plus profond de mon être.

Merci, Mia. Merci de m'avoir donné les plus beaux jours de ma vie. Merci de m'avoir montré ce que signifie vraiment vivre et aimer. Merci de m'avoir sauvé.

Avec tout mon amour,

Liam

Je termine la lettre, mes mains tremblantes, mon cœur battant si fort que je l'entends résonner dans mes tempes. Une étrange torpeur s'installe en moi. Tout semble irréel, comme si le monde avait basculé dans un silence assourdissant. Je regarde l'album photo, mais mes yeux ne parviennent pas à se concentrer. Mon esprit refuse d'accepter ce que je viens de lire.

Le soleil continue de monter dans le ciel, et les vagues roulent encore, indifférentes à ma douleur. Je reste figée, mes doigts crispés sur le papier, espérant qu'à tout moment, Liam apparaîtra au coin de la rue avec son sourire malicieux, prêt à me dire que tout cela n'était qu'une blague, un mauvais rêve.

Mais le silence persiste, et la réalité s'infiltre doucement, implacable. Un frisson glacé parcourt mon échine. C'est alors que la douleur me frappe, brutale et inéluctable. Un cri s'échappe de ma gorge, brisant enfin le calme oppressant.

Je prends l'album photo et l'ouvre doucement, chaque page me ramenant à un moment partagé avec Liam. Les photos capturent nos sourires, nos rires, nos aventures. Une image en particulier attire mon attention : celle de nous deux, riant aux éclats pendant la randonnée où j'avais hurlé à cause d'un minuscule insecte. Je me souviens de son regard moqueur et de sa voix taquine : *"Mia, tu ne crains pas de gravir des toits, mais un insecte te terrifie ?"* Un sourire douloureux se dessine sur mes lèvres, mêlé aux larmes qui coulent sans relâche. Cette photo incarne à elle seule ce que ces dix-neuf jours ont été : des instants de vie.

Je m'effondre sur le banc, la lettre toujours serrée contre moi, et je laisse les sanglots me secouer violemment.

— POURQUOI ? POURQUOI TU NE M'AS RIEN DIT ? hurlé-je, ma voix brisée par la douleur. Pourquoi tu es parti !

Je me recroqueville sur le banc, incapable de contenir l'immense tristesse qui m'envahit. Chaque mot de la lettre, chaque souvenir dans l'album est une poignardée dans mon cœur. La réalité de sa perte me frappe avec une force inouïe, et je me sens brisée, anéantie.

Je reste là, à hurler et à pleurer, sentant mon monde s'écrouler autour de moi. La douleur est insupportable, comme si une partie de moi-même avait été arrachée. Les larmes continuent de couler, et je me sens submergée par le chagrin.

La journée avance, et je reste plongée dans mes souvenirs et mes émotions. Je me sens à la fois brisée et entière, remplie de l'amour et des leçons de Liam.

Après ce qui semble être une éternité, je finis par me calmer légèrement, mes sanglots se transformant en hoquets silencieux. Je regarde l'océan, les vagues dansant doucement sous le soleil matinal.

— Je t'aime tellement, Liam, murmuré-je à travers mes larmes.

Liam m'a offert plus que des souvenirs ; il m'a offert l'envie de vivre pleinement. Mais en cet instant, la douleur me submerge, coupante et cruelle. Comment pourrais-je lui promettre de continuer, de sourire, de peindre, de me laisser aimer ? Ce « pacte de vie » qu'il m'impose semble presque inconcevable. Huit jours pour traverser un océan de deuil, comment est-ce possible ?

Je l'imagine, un sourire au coin des lèvres, répondant à mes doutes avec son humour tendre : « Neuf jours, c'est trop, et sept, pas assez, Mia. » L'écho de sa voix résonne dans ma tête, et une chaleur douce lutte contre le froid qui m'enveloppe.

Je reste assise sur le banc, dévastée, cherchant désespérément la force de me relever. Les vagues continuent de rouler, implacables, et je me demande comment avancer sans lui, comment vivre sans sa présence à mes côtés.

Les sanglots se calment peu à peu, remplacés par un vide douloureux. Le vent caresse mon visage, et, dans ce souffle léger, j'entends presque sa voix me murmurer de continuer, de vivre pleinement.

Je me lève lentement, les jambes encore tremblantes. Mon regard se perd sur l'horizon où le soleil se couche. J'ai passé la journée ici, emportée par l'écho de ses mots, de ses rires.

Je laisse échapper un murmure qui semble se laisser emporter par le vent.

— **Tu as mis dix-neuf jours à me redonner vie alors que tu étais en train de perdre la tienne...**

Et même si la douleur est encore là, une part de moi sait que, pour honorer Liam et ce qu'il a réveillé en moi, je devrai trouver la force de marcher vers demain, pas à pas, avec lui dans mon cœur.

Playlist qui a accompagnée l'écriture de mon roman.

1. *Sign of the Times* — Harry Styles
2. *Rescue* — Lauren Daigle
3. *Lovely* — Billie Eilish & Khalid
4. *Youth* — Daughter
5. *All I Want* — Kodaline
6. *Holocene* — Bon Iver
7. *Breathe Me* — Sia
8. *The Night We Met* — Lord Huron
9. *Dancing on My Own* — Robyn (acoustique)
10. *Let Her Go* — Passenger
11. *See You Again* — Wiz Khalifa ft. Charlie Puth
12. *Lost Stars* — Adam Levine
13. *As It Was* — Harry Styles
14. *Saturn* — Sleeping at Last

www.ingramcontent.com/pod-product-compliance
Ingram Content Group UK Ltd.
Pitfield, Milton Keynes, MK11 3LW, UK
UKHW041941131224
452403UK00004B/310

9 782322 534562

JUST STAY

Mika Fox